JN296222

RONSO KAIGAI MYSTERY

論創海外ミステリ49

ホームズのライヴァルたち

フォーチュン氏を呼べ

H・C・ベイリー

文月なな 訳

CALL MR. FORTUNE

H.C.Bailey

論創社

装幀／画　栗原裕孝

目次

大公殿下の紅茶

レジナルド・フォーチュン氏——文学修士《MA》にして医学学士《MB》ならびに化学学士《BCh》、さらに王立大学外科医師会会員《FRCS》という肩書きを持つ彼が、父親から説教をされている。

「おまえはいつも、そこそこにしかやらない」老フォーチュン医師は小言を言った。「ずば抜けて優秀でもなければ、熱心でもない。しかし今度ばかりはそういうわけにはいかんぞ、レジナルド。そこそこでは務まらん。そのことを肝に銘じておくように。とくに大公殿下には礼儀正しくていねいに振る舞うこと。成功を祈るぞ！」

「お父さんも楽しい旅行を」レジナルド・フォーチュン氏はそう答えると、父と母が並んで車に（もったいぶった様子で）乗り込み、走り去るのを見送った。ようやく両親がいなくなった。信じられないことに、老フォーチュン医師の贅沢な診療所が新米のレジナルドの手に一カ月間任されたのだ。

「つまりは忍耐強くなれということか」レジナルドは三個めのマフィンを頬ばりながらつぶやいた。「お呼びがかかればいつでも出動できるように待機している、そんなつまらない毎日に。おやじは古風だからしょうがない。たかが子どもの腹痛でも、死の床を見舞うように神妙な顔で出かける。はたして患者は、そんなおやじをどこまで信頼しているのか」

だが、老フォーチュン医師の患者を診《み》る目は確かだった。彼が息子のレジーは熱心さに欠けると診断するのにもそれなりの理由がある。オックスフォードでも、卒業後に勤務した大病院でも、まずまずの成績をおさめはした。しかしそこまでなのだ。学部長も、レジーには物事をなんでも気楽にやりすぎる傾向があると指摘していた。あちこちに首を突っ込んでは、有り余る時間を過ごす。ミュージカルコメディーに、先史時代の人類に、ゴルフに、最先端の化学に、競艇に、心理学研究に……。専門的に深く掘り下げた知識を彼が持っている分野はひとつとしてない。にもかかわらず、レジーは何事も自分なりにうまくやる方法を見出してしまうのだ。母親は別として、これまでに彼を夢中で好きになった者はひとりとしていない。なぜならレジーは独立独歩の人間だから。だからといって彼が嫌われ者というわけではない。むしろ誰からも好かれる性格だった。女性バーテンダーから大学教師にいたるまで、レジーといて楽しいと感じない者はいなかった。

丸顔でいつも快活な表情。旺盛な食欲。そんな外見は、飛び抜けた清潔感ともあいまって非常に健全な印象を与える。髪の毛一本乱れることもレジーにはありえない。同じ三十五歳の一般的な男性にくらべると気楽な人生を送っていると言えよう。

これまでにフォーチュン氏が望んで、手に入らなかったものはないと思われる。父の老フォーチュン医師はそこそこの資産家で裕福な診療所の経営者。それらを継ぐことがレジーには約束されていた。診療所があるのは、ロンドン郊外のウェストハンプトンという瀟洒《しょうしゃ》な町。公共地区や大きな公園があり、住人のほとんどが富裕階級に属し、競売人が貴族の館だと称するような建物もちらほらと見られた。

町の一等地ボルダーウッドには、レジー・フォーチュンの時代になってもまだ、モーリス大公が住んでいた。ボヘミアの王位継承者である。大公が結婚後まもなくイギリスに移り住んだことはよく知られている。しかしそれは、噂に言われているように彼の叔父にあたる国王によって国外追放されたからではない。気性が激しく、同時にまた美貌の大公夫人がヨーロッパ中の王室から好ましく思われていなかったというのが信頼できる理由のようだ。新婚旅行からの帰途、彼女はスワビアのマキシミリアン王の教練教官を罪のない罠にかけた。そのせいで同盟国が数週間、戦闘態勢の脅威にさらされたほどだ。だが彼女はオーディン（北欧神話の主神。「戦いの父」「万物の父」などと呼ばれた）の末裔《まつえい》とも言われるエルバッハ・ヴィテルスバッハ家（ヴィテルスバッハ家は十三世紀より七百年にわたりバイエルンを統治した）のやんごとなき妃殿下だった。わずか二マイル四方だが独立領を所有し、国会も軍隊も持つ家柄で、さすがのボヘミア国王も、モーリスがふさわしい相手と結婚したと認めざるをえなかったのである。大公夫妻がイギリスに隠遁生活の場を求めたのは、ふたりがボヘミア王朝に死ぬほど退屈していたからという単純な真相は、歴史が証明してくれるであろう。ボヘミア王朝といえば、常に強国の支配下に置かれてきた。つまり髪の毛の先ほどの尊敬も得られないで生きるということは人間から活力を奪ってしまうということなのだ。モーリス大公は気さくで、自然をこよなく愛する人物である。自宅の庭をゆったりと散策し、ひなびたウェストハンプトンのパブで飲む一杯のビールが彼の日々の楽しみだった。いっぽう大公夫人は、そんな簡単な性格ではない。みずからの車を猛スピードで運転することに喜びを感じていた。ボヘミアにいては、それはかなわない夢だった。

レジーはマフィンを残らず食べ終えると、パイプに火をつけて父から引き継いだ患者のことをぼんやり考えた。老スマイス夫人は秋期インフルエンザ、老トールボット・ブラウンは持病の秋の痛風、ロビンソン家の子どもたちは百日咳《ひゃくにちぜき》。なんとも平和な世界！……夕闇のなかでまどろんでいると、電話のベルが鳴った。

「フォーチュン先生ですか？　すぐ――今すぐにボルダーウッドへお越しいただけますか？　大公が車とぶつかって、意識不明で運ばれてきたんです」

「おやじも運が悪い！」レジーは応急処置に必要と思われるものをまとめながら、にやりとした。こんなときに不在だったことを、一生後悔するだろう。老フォーチュン医師はもともと貴族というものが大好きだった。大公の喉に刺さった魚の骨を取るのに呼ばれてからというもの、その名が父の口に上らない日はなかった。大公殿下の気さくさには王者の風格がある、高慢な態度もやんごとなき血筋の方らしい――老フォーチュン医師が手ばなしで賛美するので、レジーはかえって大公たちに反感を抱いていた。神に感謝！　おやじは休暇を取っていて救われた。魚の骨一本で頭がいっぱいになるのだから、その大公が車にぶつかったなどと知れば卒倒していたかもしれない。

レジーは好感を持てない相手にはきわめて実際的だ。彼らしい手際のよさで準備をすませた。老フォーチュン医師専属のくそまじめな運転手は、車を全速力で走らせるようにと指示されて動転した。ウェストハンプトンの道は、そんな乱暴な運転には向いていない。このあたりは、のどかな田園風景をできるだけそのままの姿で残そうと努力してきた。そのため昔ながらの細く曲がりくねった道に外灯はほとんどなく、しかもあちこちに木の枝が張り出している。ましてボルダーウッドは、ウェストハンプトンヒースの丘に連なる高台にあった。外灯は、ファーロング（八分の一マイル）おきに一本しかない。レジーの車はヒースの茂みを猛スピードで回り込んだ瞬間、がくんと止まった。

「ゴートン、どうした？」レジーは運転手にたずねた。

ゴートンは窓から身を乗り出すようにして、側溝の暗がりに目を凝らしている。「バックしてみます」ゴートンがつぶやく。顔がまっ青だ。車幅灯のぼんやりした光が、倒れて動かない人影を照らし出した。レジーが車から飛び降りる。だがゴートンのほうが一瞬早かった。「たいへんだ！　大公殿下です！」ゴートンの声が上ずる。

「ゴートン、落ち着け」レジーは倒れている人間の上にかがみ込んだ。「車のライトを当ててみよう」

ライトがちょうど体を照らす位置まで、ゴートンが車をバックさせた。顔がめちゃめちゃに潰《つぶ》れている。ゴートンがはっと息をのんだ。「よく見ると殿下ではないようです」

ほどなくしてレジーは立ち上がり、冷静な声で言った。「一時間くらい前までは、元気に生きていたようだ」

「もう手遅れですか、先生？」レジーがうなずく。「どこかのいかれ車にひかれたのでしょうか？」

「ゴートン、きみの言うとおりだ。ひき逃げ事件だね。大きな車のようだ。背中からぶつかって、頭をひいて走り去った。だが、なぜ遺体が側溝にはまっていたのだろう」レジーは死体の周囲を歩きまわっていたかと思うと、位置をわずかにずらした。そしてマッチを二本拾いあげた――イギリスのマッチではない――軸はとても細く、頭の部分は濃い青。「ゴートン、きみはどうしてこの男が大公だと思ったんだい?」

「体が大きいからです。これほどの体格の人はそういません。それにどこか似ているところもあって。でもありがたいことに、こんなみすぼらしい格好をした男が大公殿下であるはずがありません」

「そうかな」大公に敬意を持てないレジーは不満げにつぶやいた。「どちらにせよ彼をこのままにしてはおけない」

ふたりは死体を車に乗せてボルダーウッドの門まで運び、警察に電話するようにと言って守衛にあずけた。

ボルダーウッドの玄関ホールはヴィクトリア様式で、大げさではあるが居心地のよい空間だった。女性が駆け寄ってきたとき、レジーはシャンデリアの明かりのまぶしさに目をしばたいていた。気性の激しい人――それが彼のアイアンシー大公夫人に対する第一印象だった。毛皮のマントをひるがえしながら、息を切らし目を大きく見開いて走ってくる。レジーの前で立ち止まったときには、青い顔が興奮のあまりに引きつっていた。「フォーチュン先生! あら、フォーチュン先生ではありませんわね?」

「フォーチュンです。正確には、その息子ですが。父は不在でして、ぼくが代わりを務めています」大公夫人はレジーのわからない言葉でぶつぶつ言うと、彼を今にも殺しそうな目で見た。夫人の第二印象――みだらな美しさがある人だ。ギリシア彫刻のように端正なはずの顔が青くなり、あまりの興奮に歪んでいる！　きわめて優美な体も、今はむち打つようにぶるぶると震えていた。

「アイアンシー、大丈夫かい？」暖炉のそばのついたての陰から男が微笑みながら姿をあらわした。背が高く、痩《や》せ形で洗練された雰囲気。身にまとっている服はカラフルだが、顔色は青白い。鮮やかな緑と青が入り混じったネクタイ。銀白色の背広のポケットからは明るい青のハンカチーフがのぞいている。だが顔はロウソクのように白く、髪の毛や口髭、尖った顎髭は整いすぎていて仮面に描かれたイミテーションのように見えた。「フォーチュン先生、早速おいでいただけて光栄です」

大公夫人は首を激しく振った。「若すぎます」ドイツ語だ。「ごらんなさい。まだ男の子じゃありませんか」

「失礼ですが大公夫人」レジーもドイツ語で返す。「患者を診察させていただけますか？」

男が笑った。「もちろんです、フォーチュン先生。あなたの腕は信頼申し上げています」顔からさっと笑顔が消えた。「あなたの口の堅さもね」声をひそめてつけ加える。「わたしはレオポルド大公です。わたしにはなんでも包み隠さず話していただきたい。協力は惜しみません」

レジーは頭を下げた。「それで殿下、事故の様子をおしえていただけますか？」

弟大公は義姉《あね》を見た。「あなたのほうが、よくご存じのはずですわ」彼女は叫んだ。「わたしは車で出かけていたのですもの」

「そのとおりです、フォーチュン先生。義姉は車で外出中でした」大公はしばし言葉を切った。

「彼女は自分で車を運転します。それが楽しみなんです。兄は、ひとりで散歩に出かけました」

「うんざりするほど長い散歩！　わたしには耐えられないわ！」大公夫人が口をはさむ。

「兄にはそれが楽しみなんです。ところが今日はなかなか帰ってこないので、わたしは次第に不安になりました。館でずっと待っていたのですが、義姉も帰りが遅くて。とうとう召使たちに様子を見にやらせたのです。兄は守衛小屋の門からそう遠くない道の上に倒れていました。意識を失って。わたしは怖くて――」大公は手を広げた。

「あなたって――あなたはいつも怖がっているのね！」大公夫人が激しい口調でなじった。ふたりの視線がぶつかり合う。

「奥さま、ご主人に会わせていただけますか？」レジーがきっぱりと言うと夫人はくるりと背を向け、走り去った。

「夫人は動揺しているのです」弟大公が弁解した。

「当然です」レジーは答えた。

「確かに、当然です。フォーチュン先生、わたしが兄のところへご案内します」

モーリス大公はきわめて質素な部屋に寝かされていた。家具と言えるのは、書き物机と鏡台、椅子が三脚、それに狭い鉄製のベッド。床には小さな絨毯が三枚だけ。ベッドの枕もとに男がひとり立って、じっと大公を見守っていた。大公夫人はひざまずいて夫の体に顔を押しつけ、肩を震わせて泣いている。レオポルド大公はレジーに目配せしながら、夫人の肩に手をかけて言った。

「しっかりしなければ、アイアンシー」

彼女が顔を上げる。頬が涙で濡れていた。

「奥さま、落ち着いて聞いてください。患者はとても危険な状態にあるようです」レジーが告げる。

夫人は叫びそうになるのを懸命にこらえて部屋を飛び出していった。

レオポルド大公は部屋に残りたそうだったが、夫人が彼を呼ぶ声が聞こえた。「大公、行ってあげたほうがよいでしょう。夫人をこの部屋に入れないように引き止めておいていただきたい」レジーはそう言うと、患者のそばへ行った。ぶしつけな命令をされて、大公は明らかに不満そうだった。だが、ヒステリックな夫人の呼び声はほってはおけなかった。

ベッドの枕もとに立っている男とレジーはさぐり合うような視線をかわした。「イギリス人かな?」まず口を開いたのはレジーだった。

「そうです、先生。ホルトといいます。大公殿下の従者をしています」

「大公の服を脱がせたのはきみかな?」

「はい。いけませんでしたか?」

「脱がせ方にもよるけれど」レジーは診察を開始した。

モーリス大公は確かに巨体だった。家系らしい。肌の色が白いのも血筋のようだ。だが昏睡状態にあるというのに、弟のレオポルドより血色が良い。黄土色の髪の毛と顎髭は赤みを帯びてつやつやとしていた。いかにも誠実そうな顔に濃い眉。レジーは解剖学的視点に立って、全身をくまなく調べた。

「お湯を持ってきてくれないかな?」ホルトは部屋を出ていった。レジーは大公の広い胸にかがみ込むと、ちょうど心臓のあたりから鋼《はがね》でできた細いピンのようなものを抜き取った。顔を近づけてしげしげと観察してから、脇へ置く。ホルトがお湯を持って戻ってきたので、スポンジで体をふき包帯を巻いた。

「きみは、もう体をきれいにふいてさしあげたようだね? きみ以外に大公に触れた者はいるかい?」

「わたしは殿下をお運びしただけです。殿下を見つけて、それからずっとつき添っていました」

「発見したとき、大公はうつ伏せに倒れていたと思うのだが」

「いいえ、先生。仰向けでした。今のように」

「ほかに何か気づいたことは?」

「何もありません。残念ですが。殿下をこんな目に遭わせた不届き者を、この手で絞め殺してやりたい気持ちです」

「まあ落ち着いて。ホルト、冷静にならなくちゃいけないよ。ところで大公は誰からも好かれているのかな?」

「なぜ、そんなことを? みんな大公殿下のためでしたら、なんでもしてさしあげたいと思っています。殿下は——そう、殿下は紳士ですから」

「きっと、きみの言うとおりの方なのだろう。では今のきみの使命は一秒たりとも大公のそばを離れないこと。誰も――誰ひとりもだよ――この部屋に入れてはいけない。ぼくはすぐに戻ってくる」

「かしこまりました、先生。でも、少々よろしいですか？」実直なホルトが顔を赤らめながら言った。「診察の結果をお聞かせください」

「まだ診察は終わっていないよ！」レジーは階下へ行った。

弟大公と大公夫人は、どうやら言い争いをしていたらしい。にもかかわらず大公は突然あらわれたレジーを笑顔で迎え、しつこく椅子をすすめた。レジーはそれに答えず「看護婦が必要です」と告げた。「それと、別の医師の診断も仰ぎたい」

「ほら、ごらんなさい！」大公夫人が鋭く言った。「言ったとおりだわ。こんな青二才はあてにならないって！」

「大公夫人は心配性なんです」弟大公が申し訳なさそうな声を出した。「看護婦は、すぐに手配しましょう。しかし、別の医師の診断とは――あなたで十分ではないですか。自信を持っていただきたい」

「もちろん自信はあります。でもローソン・ハンター医師にも診ていただきたいのです」

弟大公は肩をすくめた。「では、容態は深刻ということですか？　わたしたちは大げさに騒ぎ立てたくないのです。そうだろう、アイアンシー？」

「わたしは自分の気持ちを静めるだけでも精一杯よ」夫人が叫ぶ。

「お静かに」レジーがたしなめた。

「わかりました先生。ご自由になさってください。ただし、わたしたちの立場もご理解いただきたい」

「ではさっそくローソン医師に電話をしましょう」

「そんなに深刻なのですか？」

「かなり重い脳震盪《のうしんとう》と思われます」レジーは一礼するとドアのほうへ向かった。

「あなた――フォーチュン先生」大公夫人が彼を呼び止める。「夫は――夫はどうなるの？」

「ご安心ください。希望は十分にあります」レジーは答えると、大公と夫人の両方をしばし見つめた。ふたりの顔には妙な表情がうかんでいた。感情を必死に抑えようとしているかのような。

ローソン・ハンター医師はどちらかというと小太りで足が短い。顔色は悪く、目はどんよりとしている。いかにも胃が弱そうだが、じつは一度も胃痛を経験したことがない。まして彼が酒を飲む姿は想像もつかない。アルコールと内科医は彼にとって嫌悪の対象以外の何物でもないのだ。ヨーロッパ中に知られている外科医としての名声は、彼のそんな確固とした性格によって得られたものだった。

レジーは玄関でハンター医師を迎え、うるさい弟大公と大公夫人に見つかる前に二階へ連れていった。「おいでいただいて、ほんとうに助かりました。奇妙な事件なんです」

「事件というものはどれも奇妙なものだ」ローソン・ハンター医師は答えた。

「大公は車とぶつかったんです。それで――」

「自分の目で確かめるからかまわんでくれ。フォーチュンくん、わたしは先入観を吹き込まれたくはないのだよ。プロに対して失礼というものだ。最も許せない態度だね。素人ほど何かと雑音を口にしたがる」

レジーは何くわぬ顔で聞き流した。ローソン医師の子どもっぽいけちな性格はよく知っていた。忠実なホルトは部屋から追い出された。ローソン・ハンター医師は、いつもの自分のペースで意識のない患者を診察し、手を洗った。

「驚くべき強靱《きょうじん》さだ」感嘆の声をもらす。「血筋だな。大公の叔父の腹筋もこうだった。まさに英雄的というか。想像するに、大公は歩いていた。そこへ大きな車が右後方から猛スピードで突っ込んできた。肋骨が二本折れ、大公は倒れた。地面に頭を打った衝撃で深刻な脳震盪を起こしたと思われる。おそらく車は停止したはずだ」

レジーは微笑んだ。「ところが停止しなかった。それがこの件で奇妙なことのひとつなんです」

「非常識なドライバーはいくらでもいる」ローソン医師の言葉には実感がこもっていた。彼もじつはスピード狂のひとりなのだ。「いずれにせよ誰かにさがしにいかせたのだろう？　そしてうつ伏せに倒れている大公殿下を見つけたというわけだ」

「いいえ、ちがいます」

「なんだって？」ローソン医師はひどく驚いた。

「大公は仰向けに倒れていました」

「まさか」

「その、まさかなんです。大公を発見した従者から直接聞きました」

「そいつの勘ちがいとしか思えない」ローソン医師は不満げにつぶやいたが、どんよりとした目にそれまでにない色がうかんだ。「この場合、大公はうつ伏せで倒れていなければおかしい」

「わたしも、同じ意見です」

「奇跡でも起きない限りは」

「奇跡なんてありえません」

「しかも脚にできたこのたくさんの擦過傷。まるで倒れた彼を車がもう一度ひいたみたいだ。腑に落ちない。それとも大公は二台の車にひかれたとでも?」

「ローソン先生、こんなものもありました」レジーは、鋼のピンを見せた。

「胸にあった小さな傷は、そいつの仕業か。なんだろうと思っていたのだ。ふふん! しかし、いったい誰がそんなことを」

「しかも、失敗したことに犯人は気づいていません。骨に当たったせいで、急所まで届かなかったようです」

ローソン医師はピンを仔細に調べていた。「女性の帽子につけるハットピンだな。半分に折れてはいるが」

「断面は新しいですね。おそらく胸に刺したときに折れたのでしょう」

「なんて野蛮な連中だ」ローソン医師は薄笑いをうかべた。「フォーチュンくん、きみはまったく驚いていないようだが」

「ええ、全然」

「まさか、きみの作り話じゃないのかい？　混乱させようとして。いずれにせよ、きみはこの館にとどまるべきだ。ところでここには誰が暮らしているのかな？」

「大公と、それからもちろん――」

「アイアンシーだな。あのお騒がせおばさん。アイアンシー――知っている。自動車狂で、自分で車を運転する。きみは彼女に会ったのか？　つまりその――」ローソン医師はベッドに横たわっている大公のほうを顎で指しながらたずねた。

「夫人はとても取り乱していました」

「彼女が？　まさか」ローソン医師は笑いだした。「彼女が取り乱していた？　それは驚きだ！」

「夫人は驚くべき女性です」

「なんだって？　今なんと言った？　用心するんだぞ、きみはまだ若い。確かに彼女はきりっとした美人だが」

「ええ、そうですね」レジーはローソン医師のからかいを無視した。「弟のレオポルド大公も屋敷に滞在しています」

「レオポルドか。彼は第一級の昆虫学者だ。性格は穏やか。大公がこの状態の今、館の主《あるじ》は彼だろう。レオポルドに説明するのが適切だ」ローソン医師はレジーに目で合図した。「信頼できる看護婦はいるかな？　誰かきてくれるまで、われわれはこの部屋にいたほうがよさそうだ。ハットピンの御仁は、わずかなチャンスも見過ごさないだろうから。この王室は代々、犯罪者の血を受け継いでいる。ホーエンツォレルン家、ハプスブルク家、プラガス家、ヴィテルスバッハ家――家系図を見れば一目瞭然だ」

「じつは今夜、ひき逃げ事件がもう一件あったのです。男がひとり死にました――頭蓋骨を砕かれて。遺体は路上に放置されていました。さらに奇妙なことに、彼はモーリス大公の体型にそっくりだったのです」

「なんてことだ！」ローソン医師は、いつもの落ち着き払った態度をすっかり脱ぎ捨てて仰天した。彼のそんな姿をレジーは初めて目にした。「フォーチュンくん、何か極悪な企みがあるようだ。第一の殺人――誤って別の男が殺された――そしてすぐに、まるで同じ手口で殺人がくり返されようとした。哀れな死体の顔を見てまちがいに気づいた犯人が、すぐにまた車に飛び乗って目的の相手のもとへ車を走らせる。想像しただけで身の毛がよだつ。まるで悪魔だ！」

「あいにく、わたしは想像力が豊かではないので」役に立たない感傷とは無縁のレジーが答える。

控えめなノックの音がして、看護婦が入ってきた。ふたりは看護婦に指示を与えると、一階のレオポルド大公のもとへ行った。

大公は赤紫のヴェルヴェッドの服に着替えていた。肌の色と薄い顎髭にはまったく不釣り合いだ。喫煙室で、砂糖水《オー・シュクレ》の入ったコップを手にジャワの昆虫についての本を読んでいた。ふたりに気づくと微笑んで椅子をすすめる。「大公、お話があります。兄上は瀕死の重体です」ローソン医師が告げる。

レジーは横で黙って聞いていた。

「脳震盪で！　そんなに容態は深刻なのですか？　どうしたらいいのだろう」

「確かに脳震盪が最も深刻です。しかし、さらに別の心配も。兄上のちょうど心臓のあたりを狙ったように、これが見つかりました」

「ああ！　ハットピン――ご婦人《モン・デュー》が使うハットピンではないか。信じがたい！　これは殺人だ」

「計画的な殺人ですね」

「どういう意味ですか、先生？　誰かを疑っていらっしゃるのですか？」

「それを考えるのは、わたしの役目ではありません。わたしはただ、誰かが兄上の胸にこのピンを突き立てたという事実のみを申し上げているのです。ほかに何かお気づきのことはありませんか、大公？」

弟大公は両手に顔をうずめた。「わたしは信じない」誰に言うでもなく、ぶつぶつとくり返す。「決して信じない」ほどなくして彼は平静を取り戻した。「おふたりは、信頼のおける紳士です。すべてをお話ししましょう。あなた方が、可哀想な兄と一族の名誉――兄にとっても、わたしにとっても命より貴重な――のために全力をつくしてくださると信じています。ご存じのとおり、兄はボヘミアの王位継承者です。現国王である伯父は、兄がイギリスから離れようとしないことに長いあいだ困り果ててきました。そこでわたしが、兄を説得して祖国へ連れ戻すために遣わされたのです。可哀想な兄は妻の望みを聞いて、ここに住まいを構えました。彼女は王族の務めというものを嫌っています。ふたりの出会いは情熱的で、兄は彼女を盲目的と言ってもいいくらいに愛しました。しかし悲しいかな《アラース》！　そうした一時の激しい恋愛による結婚は往々にして、困難がともなうものです。次第に、ふたりの性格や好みのちがいが目立つようになりました。夫人はあのとおり、気性の激しい女性です。わたしは危惧していました――これ以上は言えませんが、わかっていただけますね？　ふたりの相性の悪さを示す小さな例をひとつだけあげましょう。兄は散歩をこよなく愛しています。ところが義姉のほうは自動車に夢中で、みずからハンドルを握り、猛スピードで車を走らせます。兄は自動車を毛嫌いしています。わたしがきたことも、ふたりの新たな争いの種になっていたのではないかと心配です。兄はボヘミアへ帰る気になっていました。しかし義姉は頑として、それを拒んでいた。正直に言います。わたしは何か恥ずべきこと、愚かなことが起きるのではないかと危惧していたのです。たとえば義姉が兄を置いて家を出てしまうとか。ところが、実際はこんな――もっと恐ろしいことが起きてしまった」

「大公夫人は今夜、車で外出していましたか？」ローソン医師がたずねた。

「はい。確かに。しかし――何かそれが気になりますか？」

「今わたしたちが考えなければいけないのは、患者の回復に全力をつくすことだけです」ローソン医師は答えた。

弟大公は拳を握りしめた。「おっしゃるとおりだ。ありがとうございます。あなたの誠意は心に刻みます」

大公夫人がふいに部屋へ入ってきた。レジーはおやっと思った。夫人は服を着替えていない。そんなことに気を使う余裕もないのだろう。帽子を乱暴に脱いだままで、髪に櫛《くし》も入れていないようだ。「その方たちは、わたしを夫に会わせないつもりらしいわ」夫人は叫んだ。「レオポルド

――」

「奥さま、それはわたしの命令です」ローソン医師が答えた。「わたしは大公の命をあずかっている身ですから」

夫人は唇をかんだ。「彼はそんなに悪いの？」落ち着かない様子でたずねる。

「生死の境をさまよっている状態です。誰ひとりとして部屋へ入ることはできません」

夫人はローソン医師をじっと見た。喉が震え、大きな目がいっそう大きく見開かれて、らんらんと輝いている。肩を小さくすくめたかと思うと、そっぽを向いて腰のあたりから金色のケースをカチャカチャ音をたてて取り出した。紙巻きタバコを出して火をつける。頭の部分が紫色の外国製のマッチがレジーの目にとまった。

ローソン医師がいとまごいをし、レジーは車まで彼を見送った。「なぜ、あのふたりに大公は瀕死の重体だと嘘を言ったのですか？」とレジー。

「そう思わせておいたほうが、大公の身は安全だからだ」ローソン医師が答える。

「そういうお考えで」レジーが言うか言わないかのうちに、車は走り去った。

その後レジーは申し分のない夕食をとり、ぐっすりと眠った。

翌朝、患者の容態は安定していた。まだ意識は戻らないが、頬に赤味がさし、呼吸はしっかりとして脈も強く、体温も上がってきていた。「大公夫人が夜中に二度、容態を訊きに見えました」看護婦が報告する。「思わしくありませんとお答えしておきましたが」

「夫人は面倒なことを言って手を焼かせなかったかい？」レジーは眉をひそめた。

「いいえ、とてもお優しい態度でしたわ」
レジーは新鮮な空気を吸いに外へ出た。ウェストハンプトンの高台らしく空気は澄んでいた。ボルダーウッドのみごとなブナ林をゆっくりと散策し、ヒースの咲き乱れる荒野を横切る一本道に出る。きのう、死んだ男を見つけた場所だ。どす黒い血痕がまだ残っていた。大公が車をぶつけられたのは、もうすこし先だった。ブレンドンへの分かれ道を過ぎたあたり。すぐにその場所はわかった。道にタイヤの跡が深くついている。大きな自動車が乱暴に急ハンドルを切ったか、急ブレーキを踏んだような跡だ。レジーは近づいて、地面に目を凝らした。また外国製のマッチが落ちていた。

彼がそれを拾っていると、すぐそばに車がきて停まった。男がふたり飛び降り、レジーのほうへ歩いてくる。ひとりは中年で、不思議なほどこれといった特徴がない。もうひとりは若くて颯爽《さっそう》としているように見えたが、そばにくるとレジーの父ほどの年齢であることがわかった。俳優的とでも言おうか。計算ずくめの表情に、俳優のような着こなし、それにわざと語気を強めた話し方。今は気のおけない若い友人の役を演じようとしているらしい。

「フォーチュン先生とお見受けしますが」彼は満面の笑みをうかべて声をかけてきた。

「たしかにフォーチュンです」

「事件を再現しているのですかな？　ああ、ご心配なく。わたしはローマス——スタンリー・ローマス——犯罪捜査部《CID》の者です。ローソン・ハンター医師が昨夜見えて、話をうかがいました。患者が快方へ向かっていることも聞いています。神の思し召しだ。ちょっと失礼——すぐ戻ります」彼はレジーからひょいと離れて、部下とあたりの地面を調べてまわった。だが、レジーにはふたりの調査は非常に表面的に見えた。ローマスがまた軽い足取りで戻ってくる。「大公はここで血を流さなかったようだ。だが、もうひとりの男は出血した。つまり――あなたが発見した男のことです」

「ここへくる途中でね。側溝に落ちているのを見つけました」

「犯罪者というものは奇異な発想をするものです。わたしはいつも驚かされる。ところで、ここで何か見つけましたか?」

レジーはさっきのマッチを見せた。「もうひとりの男のそばにも同じようなマッチが二本落ちていました」

ローマスはマッチをしげしげと観察した。「ベルギー製だな。大陸では、ほぼどこでも手に入る。ご存じでしたか?」

「大公夫人も使っていましたよ」

「ほほう、それは興味深い。よければ屋敷までご一緒してもいいですかな?」道すがら、ローマスはあたりの自然の美しさや、朝の空気の素晴らしさをさんざん誉めあげた。

彼らがボルダーウッドの入り口についたとき、大公夫人が運転する大型車が目の前を走り過ぎた。ローマスは眼鏡を上げた。

「夫人は悲しみに沈んでいると思ったが。そうではないようだ」

「それほど悲しんでいるようには見えませんね」

「強がっているだけでは？」

「さあ、どうでしょう」

「ああいう人種は、往々にしてそういう態度をとるものだ」ローマスは悲しそうにつぶやいた。屋敷の玄関でふり返り、車がブナ林を抜けて走り去るのを見送る。「気の強そうな女性だ。ところでよければ、あなたの部屋へお邪魔したいのだが」

「何かお話があるのはわかっていましたよ」レジーが答える。

ローマスは二階のレジーの部屋へ入るまでは無言だった。「いや、とくに。これといって話があるわけではないが」部屋に入ると再び口を開き、タバコに火をつけた。「あなた方医者が言うところの別の診断《アナザー・オピニオン》を仰ぎたいのです。ローソン医師は、すでに独自の見解を下されている」

「彼はそういう人物です」

ローマスは眉をぴくりと上げた。「事件をおさらいしてみましょう。誰かが車に乗って大公を待ち伏せした。ところが勘ちがいで、ひかれたのは別の可哀想な男。誰かは、大胆にも計画にもう一度挑んだ。気の強い人物と思われる。大公夫人はかなり荒っぽい一族の出だ。好き嫌いにかかわらず、とにかく些細なことはどうでもよい性格らしい。死んだ男と大公、両方のそばからマッチを見つけたとおっしゃいましたね？　さらには大公の胸からハットピンも。それは明らかに犯人の失敗だ。しかも女性らしい失敗。彼女は苦労のかいなく、夫がまだ生きていることに気づいた。このままでは絶望的だ。そこで――こんなふうに《ヴォアラ》」ローマスは突き刺すような仕草をして見せた。

「それがあなたの見解ですね、ローマスさん?」

ローマスはタバコの煙を輪にして吐き出した。「お邪魔して申し訳ありません、先生。お訊きしたいのは、つまり——こう思えないでしょうか——大公夫人とレオポルド大公が共謀しているとは? 夫人がレオポルドと恋に落ちているとしたら、そういう可能性もありえるのではないでしょうか」

「考えてみましょう」レジーは答えた。

ローマスは新しいタバコに火をつけた。「あなたのご意見を訊きたかったのは、まさにそこです。先生は事件直後にふたりと接触されている」ローマスは眉を上げた。

「しかし、とくに何もありませんでした」レジーが言う。

「やはりそうか。そんな気がしていた。先生、これは厄介な事件です。おっしゃるとおり、とくに何もなかった。証拠をすべてわたしが握っていれば話は簡単なのですが。誰にも関わらなくてすみますからね。王族は起訴できないのをご存じでしょう? 大公の事故は——まあ、内輪の問題だからいいとして。しかし彼らは関係のない人間を殺した! 被害者に対しては誰が罪を償うのか? 海峡を越えてやってきた王族が我がイギリスの公道で狂気の疾走をしたというのに、わたしは彼らに指一本触れることすらできない。まことに、忌々しい。先生、そこがこの事件で最も厄介な点です」

レジーはうなずいた。そこへ朝食が運ばれ、ローマスは席をはずそうと立ち上がった。コーヒーだけでもとすすめても、いらないとことわる。「急がなければ。彼らに神を畏れる気持ちだけでも与えることができればいいのだが。もし彼らが慌ててボヘミアへ戻れば、それがいちばんの解決策です」言い残して、ローマスは足早に去った。コートをはおるように、ふたたび颯爽とした雰囲気を身にまとって。

レジーが朝食後の一服に、窓辺でパイプをくゆらせていると、大公夫人が車で帰ってきた。朝の空気に似合わず、青白く疲れきった顔をしている。「何か起こるぞ」レジーがひとりごとを言っていると、背後から声がした。「素晴らしい車ですね」驚いてふり返ると、すぐそばに、ローマスの部下で、あの背が低く特徴のない男が立っていた。「やはりイギリスの車が世界でいちばんですよ」彼はつづけた。

「きみもその点に注目していたんだね?」レジーは訊いてみた。「何か気づいているだろう?」

「わたしたちは天才ではありません、先生。でもプロですからね。何かある。先生もそう思っているでしょう? おっしゃるとおり、わたしたちはあることに気づいています。昨夜の事件を起こしたのは外国車で、タイヤも外国のものでした。でも大公夫人が運転しているのはイギリス車です。それから──わたしたちがハットピンの折れた半分を発見したのをご存じですか? 昨夜わたしが拾いました」彼は頭部に大ぶりな銀細工を施した、鋼の破片を見せた。「ドイツ製らしいです」

「いや、ウィーンだね」レジーが訂正した。

「先生は、なんでも知っていらっしゃる。ありがたい。ところでウィーンはボヘミアにとても近いと聞いたことがありますが──警戒してかからなければ」

「きみの用件はハットピンのことだけかい？」

「いえ、まだありません。おっと、自己紹介をしていませんでした。わたしはベル警視です。ローマス部長の指示でここへきました。館のなかに、つねに目を光らせている人間が誰かひとりいると、あなたに都合がいいだろうということで」

「ローマス氏には感謝するよ」

ドアをノックする音がして、レオポルド大公の従者が入ってきた。大公はフォーチュン医師が患者の病状を報告にこないので遺憾に思っている。すぐに自分のところへくるようにという伝言だった。

「そんなことをおっしゃっているのかい？」レジーが答える。「レオポルド大公には、こう伝えてくれ。フォーチュンは今ちょっと忙しいので、しばらくお待ちくださいと」

従者はかなり驚いた様子で、レジーの答が信じられないという顔をしたが、あきらめて引き下がった。

「才能ですね」ベル警視が感心して言った。「あなたには天賦《てんぷ》の才能があるようだ。わたしには、そうやってお偉方をうまくあしらうことはできませんよ」

レジーはごちゃごちゃと器具を並べはじめた。白い錠剤が詰まった瓶、メジャーカップ、水差し、皮下注射用の注射器。「きみは急いで部屋を出たほうがいい」ベルに忠告する。

「レオポルド大公がここへくると？」

「うん、すぐにくるだろう」レジーは答えると、コートを脱いだ。ふり返ったときには、もうベル警視の姿は消えていた。

「舞台の準備はできましたか、先生？」カーテンの陰から声がした。「ぼくは、ここから去るようにと

「きみの無礼な行動には驚いたよ」レジーは文句を言った。

「――」

だがそこで、弟大公が部屋へ到着した。今朝は赤茶色の上着に身を包んでいる。「フォーチュン先生は秘密主義でいらっしゃるようだ」大公は抗議した。「もっと率直なお方だと思っていましたが」

「患者を第一に考えればこその行動です」

「わたしの不安な気持ちもおもんぱかっていただきたい。ところで先生、兄はどうですか？」

「ご心配なく。兄上は快方へ向かっています」

大公は見るともなく椅子のあたりに視線をやり、しばし言葉をさがしているようだった。「それはうれしい知らせだ」おもむろにゆっくりと言い、これまたゆっくりと微笑む。「神の思し召し《モン・デュー》だ！　奇跡のようで信じられない気持ちです、先生。昨夜は最悪の事態だとおっしゃったのに」

「昨夜は――昨夜ですよ、大公殿下」レジーは答えた。「今朝、回復のきざしが見えはじめたのです。あらゆる症状が良くなっています。あと二、三時間もすれば患者は話すこともできるでしょう」

「話せる？　しかし脳震盪は？　あんなに重症だったというのに。いったいどういうことやら」

「幸運だったのですね。神の手とはこのことかもしれません。これで知りたかったこともわかるでしょう。兄上は事故がどうやって起きたかを一部始終話してくれるかもしれません。ちょっと失礼して、注射の用意をしなければ」レジーはメジャーカップに錠剤を一錠入れて水を注いだ。「これは使い方によって毒にも薬にもなります。驚くべき薬です。ストリキニーネを一錠――強心作用があるので意識を回復させます。しかしこれが二錠、三錠となると――そんな少量でも毒薬となり、ただちに人を殺してしまいます。すこしお待ちいただけますか。患者の容態を診てきたいので」

そう言うとレジーはしばし部屋を離れた。

彼が戻ると、弟大公はまだそこにいた。「変わりはないですか、先生？」

「ええ、順調です」

「お邪魔をしてはいけませんね。先生、なんと言ったらいいのか！　ご診断どおりに回復したら、このうえない喜びです」そして弟大公は部屋を出ていった。

レジーはテーブルへ行って、ストリキニーネを溶かしたカップを手に取った。カーテンの陰からベル警視が飛び出し、彼の腕をつかむ。「それを注射に使ってはいけません」かすれ声で言った警視の顔がさっと赤くなった。

「そんなばかなことはしないよ」とレジー。そしてカップをテーブルに置くと、今度は錠剤の入った瓶を手に取った。広げた紙の上に瓶の中身をぶちまけて個数を数えだす。

「いやはや！」ベル警視があきれる。「大公を罠にかけたのですね？　なんてペテン師だ！」

「きみだって、無礼をはたらいていることを忘れるなよ」レジーは軽く受け流して、錠剤を数えつづけた。

「ローマス部長に報告しなければ」警視は生真面目に言った。

「彼に電話しちゃいけない。もし知らせたら、ただじゃおかないぞ」

「めっそうもない。電話なんかしませんよ。あなたのような腕の立つ医者がいるのですから」そう言って警視は部屋を去った。

レジーは錠剤を数え終えて思わず口笛を吹いた。「思い上がりもはなはだしい。なんて嫌な奴だろう！」瓶に錠剤を戻し、別の瓶に錠剤を溶かした水を注いで、どちらもしまい込んだ。「証拠第一号」満足げに言う。「そして、こちらは証拠第二号」それから患者の部屋へ行き、看護婦とミュージカルコメディーのダンスの話をして穏やかなひとときを過ごした。しかし三十分もしないうちに大公夫人がドアをたたいた。

レジーがドアを開ける。「奥さま、どうぞお入りください」夫人を部屋へ招き入れる。「お話があります」夫人はすさまじい剣幕でレジーの前に立ちつくしていた。

「ご主人は、必ず意識が戻ります」

夫人は胸を押さえた。「彼は――彼の命は助かるの？」レジーがこれまでに聞いたなかで最も哀れな声だった。

「大丈夫です、奥さま！」

夫人は身を震わせ、ふらっとしたかと思うと倒れ込んでしまった。レジーは彼女を支えて椅子に座らせ、顔をしかめて待った……夫人は息を切らし、何とか微笑もうとする。そしてようやく弱々しい声でささやいた。「もう何も望みません。ああ、最愛の人が無事でほんとうによかった」母国語だった。夫人ははっと目を見開いた。「今、何か聞こえたわ」

「大公殿下が声を出されました。大公は――あなたのお名前をおっしゃったのですよ」

すると夫人は泣きながらレジーの両手をつかんだ。「彼の顔を見せて――お願い――お願いよ」

「まだいけません。意識は戻っていらっしゃらないのです。今はお部屋に帰ってお休みになられたほうがいい」

「あなた――あなたって、ほんとうにお若いのね」夫人は涙顔で笑いながら自分の手をレジーの手に押しつけた。

「すみません」レジーがぎこちなく答える。その表情はどうしようもないほどチャーミングだった。

「あら、あやまるだけ？ いかにもイギリス紳士らしいわ」そこまで言われては、彼女の手にキスをしなければいけない。レジーはイギリス紳士らしく、そうした。しかしお返しは、唇へのキスだった。

レジーは咳払いをひとつしてから言った。「大公殿下が快方に向かっていることは、誰にもお話しになりませんように。館のなかでは、まだ大公が危険な状態にあると思わせておかなければいけません」

「どうして？」夫人の表情がこわばった。「あなたはレオポルドを恐れているのね！」

「奥さまも恐れているのではないでしょうか？」レジーが言葉を返す。

「恐れる？　まさか。でも」——夫人は身震いした——「でも彼は人間ではないわ」

「何も心配なさらずに。わたしも心配はしていませんから」レジーはそう言ってドアを開けた。夫人を見送ってから「彼女にはすこし可愛いところもある」とつぶやき、呼び鈴を鳴らして昼食を持ってくるように命じた。

午後、レオポルド大公は侍従を使って兄の容態を四度訊きにきて、その都度レジーは変化はないと答えた。「レオポルドは今につぎの行動に出るだろう」レジーはひとり、ほくそ笑んだ。「レオポルド大公、お手並み拝見ですな」

お茶の時間《ティータイム》にスタンリー・ローマス部長がいつにも増して、颯爽とあらわれた。

「先生、おひとりで楽しみにひたっていらっしゃるのかな？」力強い握手を差し出す。「おめでとう。きみの企みどおりだ。まさしくきみの企みどおり。レオポルドから解放されれば、きみもうれしいだろう。神を畏れる心をあの男に持たせるチャンスだ。今ならこちらの思うままにできる。さあ、レオポルドを尋問するぞ」

レオポルド大公に犯罪捜査部のスタンリー・ローマス部長が面会を申し込んでいることが告げられた。大公は紅茶を飲んでいるところだったが、喜んでローマスを招き入れた。レジーも一緒だった。「フォーチュン先生、進展はありましたか？」

「患者に変化はありません」

「何も変化がない！　今朝、あんなに期待を持たせるようなことをおっしゃったのに。ローマスさん、聞いていただきたい。わたしはずっと不安なままで過ごしているのですぞ」

「お察しします。しかし、わたしが参りましたからには、ご不安をすこしでも軽くできると思います。必ずや昨夜の暴挙の犯人を突き止められるかと」

「ありがたい！　こんなに早く！　イギリスの警察はまことに優秀だ。ローマスさん、どうぞおかけください」レオポルド大公は、まだぐずぐずしているフォーチュンを見て訊いた。「フォーチュン先生、わたしにまだ何かご用でも？」

「フォーチュン医師は証人です」ローマスが代わりに答える。

「ほう？　興味深いことをおっしゃる――はなはだ興味深い。失礼、すこしお待ちいただきたい」大公は部屋を出ていった。

ローマスは椅子に腰かけたままふり返り、イタリア製の鏡の前でネクタイをなおしているレジーに物問いたげな視線を向けた。「たぶん着替えにいったのでしょう」レジーが説明する。「今日はまだ一着目のスーツしか着ていませんからね」

従僕がふたりにもお茶を出していると、ほどなくして弟大公が戻ってきた。

「ローマスさん、わたしはせっかちな性格でして。どうぞ、もっと座り心地のよい椅子におかけください。フォーチュン先生は――ついたてのそばの椅子がいいでしょう。紅茶でもどうぞ」

大公は満面の笑みですすめた。

「ところでイギリスを去る準備はできましたか？」ローマスが鋭くたずねた。

「ローマスさん、どういう意味ですかな！」

「今夜の郵便船に乗れるでしょう」

「おっしゃる意味がわかりません。無礼な方だ」

「これは失礼。でも、わたしの仕事はデリカシーというものとは無縁でして。あなたは今朝、フォーチュン医師の部屋を訪ねましたね?」弟大公は、スプーンで紅茶をかきまぜるのに没頭しているフォーチュンをちらりと見た。「彼は患者にストリキニーネ注射をする準備をしていた」

「おや、あの音は?」レジーが叫んで窓のほうへ顔を向けた。「ローマス、車の音だ。きっときみの部下が大公夫人をさがし当てて、連れてきたのだろう」

「車だって?」大公が言い、ローマスは眼鏡を押し上げた。

「事件を起こした車かもしれない」

大公が窓辺にすり寄る。ローマスも椅子から立って外を見た。だが、ふたりがこちらをふり返ったときには、レジーは紅茶をすすっていた。ローマスが眉をひそめる。「フォーチュン、何もないじゃないか」

大公はにやりとした。「フォーチュン先生は幻覚でも起こしたようですね」そしてハンカチを取り出すと、顔の汗を押さえて椅子に座り、紅茶をごくりと飲んだ。

「話を戻しましょう」ローマスが苛々しながら言った。「フォーチュン医師はあなたに、ストリキニーネは二錠で人を殺すと言いました。そして部屋をいったん出た。彼がいないあいだに、あなたは錠剤を六錠、お兄さんの注射液に溶かしましたね?　大公、つぎの船でイギリスを出ることを命じます」

大公は笑いだした。「フォーチュン先生の言うことを信じられるのですか？　ごらんのとおり彼は幻覚を起こしているのですよ。聞こえないものが聞こえ、ありもしないことが現実に思える。ローマスさん、もしわたしが警察官だったら彼の目撃証言なんか信じませんね。あなたはまちがっておられる」

「目撃者は彼ひとりではありません。わたしの部下がカーテンの陰にいたのです」

大公は自分で紅茶をもう一杯ついだ。「フォーチュン先生、もっと紅茶を召し上がりませんか？　いらない？　なんて意地の悪いお方だ」大公はかすかに笑った。「我々の国では、しばしば警察官が不正をはたらきます。そんなやからに生活を乱されるのは決して許せません」

「あなたは、ドイツ車をイギリスへ持ってきましたね？」ローマスがつづける。「その車は今、どこにありますか？」

「あなたのスパイはあまり優秀ではないらしい、ローマスさん。もうたくさんだ。わたしは――」

大公は苦しげな声をあげて椅子から立ち上がろうとした。しかし体をくの字に曲げると、激しく顔を歪めて床にくずれ落ちた。痙攣《けいれん》が起き……苦しげなあえぎ声とともに、青白い頬が土気色に変わった。そして身をよじったかと思うと、動かなくなった……。

「そういうことだったのか」レジーがため息をつく。「どうして六錠も必要だったのかと不思議に思っていたんだ」

「なんだって？」ローマスが声を荒げる。

「ストリキニーネですよ。彼は何錠か飲み込んだらしい」

「なんてことだ！　助けられないのか？」

レジーは肩をすくめた。「ほとんど即死ですね」

しばらくしてローマスが言った。「まあ、いいさ！　これで一件落着だ。だがわからない男だな」

「わたしも、まったく理解できません」レジーはうなずいた。「彼は兄を殺そうとした。そうすれば自分が王位につくことができるからです。でも、なぜ今？　もっと前に殺そうと思えば殺せたはずだ。さらに大公夫人の存在。彼女は率直な女性です。そんな彼女がどこまで弟大公に荷担していたのかが疑問です」

「それほど心配する必要はないよ」ローマスが話しはじめた。「モーリス大公は宮廷生活に耐えられなかった。彼が王位継承を辞退するつもりだということは、誰もが知っていた。つまり大公がイギリスにとどまる限り、レオポルドは安心だったというわけだ。ところが、最近になってモーリス大公は国へ帰る決心を固めたとわたしたちに告げた。国民に対する義務を果たすために。きみは知らなかったのかい？　大公夫人は激しく抵抗した。彼女は王族の務めをすべて忌み嫌っていたから。だが、モーリス大公はたとえ女性が相手だろうと、決して意志を変えない人物だ。そこでレオポルドが、何か妙案はないかとやってきた。想像するに、彼は大公夫人をたきつけて兄に国へ戻るのをやめさせ、ここで静かに暮らすよう説得させようとした。その点では、ふたりは共謀したと言える——もしかするとボヘミア大使の画策もあったかもしれない。彼女はまさしくジプシーだ。だが、率直な女性でもある。事件には、からんでいない。あれは夫人の車ではなかった。レオポルドは兄の決心を変えることができないと知って、殺人を企てたのだろう。屑《くず》のような人間だ。ローマに愛人もいたのだから——そこへ追い出しておけばよかったのに。しかし計画は周到だった。すべて抜かりなくやった。ミスは車のタイヤの跡を残してしまったことだけだ。ハットピンもおみごと！　いかにも頭に血が昇った女性の仕業に見える。彼は女性心理に非常にくわしい——ある種の女性に限ってだがね」

ノックの音がした。ふたりはドアの前に立ちはだかった。

「ローソン・ハンター医師が見えました」従僕はレオポルド大公の姿が見えないので不審そうな顔をした。

「お通ししてくれ」レジーが答える。

ローソン医師がせわしなく入ってきた。「また事件です」ローマスとレジーがよけると、死体が彼の目に飛び込んだ。

「自分で毒を飲みました。ストリキニーネです」ローマスが説明をはじめる。

「ローソン先生に先入観を吹き込んではいけません」レジーは慌てて言った。「先生はそれが大嫌いです」

「よくぞ言ってくれた！」ローソン医師が目をむく。

「わかった、わたしは引っ込むよ、フォーチュン」ローマスが死体に手を振る。「だが、これだけは誓って言いたい。彼はそれほど度胸のある男ではなかった」

「同感です。だから彼は自分にではなく、わたしに飲ませようとした。わたしがカップを交換したのはそのためです」

「きみが――」ローマスはレジーを見つめた。「車の音が聞こえるとか言ったときだな?」

「だから車の音が聞こえたのです」

「そして彼に一服盛った!」

「そうです。公平でしょう? だって、わたしは昨夜あの可哀想な男の死体を見つけたのですからね」

「そのとおり!」ローソン医師が声をあげた。

従僕がまたドアをノックした。フォーチュン医師に電話だと告げる。「この部屋に電話機はあるのかな? つないでくれ」従僕は大公の変わり果てた姿に言葉も出ず、涙を必死にこらえて去った。

電話のベルが鳴った。レジーが受話器を取る。「はい、わかりました。すぐに」受話器を置くと言った。「わたしはこれで失礼します。深刻な患者が出たので。ジョーンズ夫人の小さなお嬢さんがドイツ麻疹《はしか》にかかったようです」

付き人は眠っていた

　バーディーがカモメのような声を張りあげて舞台に登場した。聴衆はいつものように拍手喝采で迎え、レジナルド・フォーチュン氏はオペラグラスを押し上げた。舞台芸能通を自認する彼にも、バーディー・ボルトンは異色の存在だった。もう若いとは言えない。美人ともほど遠い。鉄かぶとのように切り揃えた黒髪、決して微笑まない陰気な顔。前かがみになったり突然そり返ったりと自在に動く少年のようなほっそりとした体――それらがすべて彼女には魅力となっていた。上半身にまとっているのは、ほとんどダイアモンドだけ。下には極彩色の風変わりなスカートをはいている。そんな奇妙な外見には似合わない声――か細くて甘い――でバーディーは歌いはじめた。彼女のもとを去った恋人への思いを切々と訴える短く単純な曲だった。そこで、様子は一変する。空気を震わすようなかん高いコーラス――汽笛がラグタイムを奏でるような声と言えば想像がつくだろうか。それに加えて野性味あふれる情熱的で不可思議なダンス。細い体が変幻自在に動き、白く長い腕をくねらせたり、ぐいっと突き出したりする。まるで何人もの女たちがそこで闘いをくり広げているようにも見える。しかも驚異的な強さをたたえながら。美しいという言葉では表現できないが、訴えるもののあるダンスだった。

バーディーは息を切らして例の七色の気ちがいじみたスカートに沈むように座り込むと、惜しみない拍手を送る聴衆にうなずいた。

フォーチュン氏はオペラグラスをたたんだ。「大したものだ」連れの海軍中尉に話しかける。「野生の鳥のようだね」中尉がうなずく。レヴュー後半の演目はありきたりだったので、ふたりは夕食を食べにいった。

翌日は土曜だったが、バーディー・ボルトンが朝、フォーチュン氏を訪ねてきた。彼女は騒々しい環境にはなじめない性格で、田園風景の残る郊外のウェストハンプトンに何年も前から家を持っていた。レジー父子《おやこ》は、ここに診療所を構えている。最初は父のフォーチュン医師がバーディーの主治医だった。だがレジーが戻ってきたとたん、彼女は若い医者のほうがいいと天性の大らかさではっきりと言い、今では彼が担当になっている。

昼の光のなかで、ミス・ボルトンは過剰と言えるほど堅い服装に身を包み、独身のイギリス女性らしいきびきびとした姿を装っていた。特別注文《テーラーメイド》のツイードがすっきりとしたデザインのせいか、以前より痩せた感じがする。しかし目だけはきらきらと輝いていた。

「昨夜の公演は素晴らしかったです」レジーは感想を伝えた。

「最前列の正面でご覧にならなかったのね?」ミス・ボルトンは不快な表情をした。「あら、ごめんなさい。ちょっとからかってみただけよ」

レジーは、医師としての自分が求められていることに気づいた。

「どこか具合が悪いのですか?」できるだけ明るい調子でたずねる。

「それが、あなたの役まわりよね」とミス・ボルトン。「わたしを質問攻めにする」

ふたりの会話はそこから、医師と患者が診察室でかわす退屈な内緒話に変わった。「とくに問題はないようですね」レジーは最後にそう診断を下した。「お話をうかがった限りではすべて正常です。何がそんなに心配なのですか?」

「夢よ」ミス・ボルトンが答えた。「どうして夢を見てしまうの? わたしは生まれてからこのかた、一度も夢なんか見たことがなかったのに」

「どんな夢ですか?」

「とんでもない夢ばかり。愚にもつかない。たとえばステージの上でバスに追い回されたり。あるときはメイが」――メイ・ウェストンはボルトンの付き人だ――「メイがバスルームでオウムを飼っていたり。何か音が聞こえたようで目覚めると、音なんて何もしていなかったり」

「毎晩そんな夢を見るのですか?」

「まさか! それほどひどくはないわ。時々よ。でもね、先生。これって不公平だと思わない? わたしはお酒も薬も飲まないのに。この調子じゃ、そのうちピンクのネズミまで見るようになるのかしら?」

「何か悩み事でもあるのですか?」

なんと、ミス・ボルトンが顔を赤らめるなんて! レジーには信じられなかった。「先生はほんとうに鋭いわ。なんでもお見通しね」彼女は手を伸ばし、男のように力強くレジーの手を握った。いつも指にはめている大きなエメラルドが彼の手に押しつけられた。「バーディーは強い女よ。じゃあね」ミス・ボルトンはそう言って笑った。

翌朝レジーがバスルームから出ると、ミス・ボルトンの家政婦から電話があったと伝えられた。彼女が事故にあったので、すぐにきてほしいという。「サムを呼んでくれ」レジーは急いで服を着た。サミュエル・ベーカーは無類のずうずうしさで、レジーの運転手兼雑用係にしてほしいと売り込んできた男だ。レジーが下へ行くと、すでに車を出して、運転席でサンドイッチを頬ばっていた。ふたりとも時間を無駄にしない。

ミス・ボルトンの住むノーマンハーストは、一エーカーはある庭園に囲まれて建っている。中期ヴィクトリア様式のようでもあり、とくにこれといったスタイルがないようにも見える。レジーが車から飛び降りると、家政婦が扉を開けた。きびきびとして快活な彼女は、家政婦の模範のように見えた。

「何があったのです、ミセス・ベッツ?」レジーがたずねる。

「たいへんなことが。どうぞ、こちらです」家政婦はバーディー・ボルトンの私室《ブドワール》の前で立ち止まると、エプロンのポケットから鍵を出し、鍵穴に差し込んだ。

「失礼します」

「先生、驚かないでくださいね」ミセス・ベッツはそう言うとドアを開けた。

レジーがなかへ入る。まっ白なバーディー・ボルトンの顔に太陽の光が差していた。ソファーに倒れている。イヴニングドレスを着たままだ。喉にはぱっくりと開いた傷。そこから赤いものがひと筋、むき出しの肩から腕を伝って絨毯にまで達し、紫のしみを作っていた。

レジーは慌てて駆け寄ると、彼女を診た。死後、数時間はたっているようだ。

「見つけたのは?」

「メイド頭《がしら》です。彼女はそれからずっと半狂乱で」

「無理もない! 彼女が見つけたときも部屋は今と同じ状態だったのかな?」

「いいえ、先生。そこの椅子でミス・ウェストンが眠っていました」

「なんだって?」レジーは目をむいた。女主人が殺されたというのに、付き人はそばでのんびりと眠っていた――その事実に驚いたからではない。むしろ彼はメイ・ウェストンのことを、ぼんやりしていて地味な性格――緩衝材《かんしょうざい》のような娘だと見なしていた。

「ミス・ウェストンがその椅子で眠っていました」家政婦はくり返した。「この目で見ました。アミーリア――つまりそのメイド頭の悲鳴を聞いてわたしはここにきたのです。ミス・ウェストンもやはりイヴニングドレスのままでした。彼女はわたしの悲鳴にも目を覚まさず、それどころか――身じろぎひとつしませんでした。わたしは彼女を揺さぶって『ミス・ウェストン』と声をかけました。『これはどうしたことですか?』って。彼女はようやく目を覚まし、眠たそうな目でまわりを見まわしました。ミス・ボルトンが倒れて血を流しているのに気づくと、ミス・ウェストンは悲鳴をあげて『わたしがやったの――ああ、わたしが殺したのよ』と言うと、こちらを物すごい目で見つめて、そして気を失ってしまったんです」ミセス・ベッツはそこで言葉を切りレジーを見た。彼が恐怖の表情をうかべるのを期待しているようだった。

「それで、きみはミス・ウェストンをどうしたんだい?」レジーは訊いた。

ミセス・ベッツは喉をごくりとさせた。「彼女の部屋へ運びました、フォーチュン先生」重々しい口調で答える。「今は意識を取り戻して、泣きじゃくっているようです」

「その点は自然だ」レジーはつぶやいた。

「あたりまえですわ！」ミセス・ベッツは顔をぐいと上げた。

「そのあと、きみは何をしたんだい？」

「何ひとつ、ここのものには触れていません。ドアに鍵をかけて、先生と警察へ電話をしました」

「みごとな行動だ、ミセス・ベッツ」レジーがほめた。

ミセス・ベッツの表情がやわらいだ。「先生、こんなこと耐えられませんわ。お優しくて素晴らしいご主人さまでしたのに。あのお方なりの流儀で完璧なレディーでした。それなのにあのミス・ウェストンときたら！　穏やかでおとなしい娘だと思っていたのに。こう言ってはなんですが先生、わたしは心が石になったような気がしています。なんてことでしょう！」ミセス・ベッツは身震いした。「冷酷としか言いようがありませんわ」

レジーは室内を見まわした。

「これは殺人でしょうか、先生？」ミセス・ベッツはミス・ウェストンが絞首刑になるのを望んでいるような声色で訊いた。

「そのようだね」とレジー。彼はミス・ウェストンが眠り込んでいたという椅子のところへ行き、ハサミと、象牙の柄がついた千枚通しを床から拾い上げた。どちらにも血のりがべっとりとついている。見たくないものだった。

「ああ！」ミセス・ベッツが叫んだ。「それが凶器ですわ。先生、もとに戻してください。わたしは警察がくるまでと思って、椅子の下にそのままにしておいたのですよ」

「ミセス・ベッツ、あなたの気配りは素晴らしい」レジーはハサミと千枚通しを床に戻すと、バーディー・ボルトンの死体へ引き返した。

喉の刺し傷は「井戸ほどに深く、教会の扉ほどに広くはない」（シェークスピアの『ロミオとジュリエット』でロミオの親友マーキューシオがジュリエットの従兄弟との決闘のすえ剣に倒れ、致命傷を受けたときの言葉）ものだった。つまりは小さいけれど致命的な傷。急所を切り裂いたのは、小さくて美しすぎる傷しか残さない凶器だ。レジーは千枚通しとハサミをあらためて観察した。そのとき、ミセス・ベッツが部屋からいなくなっていることに気づいた。

死体にはほかにも傷があった。青白い肩と胸に六カ所ほど傷がある。だが、どれもさほど深くはない。あの千枚通しとハサミで刺されたくらいの傷だ。喉に刻まれた的確で美しい傷がバーディー・ボルトンの命を奪ったのは明らかだった。肩や胸の小さな傷は彼女が誰かと争ったことを示しているようだ。彼女の必死の抵抗はレジーにさらに、ある手掛かりを残していた。黒のイヴニングドレスが一方の肩からずり落ちて裂け、右肩がむき出しになっている。そこに強く握りしめられたような青い痣《あざ》ができていたのだ。レジーはそれを丹念に調べた。

男がふたり、慌ただしく入ってきた。レジーの肩に手を置く。「失礼、そこをどいていただきたい」

レジーは立ち上がって、背が低く小太りで気取った感じの男と向き合った。

「わたしは医師のフォーチュンです」レジーが名乗る。「ミス・ボルトンはわたしの患者でした」

「患者でした、ね」背の低い男がわざと強調してレジーの言葉を反復した。「だがフォーチュン先生、ここからは専門家の領域だ」

「だからこうして、わたしは彼女を調べているのです」レジーは穏やかな口調で言った。

背の低い男は笑いだした。「一介の開業医の出る幕ではない。きみの手には余る事件だよ」

「そうでしょうか?」レジーは反論した。

「いいから、いいから」彼はレジーを追い払おうとしたが、黙って従うレジーではなかった。

「今は邪魔なだけだ。検死審問《インクエスト》できみの証言が必要なときはきてもらおう。正式な証人として」

それでもレジーは動こうとしない。「わたしはこの地域の警察医だ」背の低い男は声を荒げた。

「どこのどなたかと不思議に思っていましたよ」レジーはぶつぶつと言った。

背の低い男はくるりとふり返って指示した。「警部、彼を部屋から追い出してくれ」

いかにも警察官という雰囲気の男が大またで進み出た。「先生、手こずらせないでください」

しかめっ面で警告する。「言うとおりにしていただかなければ、しかるべき手段に出ます」

「それはおもしろい!」とレジー。「では、お手並み拝見といこう」彼は窓のそばへ行き、庭のバラに目をやった。

「お願いですから、ご退出ください」警部がレジーを追い立てる。

「わかった、わかったよ」しかたなくレジーは従った。

部屋にはドアが二カ所にある。レジーは入ってきたときと別のドアから出た。そちらはバーディー・ボルトンの寝室につながっていた。

寝室には人影があった。ベッドのそばのついたての向こうから、怯えた顔がのぞく。ミス・ボルトンのメイドのひとりだった。

「失礼。廊下に通じていると思ったもので」レジーはわびた。

「ここはミス・ボルトンの寝室ですわ——お気の毒なミス・ボルトンの」メイドの言葉には、かすかに外国語のアクセントが感じられた。

「そのようだね。そして、きみはミス・ボルトンのメイドだろう？　確か、名はフローラ？」

「ええ、先生。ミス・ボルトンを診られたのでしょう？　先生に何かできることはないのですか？」

「ミス・ボルトンはすでにお亡くなりだ、フローラ」

「お慕いしていましたのに」フローラはため息をついた。

「ぼくも彼女が大好きだった。ところで昨夜、何か物音に気づかなかったかい？」

「いいえ何も。もう下がっていいと言われて。わたしはぐっすり眠っていました」

レジーはうなずいた。「辛い務めで悪いがフローラ、ミス・ウェストンの部屋へ案内してくれないか？」

「ミス・ウェストン！」フローラは悲鳴に近い声で叫んだ。

「きみも彼女が……」

「べつにそう考えていたわけではなく、ただ直感で……」フローラは言いかけた。

「それは感心しないね。さて部屋はどちらかな」

フローラが先に立って歩いた。若いとはいえないが、黒っぽく地味な服装にもかかわらず十分に美しい女性だ。

「ミス・ウェストン、お医者さまがおいでです」フローラがドアをたたいて声をかけた。

「どうぞ、お入りください」暗い声が答えた。レジーはなかへ入った。

メイ・ウェストンは乱れた格好をしていた。本来の美しさ――若さゆえのみずみずしさ、白い肌に桜色の頰、優雅でしなやかな体の線――すべてが消え失せていた。しわくちゃになったイヴニングドレスを着たまま、ベッドでぼろ布のようにぐったりとしている。ほどけた金髪が肩にかかり、顔色はひどく青い。

「何かご用?」レジーをだるそうに見る。

「これはこれは。いつものきみとは思えない様子だ」レジーは明るく微笑みながら、ベッドの端に腰かけた。「何があったんだい?」

「知らないの?」彼女が叫んだ。

「話は聞いたし、現場も見た」レジーが答える。「あそこでは、もうぼくにできることはない。だが、ここでは何かできそうだ」レジーはミス・ウェストンの手首に触れて脈を取りはじめた。

「わたしは病気じゃないわ」

「それは、きみが判断することじゃないよ」レジーは彼女の手首をはなすと、つぎは顔をのぞき込んだ。「ぐっすり眠っていたようだね?」

「やめて!」ミス・ウェストンは身を震わせた。「どうして、そんな目でわたしを見るの?」

レジーは唐突に、ミス・ウェストンにさらに顔を近づけ、またすぐに離れた。「そんな目って？」笑いながらたずねる。

彼女はレジーを見つめたまま唇を震わせている。「あなたは――あなたは、わたしの気が狂っていると言いたいのね？」

レジーは首を振った。「最初から冷静に思い出してみよう。心を落ち着けて。昨夜はミス・ボルトンとふたりで夕食をとったね？　そして夕食のあと、きみは彼女の私室へ行った。午後九時ごろだと思うけれど、そうかな？」

「そのとおりよ。コーヒーを飲み終えたころにミスター・フォードがきて」

「ミスター・フォードというのは？」

メイ・ウェストンの顔がまっ赤になった。「わたしたちは――あの方はよくここへくるの」彼女は言いよどんだ。「ああ、でもフォーチュン先生、彼に罪はないわ」

「若いか年寄りか、金持か貧乏人か――彼はどういう人物だい？」

「もちろん若いわ。そしてお金持だと思う。父親はリーズでエンジンか何かを作る会社を経営していて、彼はそのロンドン事務所をまかされているの」

「それは確かな商売だ」レジーは納得した。「そのミスター・フォードがなぜ午後九時に訪ねてきたんだい？」

ミス・ウェストンは再び顔を赤らめた。「珍しいことではないわ」両手をきつく握り合わせる。「お話ししなければいけませんよね？　ええ、わかったわ。彼はミス・ボルトンと夕食会で出会って以来、この家を訪ねるようになったの」

「素敵な男性なんだね?」

「ええ、とても。背が高くてハンサム」

「ミス・ボルトンは彼を好きになった。なるほど、なるほど」バーディー・ボルトンの夢の原因が、レジーに今ようやくわかった。

「ええ」メイ・ウェストンは弱々しく答えた。「恥ずべきことだわ! でも、これはお話ししておかなければ。ミス・ボルトンは、彼が自分に会うために訪ねてくると思っていたの。でも――」

「でも、お目当てはきみだったんだね? ところでコーヒーに話を戻そう」

「彼は昨夜もきたの。みんな上機嫌で。ミス・ボルトンは――ああ、可哀想なバーディー!」

「時間を戻すことはできない。せめてぼくらにできることを彼女のためにしよう。彼は遅くまでいたのかい?」

「たぶん。でもわたしは覚えていない。とても眠くて。でもバーディーはずっと上機嫌だったわ。そのうち――いつのまにか彼が帰っていて、バーディーが彼のことを話しはじめたの。でもわたしは、それもはっきり覚えていない。確か最初に彼女が何か言って――わたしはほんとうのことを伝えなくちゃと思った――それで、彼から結婚を申し込まれたことを話したの。すると彼女は怒り狂って。先生はミス・ボルトンが怒ったところをご覧になったことがある? ほんとうに怖いのよ。ひどい言葉を浴びせられたわ。わたしは――わたしは全身から力が抜けるような感じがして。ぼうっとして意識が薄れ、椅子にへたり込んでしまったの。ミス・ボルトンにぶたれたのだけは覚えているけれど」

「痣があるね」レジーは優しい声で言った。ミス・ウェストンの首には確かに青い痣があった。

「それから彼女は乱暴に部屋を出ていった。そして――先生、でもわたしはほんとうに覚えていない――わたしは気を失っていたのだと思うの――ずっとそのまま――あの椅子に座っていたような。そして眠り込んでしまったんだわ。恐ろしい夢を見ながら、恐ろしい夢――ミス・ボルトンが殺される。彼女はソファーに腰かけていて、誰かが殴りつけていた。先生、わたしがやったと思う？ あれは夢だったの？ それとも、わたしが現実にやったこと？」

「きみが見た――または夢に見た――場面でミス・ボルトンを殴りつけていたのは誰だったのかな？」

「わからないわ。うまく言えないけれど、まるで夢のような出来事で。でも殴られているのがバーディーだということだけは確かだった。そして彼女を殺したのはわたし？」

ドアがふいに開いてあの警部が入ってきた。「メイ・ウェストンだね？」ますます警察官風を吹かせている。

レジーが立ち上がった。「ご親切なことだ！」

「よほど仕事がお好きとみえる」警部が憮然《ぶぜん》として言った。「邪魔をしないでください。メイ・ウェストン――きみの女主人であるバーディー・ボルトン殺害の容疑で逮捕する。今すぐベッドから出なさい」

「彼は言い忘れているよ――今からきみの言うことはすべて証拠となる。だから何も言わないように」

警部は怒りで顔をまっ赤にしながらレジーにつかつかと歩み寄った。「この件から手を引きなさい。これ以上わたしの邪魔をするなら――」

「邪魔する余地なんてないだろう?」レジーはおっとりと言った。「そんな必要もないしね」そして、まだ憮然としている警部から離れた。

フォーチュン氏のためにつけ加えれば、彼はメイ・ウェストンを好ましいと思ったことは一度もない。彼がミス・ウェストンにつけた呼び名は〈猫かぶり〉。そして彼は猫が嫌いだ。

ミス・ウェストンの部屋から出ると、フォーチュン氏は電話をかけにホールへ行った。そこで再び、まだすこし怖い顔をしている警部に見つかってしまった。

「今度は何をしているのですかな?」彼は警察官特有の嫌味な口調で訊いた。

「ミス・ボルトンの事務弁護士に事件を知らせていたんだよ。きみたちは、彼らに知らせていないだろう?」

「よけいなお世話です。その電話を二度と勝手に使わないでいただきたい。許しませんぞ」

「わかったよ。でも、ベル警視にだけは電話をしておきたい」警部の顔に驚きの表情がうかんだ。ベル警視といえば犯罪捜査部《CID》の首脳陣のひとりだ。「何か文句はあるかい? ないだろう? では、ご好意に甘えてと……」レジーは電話をかけた。話は長くなった。「フォーチュンだ。あっ、ベルかい? きみがいてよかった。ここへきてくれないだろうか? 場所はウェストハンプトンのノーマンハースト。ぼくの患者のひとりが殺されたんだ。いやまさか、殺したのはぼくじゃないよ。きわめて異様な事件だ。被害者はバーディー・ボルトン。担当の警部は親切で優秀な人物だよ。それになかなかの男前だし。すぐにきてくれるって？　それはありがたい」レジーは受話器を置くと、困惑している警部に微笑んだ。「これでよし」外へ出ると、運転手のサミュエルが新聞を読みながら待っていた。「ぼくのカメラを取ってきてくれ」レジーの指示にサミュエルは帽子に手をやってうなずき、車を出した。レジーは庭を散歩することにした。

ノーマンハーストは時代遅れだが居心地のよいヴィクトリア様式の建物だった。背が低く横に広い。屋根裏をのぞけば、二階までしかなかった。歳月を物語るように、植物が壁を伝っていた――北側には蔦《つた》が、そのほかの面にはバラやフジが。バーディー・ボルトンの私室と寝室は南側に面した一階にある。家の北側は正面入り口で、低木の茂みに囲まれてカーブした私道を通って本街道へ出るようになっていた。バーディー・ボルトンのふたつの部屋からはどちらも、バラの花壇と広大な芝生が見渡せる。窓に届くほど蔓《つる》を伸ばして咲いているのはグロワール・ド・ディジョン（甘い香りと幾重にも重なった花弁が特徴のオールド・ローズ）。背の低いほうは新種で――どれも色は赤か黄色、しかも香りがとても良い――選び抜かれた品種が良く手入れされて咲き誇っていた。「ミス・ボルトンはどんなにこの庭を愛していたことか」そう思うと、レジーは感傷的な気分になった。しかし、彼には珍しいそうした感情も車が近づいてくる音でさえぎられた。訪問者を迎えるべく、家の正面へまわる。

車寄せに大型の車がすべり込んできた。乗っているのはふたり――ゴーグルをつけた運転手と背の高い若い男性。若い男が、車が完全に止まるのを待たず、ぎこちない動作で飛び降りた。ミュージカルの主人公のような美貌。頭が悪いわけではなさそうだが、おどおどとした様子で顔色も悪い。

「ミスター・フォードですね？」レジーは彼に歩み寄った。「ぼくは医師のフォーチュン、ミス・ボルトンの主治医です。こんなに早くいらっしゃるとは意外です」

「ミス・ウェストンから連絡をもらいました」レジーの顔があまりに近くにあったので、フォードはあとずさりした。

「彼女が！」レジーは驚いた。「彼女が連絡したですって？」ミス・ウェストンはレジーにそのことを言うのを忘れたようだ。猫かぶり！

「実際はフローラがミス・ウェストンに代わって電話をくれました。恐ろしいことが起きて、ミス・ウェストンがぼくにきてほしがっていると。先生、何が起きたのですか？」

「なんとも気がきくフローラ」レジーは言った。「フォードさん、じつはミス・ボルトンが殺されたのです」

「まさか！」フォードはまっ青になって叫んだ。

「そしてミス・ウェストンが殺人の疑いで逮捕されました」

「なんてことだ！」フォードはまた叫び声をあげた。「ちくしょう！」頭に手をやると言った。

「彼女に会わせてください」

「どうぞ、ご自由に」レジーが答えると、フォードは家へ走り込んでいった。

レジーは玄関の前でつぎの訪問者を待った。ゴーグルをつけた運転手は車を道の脇まで移動させてから停めた。車から降り、スイカズラの陰で紙巻きタバコに火をつけている。紙巻きが嫌いなレジーは不満げに鼻を鳴らして、パイプに刻みタバコを詰めはじめた。

タクシーが着いて、ぽっちゃりとした小男が降りてきた。コートがコルセットのように窮屈そうだ。

「ぼくは医師のフォーチュンです」レジーが名乗る。

「わたしはドナルド・ゴードンです」みるからにユダヤ人だ。「モス・アンド・ゴードン事務所からきました」ミス・ボルトンの顧問弁護士事務所の名だった。「お知らせいただき感謝します。バーディーの件は、まことに残念です。素敵な女性だったのに。さっそく、くわしくおしえてください」舌たらずな話し方に愛嬌があった。

「なかに警部がいます。陶磁器店でふんぞり返っている雄牛（がさつ者の意味）みたいなね」

「それはそれは」ミスター・ドナルド・ゴードンは相づちをうった。「行きましょう先生。さっそく仕事にかからなければ」

「まあ、そうあせらず。花でも眺めよう」レジーはゴードンを庭へ案内し、散策しながらこれまでの経過をすべて話して聞かせた。

「それで警部はミス・ウェストンを逮捕したのですか？」小さなユダヤ人は舌たらずに言った。

「強引な男だ」

「今ごろはフォードも逮捕してるんじゃないかな。つぎはぼくときみが逮捕されるかもしれない。仕事熱心な男だから。ところでゴードン、フォードとはいったいどういう人物なんだい？」

「彼は穴馬《ダークホース》ですね。わたしも彼には一度しか会ったことがありません。お聞きのとおり、可哀想なバーディーはあの男に夢中でした」

「じゃあミス・ウェストンの話はほんとうだったんだ」

「今まで信じていなかったのですか？」

「この家で聞いた話は何ひとつ信じられない気がするから」

「それはないでしょう？」ゴードンがまた舌たらずに言う。

「ところがそうなんだよ」とレジー。きびきびした小柄のユダヤ人は急に沈んだ表情になった。その様子を見てレジーは彼に惹かれた。

ゴードンはレジーにうなずいた。「バーディーはほんとうに愛すべき存在でした」レジーもうなずき返した。

「みごとなバラですね」新しい声が聞こえた。顔を見なくともベル警視だということはわかった。レジーは彼を心から歓迎し、ゴードンに紹介した。「わたしはフランス語で言うところの、邪魔者《ド・トゥロ》のようですね？」ベル警視が言う。「えっ、そうじゃない？　だって、てっきりおふたりで戦闘会議を開いているのかと思いましたよ」

「これが戦闘だと言うのかい？」レジーが訊く。

「先生はモーダン警部とやり合ったでしょう？」ベル警視はあきれたようにレジーのほうへ首を振った。

「ぼくにそのつもりはなかった。喧嘩を仕掛けてきたのは彼のほうだよ」

「お気の毒ですが」ベルは微笑みながら両手をこすり合わせた。「先生、わたしもモーダン警部の取った行動に全面的に賛成です」

「警察官の団結力はおみごとですね」ゴードンが言った。「素晴らしい集団だ」

「ミス・ウェストンを逮捕したことにも賛成かい？」レジーはベルに訊いた。「それで、ほかには誰を逮捕するつもりだい？」

「誰のことを言っているのですか、先生？　それではわたしも質問を——先生は、誰が逮捕されるべきだと？」

「おいおい、ぼくは警察じゃないよ」

「わたしたちの仕事は慎重に進めなければいけません」ベル警視はため息をついた。「そこが不利な条件でもあります。ところで、なぜわたしを呼ばれたのですか？」

「じつはあの警部が怖くてね。人の言葉に耳を貸さないというか。ぼくは死体の写真を撮りたいのだが」

ベルはゴードンのほうを見た。「聞きましたか？　そんな趣味があったとはね。フォーチュン先生は死体がお好きだとか。男と男の相談です先生、わたしたちと一緒にこの件に当たっていただけますか？」

「ぼくで良ければ」

「ありがたい！　お願いします。確かにモーダン警部には、先生がおっしゃるような傾向があります。注意しておきます。ほかに何かわたしに話しておくべきことはありますか？」

「ほんとうにみごとなバラだと思わないかい?」レジーはバーディー・ボルトンの部屋の窓の下に広がるバラの花壇に顔を向けた。丹念に手入れがされている。

「一本一本、手作業で育てられたという感じですね」そう言いながらもベル警視はバラではなくレジーの表情を見ていた。「先生、何か気になることでも?」

「あそこを見てごらん」レジーが窓のすぐ下のグルワール・ド・ディジョンを指さした。芽が出たばかりというのに、めちゃめちゃにへし折られ、新芽が枯れている。

「昨夜のことではないようですね」ベルが言った。

「確かに。これは興味深い風景だ」レジーは庭から出た。

正面玄関と車寄せは何台かの車で混雑していた。ミスター・フォードの大型車は主人を待っている。レジーの質素な車はカメラを乗せて帰ってきていた。ゴードンとベル警視のタクシーも場所をふさいでいる。しかもまた一台、別のタクシーが玄関のほうへ近づいてきた。

「ベル警視、今度は誰だい?」

「ミス・ウェストンを迎えにきた車だと思われます」

「もう彼女をハロウェー（英国最大の未決女囚収容所）に連れていこうと言うのかい?　いやはや。だが、もしかすると彼女にはそれがいちばん安全かもしれないね」

ミス・ウェストンの連行は一騒動だった。フォードが階段の上で抵抗を試みたのだ。思いつく限りの罵声と反抗的な態度でモーダン警部と激しい口論をくり広げた。ミス・ウェストンを逮捕するなんて愚かで不法な行為で、決して許されることではなく……。そうした騒ぎの真っ只中を、不幸な娘は刑事ふたりに階下へ連れていかれた。

「たのむ！　いっそ、このぼくも逮捕してくれ！」フォードは死に物狂いで、最後まで叫んでいた。

「たぶん、そうなるだろう」警部は苦々しく言って、彼をにらみつけた。

ミスター・フォードは青くなって引き下がった。

階段の下でミス・ウェストンが立ち止まり、ふり返った。「エドマンド、もうやめて。この人たちは、わたしに何もできないはずよ。安心して」

ベル警視はレジーを脇へ引っぱった。

「希望の灯は見えるかな」レジーが小声でたずねる。

「サーチライトほどではないですがね」ベルは答えた。

ミス・ウェストンを乗せた車は去り、フォードが呆然とした表情でゆっくり階段を下りてきた。

ゴードンが彼に歩み寄る。

「事務弁護士をつけてあげたほうがいいですよ」ゴードンは助言した。

「そうだった！」ミスター・フォードは大声をあげると、急いで出ていった。

警部とベル警視は視線をかわし、ゴードンを見た。

「どうして彼に弁護士のことをおしえたのかな?」ベルが訊いた。

「プロ意識からですよ」ゴードンは微笑んだ「ミス・ウェストンはいい娘《こ》だ。うちの事務所はミス・ボルトンの遺言執行者になっていて、あの可愛い娘さんがただひとりの遺産相続人だったことを思い出したのでね」

ベル警視は唇をすぼめた。警部が笑いだした。「これで、またひとつ捜査は進展だ」

「やることをやってしまわないかい?」レジーがうんざりした声で言った。

「きみの言うとおりだ」ベル警視は賛成して、警部を押しのけた。

レジーについてミス・ボルトンの部屋へ入ったゴードンは、死体を見ると悲痛な声をもらした。レジーは写真を撮った——まず喉の刺し傷、それから体についた小さな傷、最後に肩の痣。モーダン警部があらわれてレジーを見た。

「アングルがまずくないですか、先生?」警部がせせら笑う。

「ぼくは、あらゆるアングルから撮影することにしている。きみたちは、こうしないのかい?」とレジー。

「先生、おすみですか?」小さなユダヤ人が口をはさんだ。「彼女に何か布をかけてあげたいのですが」

「わたしが死体を動かしますからご心配なく。フォーチュン先生の撮影がすんだらね」警部が答えた。

ようやくバーディー・ボルトンの死体が遺体安置所へ運び出されると、ゴードン弁護士はほっとして窓を開き自分の仕事に取りかかった。書き物机で、手紙や書類に目を通す。手際の良い仕事ぶりだ……。「ラブレターしかないな。遺言状はどこにしまってあるのだろう?」

「確か寝室に金庫があった」レジーがおしえる。

「それだ。彼女は宝石類もみんな家に保管していたから。なかにはかなり高価なものもあったはずだ。可哀想に。行きましょう。鍵ならわたしが持っている」

ふたりは寝室へ入り、背の低いユダヤ人が金庫へ直行した。レジーは部屋のなかをぶらぶら歩きまわった。床は寄せ木細工でできていて、上にペルシア絨毯が敷いてある。ベッドのそばの床には小さなどす黒い血痕が残されていた。まだ乾いていない。ゴードンの叫び声で、レジーはふり向いた。金庫を開けたゴードンが見つけたものは、乱雑に入れられた数枚の書類のみ。ほかには何もなかったのだ。

「ブレスレット一本すら残っていない！」ゴードンが叫んだ。「宝石類が全部なくなっている！ルビーとダイヤモンドの胸当て《ブレストプレート》はどこだ？　真珠は？　あのインディアン・ジョニーからの贈り物は？　こんなばかな！　誰かが盗んだにちがいない」顔が怒りで引きつっている。「先生、わたしが金庫を開けるのをそこで見ていましたよね？」

「うん、ここで見ていた」レジーはぼんやり言った。「でも、ぼくはそんなに驚かないよ」小さなユダヤ人はレジーの言葉にあきれた。「ミス・ボルトンがいつもはめていたエメラルドの指輪を覚えているだろう？　あれまでも死体の指から消えていたよ」

「なんてことだ！」ゴードンは衝撃を受けながら、震える手で書類をめくりはじめた。「彼女の仮証書です。全部あるようだ。だが遺言状は？　彼女は遺言状を書いていました。わたしが作成したから確かです」

「あれはなんだろう？」レジーが気づいた。

整然と片づけられた部屋のなかで、一カ所だけ整然としていない部分があった。暖炉に一枚の紙が投げ捨てられている。ゴードンが拾い上げた。「遺言状だ！　ほら、ここを見て——付き人のメイ・グレース・ウェストンに——確かに文章の一部です。だが、破られている」彼はため息をついた。「まるでバーディーはこれを破いていたところを——グサリと！」

「きみが言うとおりのようだ。彼女は遺言状を破いていた」レジーも認めた。

「最悪の事態ですね？」小さなユダヤ人は嘆いた。「ミス・ウェストン——あんなにおとなしそうに見えたのに。女というものはほんとうにわからないものです、先生。女というものは！　そうだ、あの忌々しい警察官にこのことを報告しなければ」

モーダン警部は話を聞いて大いに満足した。どこからかあらわれたベル警視も事の成り行きから、盗まれた宝石を家中捜索することに同意した。

「先生もついてきてくださいますよね？」警部がレジーにわざとらしい視線を向ける。

「ぼくを監視していたいのだろう？」レジーはにらみ返した。

「宝石が見つかったら確認していただきたいだけですよ」警部が答えた。

「きみたちが見つけたものをかい？　わかったよ」とレジー。

だが、レジーは捜査にまったく興味を示さなかった。召使の部屋や家の隅々までさがしまわる彼らのあとを、あくびをしながらぼんやりとついていくだけだった。ミス・ウェストンの部屋へ向かったモーダン警部は勝ち誇ったように顔を紅潮させて出てきた。ベル警視を呼び、レジーとゴードンも集める。「これに見覚えは、おありかな？」ごつい拳を開くと、なかには大粒のエメラルドの指輪があった。バーディー・ボルトンのお気にいりだった指輪だ。

「これは！」ゴードンが叫んだ。「バーディーの指輪だ！　こんな素晴らしいエメラルドはふたつとない」

「ウェストンの部屋に落ちていました」警部が宣言する。「床に。ちょうどベッドの下だ。ウェストンの部屋にね」

「見つけたのはそれだけかい？　ほかの宝石は？」レジーがぼそぼそと訊く。

「そうだな。モーダン、残りはどこだ？」ベル警視もたずねた。

警部は太腿をぴしゃりと打った。「そうか、わかったぞ！　さっき、あの恥知らずなフォードとウェストンをふたりだけで会わせたのが失敗だった。わたしが席をはずした隙に、あいつは娘から宝石をあずかって逃げたんだ」

「それは考えられる」レジーが警部の考えを認めたので、ベル警視は意外そうに彼を見た。「フォードを監視すべきだった。いや、さっきのことを言っているんじゃない。ぼくがきみの立場だったら、彼の家を二十四時間見張るね」

警部は満面の笑みをうかべた。「わかりました、先生。ありがとうございます」さらにつづける。「ほら——捜査はまちがいなく進展しているでしょう？」

「ああ、きみの言うとおりだ。まるで無理やり押し進められているみたいにね」レジーは微笑んだ。

「どういう意味ですか？」警部が急にむっとしてたずねた。

「きみは、とても機転がきくという意味だよ、モーダン」ベル警視が取りなした。

「うん、そんなところかな」レジーは退屈そうに言った。「これ以上ぼくの出番はなさそうだ。失礼するよ。そうだ、警部——がっかりさせて悪いのだが。殺人は、きみが死体を発見した場所では行われてはいないようだ。それではまた！」

「あの部屋では行われていない——」警部はレジーのうしろ姿を呆然と見送った。「まさか！ 彼の頭はどうかしている！」

「モーダン、彼に担がれるなよ」ベル警視が言った。


その後、彼らが一堂に会したのは検死審問の日だった。法廷に向かう前にベル警視がレジーを訪ねると、彼はひどく不機嫌だった。これはめったにないことで、愛嬌のある顔を青白く引きつらせている。そんなレジーを見るのはベルにとっても初めてだった。具合でも悪いのかという質問もはねつけられてしまった。お祭騒ぎでもして飲み明かしたせいだろうと、ベル警視は想像した。

「ところでなんの用だ？」レジーがつっけんどんに言った。「ぼくに話でも？」

「じつは、何も収穫がなくて」警視が力なく答える。

「ばかだな。だからフォードを監視しろと、きみたちに言ったじゃないか」

「だから、そうしています。からかわないでください」

「大いに真剣だよ！ ミス・ボルトンはぼくの患者だったんだ。ぼく以外の人間に患者を殺されるのは許せない」

「わかります。当然のお気持ちだ」ベル警視は同感した。「ですから、わたしたちもフォードを見張っているんです。でも彼は何も行動を起こさない」

「どうせ玄関口に警察官を立たせているだけだろう？　それじゃあ駄目だ」

「おっしゃるとおりです」ベルは認めた。「でも、ひとつだけ新しい情報をつかみました。殺人が起きる直前に、フォードはウェストンと結婚したいと父に許可を仰ぎました。でも許されなかった。フォードは父親の援助がなければ暮らしていけません。結婚が認められないのは、ふたりには——フォードにも、あの娘にも——絶望的なことです。進展と言えるのはこれくらいで」

「奇妙な事件だ」レジーはぶつぶつ言った。「検死審問へは出るだろう？　悪いが、車はない。運転手が今日は休みでね」

ふたりは検死法廷まで歩くことにした。道すがら、ベル警視は犯罪捜査の豊富な経験を駆使して、フォーチュン氏の胸の内を訊き出そうとしたが無駄だった。レジーはまだほろ酔い気分といった感じで、何を訊いてもまともな答は返ってこないのだ。法廷は一分の隙もないほど傍聴人が詰めかけていた。検死官は立場の重要性を意識してか、かなりの時間をかけて長広舌《ちょうこうぜつ》をふるった。地域の警察医は以前にも増して尊大になっていた。彼の証言は自尊心を満足させるためか、きわめて専門的な用語で語られるので、陪審員団と検死官にわかる平易な言葉に言い換えなければならなかった。警察医は、その言い換えがまずいと異議をとなえた。

「いやはや」ゴードンがレジーの耳もとでささやいた。

ようやく、夕刊紙が呼ぶところの『劇的な証言』があった。死体の第一発見者であるメイド頭が証言台に立ち、そのときのことを思い出して再び半狂乱になりながら状況を語ったのだ。つぎにミセス・ベッツが、メイ・ウェストンが死体のかたわらで眠り込んでいたこと、揺り起こすと彼女は目を覚まし「わたしがやったの——ああ、わたしが殺したのよ！」と言ったと証言した。『法廷に走る衝撃』というのがこの記事の中見出しだった。検死官は陪審員団を眼鏡越しに見つめ、陪審員たちはひそひそと会話をかわしていた。そこへメイ・ウェストンが入廷し、被告人席に着席した。検死官は慣例に従って、不利になることは答えなくてもよいと彼女に注意した。「わたしはすべてをお話ししたいのです」ウェストンは答えた。黒い服に身を包んだ彼女は青白い顔をして元気のない様子だったが、非常に落ち着いていた。

彼女の証言はレジーに話した内容とほぼ同じで奇妙なものだった。だが、ここでは自分のペースで語ることは許されない。検死官は矢継ぎ早に質問して、奇妙な話がさらに奇妙に聞こえるように画策した。ウェストンを緊張させ、混乱させ、怖がらせる。「あなたが困らせるので、わたしは自分が真実を言っているのかどうかわからなくなります」彼女は震えながら訴えた。

さらに新聞が言うところの『第二の衝撃』が法廷を走った。背の高いミスター・フォードが顔をまっ赤にして立ち上がり、大声をあげたのだ。「裁判長、そこに座るべき人間はぼくです。彼女を自由にしてください。被告人席に座らなければいけないのは、このぼくだ」

レジーは両手で頭を抱え、うつむいて何やらうめいた。

彼以外のそこにいたすべての人間がフォードの発言に興奮した。フォードは自分の席に押し戻され、検死官が厳しく彼を叱責した。陪審長が、ミスター・フォードが呼ばれた理由を質問した。

検死官は、裁判官が彼に対してみずからの立場を語るよう要求したからだと明言した。そして再びメイ・ウェストンの尋問に戻った。

「ばかなことをする。目的は達したようだが」レジーの言葉にゴードンはうなずき、にやりと笑った。休廷後、検死官のメイ・ウェストンへの態度は一転して軟化した。寛大と言ってもいいほどで、か弱い女性を気遣う善良な紳士のようだった。そしてほどなく、ウェストンへの尋問は終わった。

「質問はありますか？」検死官が弁護団を見渡す。レジーは身を乗り出し、ミス・ウェストンの側について出廷している事務弁護士に何やらささやいた。

体は大きいが精彩のない弁護士が立ち上がった。「ミス・ウェストン、コーヒーのことについて質問します」彼は反撃に出た。法廷中のすべての人間が——ミス・ウェストンまでも——彼を驚きの目で見つめた。弁護士はゆっくりとウェストン（彼女は質問のひとつひとつに当惑しているようだった）から夕食後のコーヒーに関する話を引き出していく。コーヒーがミス・ボルトンの私室へ運ばれてきたのはミスター・フォードがくる直前だった。彼の来訪を知っていたのはウェストンだけだった。彼のために、新たにコーヒーカップが運ばれてきた。フォードとウェストンはふたりともコーヒーを飲んだ。一方ミス・ボルトンは——なんと彼女はコーヒーを飲まなかった。ミス・ボルトンはその夜とても陽気で、ダンスのステップを踏んで見せたはずみで、自分のコーヒーをひっくり返してしまったからだ。

「これで質問を終わります」体格のよい事務弁護士は微笑みながら席に戻った。

検死官は弁護士の意図が理解できないという顔で、自分の書類に目を落としていた。すでにお茶の時間《ティータイム》からずいぶん長くたっていた。「みなさん、本日中に審問を終わらせるのは無理と思うのですが」検死官が提案した。

「わたしも無理だと思います」体格のよい事務弁護士が明るい声で認めた。「こちらには、このあとかなり長い医学的証言が控えています。フォーチュン医師といって、ミス・ボルトンの主治医の証言です。彼女の死体を最初に調べました。さらに彼は、事件後ミス・ウェストンを最初に診察した医師でもあります」

検死審問はいったん閉廷した。レジー、つづいてゴードンが事務弁護士側のドアから法廷を出ると、ベル警視が待っていた。「先生はゲームでもしていらっしゃるおつもりですか？」ベルは悲しそうに訊いた。

「本気でね」レジーは笑った。「一緒に食事にいこう。モーダンも誘って。彼は気楽でいいね」

「わたしたちは、この事件に関してどんな小さなことでも真剣に取り組まなければならないのですよ」ベル警視がぼそぼそと抗議した。

だが結局、四人——ベル警視、大柄な警部、レジー、それに背の低いユダヤ人——は一台のタクシーに乗り込んで街へ出た。レジーは饒舌だった。育てているアイリスのこと、レヴューの衣装に関する知識などをとうとうと語った。

ベル警視は何度か話題を、真剣に取り組まなければならないことに戻そうとしたが、虚しかった。とうとうモーダンが業を煮やして言った。「先生、コーヒーの思いつきはなんだったのですか？」

「きみは、ほんとうにいつも急所を突いてくるね。だが心配いらないよ。じきに、すべてわかるさ。ところでヒマラヤ原産のアイリスはじつに可憐でね――」レジーは再び、園芸論に熱弁をふるいはじめた。

「どこへ向かっているのですか、先生？」ベルがたずねる。タクシーは市街地をしばらく走ったあと、再び街はずれにきたようだった。満足のいく夕食は期待できそうにない場所だ。ちょうどそのとき、車はリヴァプールストリート駅についた。

「リヴァプールストリートですって？」警部が嘆いた。「せっかくみんなで食事をしようというときに。先生はエピングの森（ロンドン北東にある公園。もと英王室の狩猟場）へわたしたちを連れていくつもりですか？」

「もっと遠くかもしれないよ」レジーが答え、ゴードンが笑った。

「あなたも、この企みに荷担しているのかな？」警部はゴードンを見た。

「職務上の秘密です」

レジーは駅の食堂へみんなを案内した。「料理人の腕のほどは知らないが、ベストを期待しよう。退屈な一日の終わりには、活気のある夜が必要だ。エネルギーを補給しなければ。眠気に負けないエネルギーをね。サーモン、いいね。それにラムチョップもつけよう。若鴨にもそそられるな。警部、ブルゴーニュの赤を飲むと眠くなってしまうかな？　きみの言うとおり、今夜は暖かな夜だから。ラルースはボルドーのなかでも気楽なワインだよ。ぼくらも気楽にいこうじゃないか」

「先生はすこし自信過剰のようだ」警部が文句を言う。

「どうして、そんなふうに言うんだい？　ぼくはきみのために、栄誉をとってあるというのに。ものすごい栄誉をね。モーダン警部、すべてきみのためだ。バラは美しいうちに摘め（若いうちに青春を楽しめという意味のことわざ）と言うじゃないか。ところでバラと言えば、きみたちはオーストリアの野バラとの交配種をどう思う？」レジーは口の重い三人に、バラに対する自らの考察を語って聞かせた。そのうち話題は、ウォーターフォードやエクセター、ベリックなどで食べたサーモンのおいしさに移っていった。料理の話が嫌いな人間はまずいない。警察官たちも自らのグルメ体験を披露し、夕食のテーブルはなごやかになっていった。食事も終わりに近づいたころ、レジーは急に無口になって時計を見た。モーダン警部に、渋々自分のチーズを譲る。モーダンがそれを飲み下すやいなや、レジーは席を立った。

「フォーチュン先生、まだコーヒーを飲んでいませんよ」警部が笑う。

だがレジーはすでに入り口へ向かっていた。ドアの前では運転手が待機していた。レジーが急いでみんなを手招きし、運転手について外へ出る。めざすは幹線列車の出発ホーム。ハリッジ（英国・大陸間のフェリー発着地）行き連絡船列車の発車時刻が迫っていた。黒っぽい髪の瘦せた男がアムステルダムまでの手荷物を登録している。かたわらにはベールで顔を隠した女がひとり。二人とも旅行鞄を抱えている。男はふり向きざまにレジーとぶつかった。レジーはそっぽを向いていて、男の進路をふさぐかたちになった。男は怒ったようにレジーをにらみつけると急いで走り去った。女も彼につづいた。

レジーはベル警視の肩を押した。「あの男女を追いかけて。ふたりとも捕まえろ。スリだ。あの鞄を取り上げるんだ」

ベルとモーダンがふたりを追う。ベルが男の肩に手をかけ、前に飛び出した。

「駅までご同行いただきたい」ベル警視は冷静な声で話しかけた。

「いったいなんのつもりだ？」男が叫んだ。アクセントにわずかだが外国語なまりがある。「駅だって？　なんのために？」

「ご自身がおわかりのはずだ」ベルは言った。「わたしはロンドン警視庁《スコットランド・ヤード》のベル警視です」

「まったく見当もつかないね」男は抵抗した。「おれにどうしろと？」

女はレジーに気づくと、外国語の隠語で男に何やら言い、逃げようとした。ベル警視がそれを制する。モーダン警部は男と取っ組み合いをしていた。体も大きくたくましい彼だが、すんでのところで投げ出されて男を取り逃がした。レジーがラグビー選手のように男の脚にタックルをし、ふたりは組み合ったままで倒れ込んだ。

そこへ鉄道警察がやってきた。男は手錠をはめられ、女とベル警視、モーダン警部とともに警察の車に乗せられた。レジーとゴードンも別の車であとにつづき、オールドジュリーの警察署へ向かった。

レジーたちが着いたときには、ふたりはすでに取調室に入れられていた。女が激しい剣幕で、机にふんぞり返った制服姿の警部と私服の刑事、当惑気味のベル警視とモーダン警部に抗議していた。これは人権侵害です。どうして彼らはわたしと夫に暴力をふるったのか？　なぜ？　自分たちは、しかるべき地位にある人間だ。このような扱いは耐えられない。

「フローラ、フローラったら！」レジーが女に首を振った。

女は、はっとふり返った。「あなたは！　あの先生ね？　裏切り者！　全部あなたが企んだことだったなんて。唾《つば》を吐きかけてやりたいわ」女はそのとおりにした。男がふたりだけに通じる奇妙な外国の隠語で彼女に何か言うと、女は静かになった。

刑事が薄笑いをうかべながら、身を乗り出した。「バンコ（詐欺、ペテンなどを意味する俗語）じゃないか！　昔なじみのおれを忘れるはずはないよな？　なんでまた捕まるようなことをやったんだ？」男は顔を歪めた。さっきの乱闘で泥だらけになり、不名誉な手錠まではめられているというのに、ある種の尊大な威厳のようなものを漂わせている。しかもモーダンを組み伏せるような頑強さまで備えていた。表情の暗いワシのような顔だが、よく見るとハンサムで、情熱と冷酷の両方を感じさせた。

「彼らのほんとうの容疑はなんですか、フォーチュン先生？」ベル警視が訊く。

「今月七日に起きた――ウィルヘルミナ、またの名をバーディー・ボルトンの殺害だ」レジーはゆっくりと言った。「ふたりをくわしく調べたほうがいい」

「嘘だわ！」フローラは悲鳴のような声をあげ、その後もずっと叫びつづけた。

ベルとモーダンが取り調べ結果を伝えにきたとき、レジーとゴードンは別の部屋で一服していた。鞄が机の上で開かれる。なかからは目もくらむような大量の宝石類が出てきた。

「見覚えはありますかな？」モーダンがたずねる。

ベル警視は鞘《さや》入りナイフを机に置いた。一風変わったナイフだった。通常のものより長く細く、鋭い。「これがなんだか、ぼくには想像がつくぞ」レジーはナイフを手に取った。「ミス・ボルトンの命を奪った凶器だ！」

「おみごと！」ゴードンが驚嘆の声をあげた。「フォーチュン先生の推理はきっと当たっています。だって、この宝石類は全部バーディーのものです。このルビーにも確かに見覚えがある」

「あの男は何者だい？」レジーが訊いた。

ベル警視は椅子にどさりと腰を下ろした。「先生のほうがご存じのくせに」ベルはみんなに同情を求めた。「勘弁してください。わたしに訊くなんて！　女のほうは、もちろんボルトンのメイドです。だがあの男が誰なのか――」

「彼はフォードの運転手だよ。だからフォードから目をはなすなと言ったじゃないか。それなのに、きみたちは彼の家の入り口で張り込んでいただけだ。そのおかげで、ぼくはずいぶん苦労したんだよ。昨夜は徹夜までした。もちろん、あの運転手が眠らなかったからだ。ところで彼の素性は？」

「警察仲間ではバンコと呼ばれています」ベル警視は力なく答えた。「宝石専門の強盗で。その世界じゃ名うてです。アメリカとオーストリアの血が混じっているはずで、本名はナスティッチ――アレクサンダー・ナスティッチかサピロ・ナスティッチという名です」

「クロアチア人だと思うよ」レジーが言った。「このナイフを見ればわかる――クロアチアではこういうナイフが使われている」

「まいったね！　先生が知らないものはあるんですか？」小さなユダヤ人が驚きの声をあげた。

レジーが笑う。このひと言に、彼の虚栄心がくすぐられたことに読者もお気づきだろう。レジーは自分の葉巻ケースをみんなにまわした。「さて、どこから話そうかな?」

「最初からお願いします」モーダンがにやりとした。

「警部はいつも急所を突いてくる。確かに、ちょっとフェアじゃなかったかな。では最初から話そう。殺人事件の前日、バーディー・ボルトンが診察にきた。よく眠れないということで。夜に騒がしい音がするせいだと。それを聞いて思い当たることが、きみらにはないかな? ないとは! へし折られたバラを見せたじゃないか! まあいい、しかたがない。フローラとナスティッチは、想像するに最初から宝石を盗むつもりで職についたのだろう。ナスティッチはフォードの運転手に。そうすればミス・ボルトンの家のまわりをうろついても怪しまれないし、車も使える。彼は車を車庫から出して夜更けまで使っていたことが何度かある。先週彼はミス・ボルトンの家に窓から忍び込もうとしたのだと思う――それも、たぶん一度じゃない。そのたびに気の毒なバーディーは目を覚ました。眠っていられれば、こんなことにはならなかったのに。じつに痛ましい。だが彼らも最初から殺人まで犯そうとは考えていなかったはずだ。彼女の目が覚めないように睡眠薬を飲ませることにした。あのコーヒーにはモルヒネが入っていた。今日の検死審問で聞いたとおり、バーディーは自分のコーヒーを飲まなかった。またもや不吉な誤算だ。コーヒーを飲んだメイ・ウェストンは、バーディーに罵られている途中で眠り込んでしまった。バーディーは激怒しながら寝室へ入った。遺言状を金庫から出して破り捨てたのが彼女かどうかは、ぼくらには永遠の謎だ。フローラのちょっとしたトリックかもしれない。ナスティッチが、そのとき寝室へ入ってきた。フローラも音をたてても大丈夫だと安心していたから、一緒だったと思う。バーディーは目がさえて眠れないでいた。そこで、もみ合いになり、ナスティッチがバーディーを刺した。彼がかっとしやすく、しかも残酷な人間なのは、さっきの一件からもわかるだろう?」

「話の辻つまはみごとに合っている。でも先生、証拠がありません」モーダンが言った。

「きみは、ほんとうにせっかちだね。息が絶えたバーディーを、ふたりはミス・ウェストンが眠っている部屋へ運んだ。そしてソファーに横たえ、ハサミと千枚通しで何カ所か傷つけたというわけさ。ちゃちなトリックだ。メイ・ウェストンがアヘン夢のなかで見たのはその場面だ。ふたりはそれから金庫の中身を奪い、ナスティッチは姿を消した。フローラはエメラルドの指輪をバーディーの指からちょろまかした。役得というところかな。そこで証拠だ。ぼくは死体を調べて、あのハサミが彼女を死に至らしめた凶器ではないと思った。ハサミで人を殺そうとした殺人者が今までにいたかい、警部? 浅はかなトリックだ。ハサミは凶器ではない。だから、ぼくらにはこういうものが必要だったのさ」レジーは愛おしそうにナイフに指を触れた。「まさに、これだ。さらにバーディーの体には誰かがつけた痣があった——奇妙な手の跡——一部が欠けている——第一関節から先のない指の跡だった。きみたちはナスティッチの左手に気づいたかい?」

ベルとモーダンは顔を見合わせた。

「あれは確かニューヨークであいつが押込み強盗をはたらいたときのことです」ベル警視が話しだした。「彼は窓から逃げようとして、窓枠にかけた指先を警官に撃ち砕かれました」

「だからぼくは、死体についていた傷や痣の写真を撮ったんだよ。それにウェストンを見れば、薬を飲まされたことは一目瞭然だった。瞳孔の縮小、まっ青な顔。モルヒネだと直感したよ。同じ症状はフォードにもあらわれていた。もし彼らが犯人だったら、どうしてバーディーに薬を飲ませずに、自分たちが飲んだのだろう？　つまりはフォードとウェストンは犯人ではないということだ。それにぼくは、フローラがバーディーの寝室のベッドのそばで何かしているのに出くわして驚いた。清潔な絨毯の下に血痕があるのにも気づいていた。フローラはミス・ウェストンが逮捕され、宝石がなくなっていることが発覚したと知り、あの指輪を彼女の部屋に放り込んだ。きみたちが家のなかをさがしまわっていたとき、ぼくはフローラの部屋へこっそり入ってみた。薬瓶が何本かあって、そのうち一本は空になっていた。瓶にはモルヒネの強烈な匂いが残っていたよ。それで、ぼくの運転手にフローラを見張らせたというわけさ。案の定あの夜、彼女はナスティッチの下宿へ行った。それからずっと、彼女は忙しく動きまわっていた。これでわかったかな？」

「よくわかりました。先生のような方が犯罪に手をそめたら、わたしたちはたいへんですね」

ベル警視が言った。

「うん、確かに。解決はもっと困難になるだろう」レジーは答えた。

気立てのいい娘

人には生まれながらの大人物もいれば、努力して名声を手に入れる者もいる。さらには、突然名声を押しつけられてしまう場合もある。フォーチュン氏の災難はそれだった。自分がある分野の専門家になってしまったことを——耳を貸してくれる相手なら誰にでも語っているように——フォーチュン氏は滑稽なことだと考えていた。なぜなら、彼はさまざまなものに興味があるが、特定の何かにとことん興味を持つことはできないからだ。しかし皮肉なことに、こうした気まぐれな性格と多才さが彼を専門家にしてしまったのである。まさに世の不条理だ。

犯罪捜査部《CID》も事務弁護士も、そのほか犯罪と名のつく行為に対する社会矯正に携わる者すべてが、たえずフォーチュン氏の博識と鋭い観察眼を求めていた。ウェストハンプトンの一介の開業医だったレジナルド・フォーチュン医師は——なんと呼べばいいのだろう?——いわば犯罪外科の専門家にされてしまったのだ。しかし、この変化を誰よりも喜んでいないのはレジー・フォーチュン自身だった。彼は普通の生活を好む。いつでも喜んで殺人事件と水疱瘡《みずぼうそう》を交換するだろう。それは、彼がいたって健全な判断力の持ち主であることの証明だった。

レジーは彼が最も気にいっているクラブにきていた。なぜここを好むかというと、彼の専門分野を知っているメンバーがひとりもいないからだ。フランス領コンゴの先史芸術について活発な議論を戦わせ、満足して帰ろうとしているそのときだった。そばにあった有線印字式電信機《テープ・マシーン》がジーと鳴ったので、彼は立ち止まって読んだ。

「アルバート・ラント卿《きょう》殺害される」レジーはため息をついた。「また事件か！」テープはさらにつづく。「鉱山主で大事業家のアルバート・ラント卿が今日午後、バッキンガムシャー（イングランド南部の州）のプライアーズコーニーにある彼の鹿苑で死んでいるのが発見された。第一発見者は雇い人で、付近には争ったような形跡があったという。検死の結果、銃で撃たれた傷が致命傷と判断された。地元警察が担当し、捜査が進行中で――」そこで文字は途切れ、再びジージーという雑音が聞こえた。

レジーは憂鬱な気分で、受信機を見つめた。「ぼくを悩ますために、誰かが殺人を犯しているとしか思えない」考え込んでいると、陽気な紅茶商（大手の――ここは上流クラブのひとつに数えられている）がレジーの肩をたたいて、なんの知らせだったのかと訊いた。「ぼくを困らせようとした、きっといたずらだよ」レジーがテープを見せる。

「アルバート・ラントだって！」紅茶商はそう言うと口笛を吹いた。「惜しい人間をなくしたものだ！」

「きみまでこんな話を信じるのかい？」レジーは嘆かわしそうにつぶやいてクラブをあとにした。

帰途、アルバート・ラント卿の事件を報じる新聞があちこちの掲示板に貼られているのが目に入り、世の人々の熱狂的な興味に彼は閉口した。家へ着くと雑用係のサミュエル・ベーカーが玄関で行ったり来たりしている。

「サム、落ち着きがないな。そういう態度は癇《かん》にさわるよ」レジーが文句を言う。

サミュエル・ベーカーはにやりとした。「先生、新聞全紙がほしいでしょう？」

「できればね」

「配達される順に、集めているところです。アルバート卿の写真も見たいですよね？」

「サム、いいかげんにしてくれ」レジーは彼に手を振った。「うんざりだ。きみはなぜ人が殺されるか知っているかい？　その存在を我慢ならないと思う人間がいるからだよ」

着替えをしながら、レジーは新聞を何紙か読んだ。どれもアルバート・ラント卿のことをくわしく書き立てている。富豪の死ということで記事にしかるべき配慮はされているが、彼の経歴は読者の気を引くのに格好の話題だった。アルバート・ラント卿は弟のヴィクターとともに、ダイヤモンド採掘がはじまったころの南アフリカへ渡った。彼が最初にしていた仕事は、どの新聞でも慎重に伏せられている。数紙は、彼の娯楽への情熱は生涯衰えることがなかったと報じたが、これはラント兄弟がスリーカードポーカーや指ぬき賭博《シンブル》（指ぬき状の杯を三個伏せ、豆を移動させて観客にその所在を当てさせる。しばしばいんちき賭博に用いられる）の世界でも第一級だったことを読者に思い起こさせた。つねにヴィクターと手を組んで事業を進めてきたアルバート卿が表舞台に躍り出たのは、ダイヤモンド採掘の第二期。冒険者たちの足跡をたどった結果の成功だった。アルバート卿の場合、何ごとも二番手に姿をあらわす人生だったらしい。紳士的な新聞は、そんな彼を慎重な性格とか、冷静な判断力の持ち主と書いていた。だが言い替えれば、他人の収穫物を横取りする幸運にいつも恵まれてきたというだけだ。キンバリーとヨハネスバーグでの彼の事業にまつわる奇妙な話もあった。セシル・ローズ（一八五三〜一九〇二。英国の植民地政治家。南アフリカのダイヤモンド採掘で巨富を得たのち、ケープ植民地首相も務めた）との争いをほのめかした記事だが、そのなかでローズはラント兄弟はかなり癖の強い性格だったと語っている。

　キンバリーとヨハネスバーグでの手法は謎に包まれ、とても自慢できるものではなかったようだが、とにかくアルバート・ラントはここで大富豪になった。だが彼は満足しなかった。南アフリカは彼には狭すぎたのだ。もしくは気温が高すぎたのかもしれない。彼は〝事業〟を世界中に広げた。満州の錫《スズ》やベルギー領コンゴの産銅地帯にも〝興味〟を持った。「時代を代表する領土拡張王のひとり」と夕刊紙は訳知り顔に、こぞって書き立てた。

　アルバート卿がその肩書きを持つに至った経緯は、かなりの部分が依然として明らかではない。ほとんどの新聞が、彼のイギリスでの豪勢な暮らしぶりに触れていた。パークレーンの近くに建つロココ風の大邸宅、プライアーズコーニー屋敷の芝居じみた壮麗さ――そこには湖に浮かぶ舞踏室や、壁が一面銀貼りの食堂まであるという。賢明な読者ならこれらの記事から、アルバート卿はあくどく生きただけでなく、激しく享楽的な人生を送った人物であることも見抜いてしまったことだろう。

「やれやれ」レジー・フォーチュンは皮肉な笑みをうかべた。

　コートに腕を通しているところへ、サムがアルバート卿の写真を持って帰ってきたので、腰かけて目を通した。中背で、やや小太り。服装はいくぶん派手。長くて大きな顔は馬を連想させる。それに、ぎょろりとした目――どこを取っても平凡。写真をじっくり観察した結果、レジーが抱いた印象はそれだけだった。写真向けの作り笑いの下に隠された、みずからの力へのうぬぼれと傲慢。こういう人間は自分に反抗する権利を何者にも認めないものだ。アルバート・ラント卿の成功の秘密が納得できた。「どこの誰かは知らないが、彼がこの獣を殺したのも無理はない」レジーはつぶやいた。「豚を殺すことは正当と認められている」

その夜、レジーは妹と夕食を食べに出かけた。彼女は大蔵省の役人と結婚している。予想どおりに、心地よい眠気を誘うおしゃべりにつき合わされた。

帰宅すると電報が二通届いていた。

まず一通目。「ラント事件に呼ばれた。ご相談したい。ラント夫人も貴殿のご助言を切望している――ジェラルド・バーンズ」

二通目。「ラントの件で相談したい。明朝プライアーズコーニーで――ローマス」

レジーはため息をついた。「誰も彼も、ぼくを呼ぶ人間ばかりだ」

ジェラルド・バーンズはセントサイモンズ病院の外科医だった。レジーが外科医としてそこへ勤めたのと入れちがいに、彼はバッキンガムシャーのどこかで開業するために病院を離れた。スタンリー・ローマス氏はロンドン警視庁《スコットランド・ヤード》犯罪捜査部の部長だ。

「まるで先を争うように」レジーはにやりとした。「みなさんプライアーズコーニーにご執心だ。サム、明日は朝食が終わったら車を出してくれ。ぼくらも行って、この目で確かめよう」そしてレジーはベッドに入った。

ところが翌朝、朝食を食べ終わるころにドーントシー看護婦が緊急の用件で訪ねてきたと告げられた。彼女もセントサイモンズ病院に勤めていた看護婦で、レジーを敬愛していた。レジーのほうも、心が優しく、誰にでも親切で可愛い彼女のことを（父親のような気持ちで）好いていた。ほっそりとした体つき、真心に満ちた灰色の瞳、健康的な肌色、愛嬌のある赤い唇――看護婦の理想的な容姿をすべて備えている。だが性格は飾り気がなく、本人はそうした自分の魅力をまったく意識していない。「典型的なイギリス美人をあげれば――ドーントシー看護婦は三指に入る」誰かがそう言っていたことがある。まさにそのとおりだとレジーも思う。

しかし、その朝はちがっていた。可愛い顔は心配で歪み、いつもの落ち着きをなくしている。「フォーチュン先生、助けてくださいますよね？」そう言いながらレジーへ走り寄ってきた。「ラント事件のことです」

「どうしてきみがラント事件に関わっているんだい？」

ドーントシー看護婦は顔を赤らめた。「わたし、婚約したんです」

「おや、その彼は幸せ者だね。きみの幸せを祈るよ」

「もちろん幸せですわ」ドーントシー看護婦は毅然として言った。「その彼が逮捕されたんです。アルバート・ラント卿を殺した容疑で。フォーチュン先生、わたしたちを助けてくださいませんか？」

「一体全体、その幸せ者は誰なんだい？」

「彼の名はヴァーノン・クランフォード。鉱山技師です。さまざまな土地で仕事をしてきました。生まれながらの探検家なんです。ポルトガル領東アフリカで世界有数の銅山を発見したのは彼です。去年イギリスへ戻り、その話をアルバート・ラント卿にしました。すると卿は彼にその場所へ案内するように命じて、現地へ送り込んだのです。探検隊と一緒に。ところがどういうわけか、イギリスへの帰途で、彼はひとり取り残されてしまいました。探検隊にだまされたのです。ヴァーノンがようやくモザンビークへ帰り着いたときには、探検隊のメンバーが銅山は自分たちのものだと申告していました。彼らは――法律の世界ではなんと言うのかしら？――とにかくそこで銅を掘る免許を自分たちのものにしてしまったんです。ひどいと思いませんか？　ヴァーノンは、とても腹を立てて。わたしは、何が起きたのかくわしくは知りません。彼は月曜に帰ってきたばかりでした。この一件はアルバート卿に責任があると、ヴァーノンが思っているのは確かです。卿に会いにいって、決着をつけると言っていました。きのう確かに行くことにしていました。そして夜に、このメモが彼から届いたんです」ドーントシー看護婦はメモを差し出したが、手ばなすことができず、自分で声を出して読みはじめた。

愛しいジョー――心配しなくていい。ラントが撃たれて発見され、警察はおれを逮捕した。落ち着いて行動してくれ。真実をふたりで解明しよう――きみのV。

ドーントシー看護婦は大きな目でレジーを見つめた。

「彼の決心が伝わってくる」レジーは低い声で言った。「そしてきみは、わたしに事件を取り上げてほしいと思ったわけだ。なぜだい？」

ドーントシー看護婦はびくりとした。「もちろん、彼を取り返すためですわ——彼を守りたいんです」

「それはわかっている。だが、あせってはいけない。率直に訊くが、彼は殺したと思うかい？」ドーントシー看護婦が立ち上がった。「わたしは彼と婚約していますのよ、フォーチュン先生」きっぱりと言う。

「落ち着いて。ぼくが彼について知っていることはそれだけなんだよ。もっとほかのことを知りたい」

「わたしは彼が無罪だと確信しています」

「彼は人を殺すような人間ではないと？」

「そのとおりです」ドーントシー看護婦はそう言うと、目を輝かせた。「彼は不正や悪事をはたらける人ではありません」

「では、彼に事務弁護士をつけるべきだろう。彼には誰か心当たりがあるかな？」

「ないと思います」

「ではモス・アンド・ゴードン事務所にたのみなさい。そこのドナルド・ゴードンにぼくから紹介されたと言うんだ」

「でも、わたしはフォーチュン先生にきていただきたいんです。先生のような方は、ほかにはいませんわ」

「そこまで言われると気恥ずかしいな。きみだって、そうだろう？」レジーは彼女に微笑んだ。

「いいかい、きみのほかにもふたりの人物がラント事件に協力してほしいと言ってきている」ドーントシー看護婦は悲鳴をあげ、その可愛い顔が悲しげに歪んだ。「落ち着いて行動しよう。V・クランフォードが言っているように。ぼくはプライアーズコーニーへ今から行って、誰のために動けばいいのか見きわめるつもりだ。おやおや、泣かないで。きっときみのために動くことになると思うよ。今こそ、きみがしっかりしなければ。ドナルド・ゴードンを婚約者のもとへ連れていきなさい」

ドーントシー看護婦は両手を差し出した。「フォーチュン先生、彼の敵にはならないでくださいね」

車に乗り込むと、レジーは自問自答した。「彼女は子羊のように無邪気な娘だ。だが冷静な思考力をかき乱す。やれやれ、まずはローマスを起こして知らせなければ」

早春の良く晴れた寒い朝だった。レジーは膝掛けを肩まですっぽりとかぶった。彼は東風が好きではない。それが吹くと殺人の季節が近いような気がするからだ。殺人とクリケットの季節が重なるという独自の理論を語りながら、ロンドンからおよそ二十五マイル行ったあたりで、車はぞっとするような建物の前を通った。本街道からすこし離れた小高い丘の上、赤い煉瓦《れんが》と白い石を交互に積み重ねているためにベーコンの縞《しま》模様を思い起こさせる建物だった。引きつけを起こして死んだ豚の肉で作ったものかもしれない。そのうえ信じがたいほど奇異な装飾で飾りたてられている。柱廊《コロネード》、胸壁で囲まれた平屋根、尖塔らしきもの、張り出し窓、ドーム、チューダー様式の煙突、そしてウェディングケーキについているようなひだ飾り。

レジーはいたたまれなくなって、運転手の横に座っているお抱えの使い走りに声をかけた。

「サム、あの悪夢は誰の家だい？」

「コーニータワーでしょう。ヴィクター・ラント卿の屋敷です」

レジーはうなった。「そしてヴィクターはまだ生きてそこにいる！」

それから一、二マイルほど走って彼らはある村についた。無慈悲な連中が別荘を建てて入り込んでくるまでは、静かで美しい村だったと思われる。車は素朴なジョージア様式の家の前で停まった。赤煉瓦の壁に〈ドクター・ジェラルド・バーンズ〉と表札が出ていた。

ジェラルド・バーンズ医師は血色のいい若者で、服装も雰囲気も農民のようだった。「きてくださってありがとうございます。今日は気持ちの良い日ですね」そう言って慌ただしくなかへ案内する。

「お宅に暖炉はあるかな――大きな暖炉は？　体を温めたいのだが」レジーがたずねた。「それから、そんなにばたばたしないでもらいたい。心臓に悪いよ」毛皮のコートを着たままで、レジーは診察室の暖炉の前に立ちつくした。「ところで、ぼくに何をしてほしいのかな？」

「いくつかご意見をうかがいたいのです。ラント夫人はぼく以上に、あなたの意見を訊きたがっています。医学的に見ると、これはとてもわかりやすい事件です。ラントの胸を撃った銃弾は脊椎《せきつい》のなかにとどまっていました。三八口径のリボルバーです。これで死因は明白でしょう？でも、腑に落ちない点が一、二あって。まず、右手の親指を捻挫していました。それから左目の上部にひどい傷――強く殴られたような傷です」

「厄介だね。それで、ぼくに訊きたいことは？」

「今お話しした点を、どう理解したらいいのか。犯人がピストルを準備してきたのだったら、なぜ被害者を殴る必要があったのでしょう？　同じく親指の捻挫も無駄な傷です。致命傷にはほど遠い。フォーチュン先生も死体をご覧になったほうがいいと思います」

「そうさせてもらえるとありがたい。ところでラント夫人は、警察の捜査に不満なのかい？」

「もちろんですよ。でも、どうしてそれがおわかりで？」

「勘だよ。ただの勘。ラント夫人はどんな女性なのかな？」

「ご存じかもしれませんが、夫人は生まれながらの淑女《レディー》ではありません。でも大した女性ですよ。アルバート・ラント卿が彼女と結婚したのは十年ほど前。大陸のどこかで知り合ったとか。でも彼女はイギリス人です。ダンサーとか歌手とか、まあそんなことをしていました。下層階級の出だと思います。若いころは、かなり人目を引く美人だったそうです――背が高くて、黒髪で、あか抜けたタイプ。今はさすがに年齢を隠せませんが、それでもなかなか魅力的です。最初はずいぶんとがさつで――夫と同じ性格でした。彼は成り上がり者ですからね。でも長年のあいだに彼女は変わりました――穏やかでまじめな性格に――ここで目配りをして、土地や財産を上手に管理しています。夫も同じように教育しようとしてきましたが、彼は依然として粗野で。夫人は、ゆっくりと時間をかけて彼を操縦しようとしていました。しかし、その努力にもかかわらず、ここ何年間かは辛い思いをしてきたと思います」

「ラント夫人は何を望んでいるんだい？」

「それがわかれば苦労しませんよ」バーンズはすこしためらってからそう言った。「夫人は、警察が突き止めていない事実が、まだ隠されていると考えています。だから今回の逮捕にも満足してはいないのです」

「では問題は簡単だ。きみのほかにも、ふたりの人間がぼくを求めている。三人のうち誰のために動けばいいのか迷っていたんだ。誰のゲームも邪魔せずにね。ローマスは電報を打ってきて――」

「ローマスですって！　あの自信たっぷりのスコットランド・ヤードまでが」

「ローマスがそんなふうに見えるかい？　なかなか好ましい人物だよ。それからもうひとりはV・クランフォードだ」

「クランフォードは、もうあなたに相談しているのですか？　行動の早い男だ」

「いやいや、彼にはとても素晴らしい助手がいるんだよ。つづきは歩きながら話そう。まずラントが殺された現場を見せてもらいたい。死体を調べるのはそれからだ」レジーは毛皮のコートを脱いで、きびきびと行動をはじめた。

アルバート・ラント卿を発見したのは彼のもとで働く農場管理人だった。すぐに屋敷へ知らせがいき、それからジェラルド・バーンズに電話がきた。ラント卿は農場から歩いて帰る途中、庭園を横切っていた。白亜質《チョーク》を覆う起伏に富んだ草地が広がっている場所だ。そこかしこにブナの美しい林や、ハリエニシダやキイチゴの茂みがある。そのなかを、まっすぐな砂利道が一本、農場からクリ並木へと延びていた。バーンズは、草地に凍りかけた足跡があるのを見つけて立ち止まった。レジーが周囲を見まわす。「ふん！　あたりには家が一軒もない。銃声を聞いた者もいないのかな？」

「誰もいません。屋敷からはかなりありますし、農場からも一マイルほど離れています。それに銃声の一発や二発――田舎では珍しくありません。先生もそこかしこで耳にするでしょうよ」

「確かに。ところであの細い道はどこへ通じているのかな？」レジーは砂利道から分かれて、草地へ延びている小道を指さした。

「あれですか？　ああ、あれはヴィクター・ラントの屋敷へ通じています。ヴィクターの庭園は――彼も自分の土地を庭園と呼んでいるんです。どうでもいいことですが――兄のアルバート・ラント卿の、この庭園と隣り合っています」

「なるほど。さあ、ここはもういい。死体にお目にかかりにいこう」レジーがあくびまじりに言って、ふたりはプライアーズコーニーへ向かった。

　館は十八世紀の様式で建てられていた。かつては上品で落ち着いた空間だったと思われる。「ところがなんと！」レジーはうなった。「きみのお祖母さんが、ロシアバレエの舞台に上げられたようなものだな」本来は家庭的で温かい雰囲気のはずの家にはそぐわない、新しく無粋な装飾品が所狭しと並べられている。

　一台の車が玄関の前に停まった。彼らがホールで帽子を脱ぎステッキを置いていると「ラント夫人はお部屋からお出になりません」と車の主《ぬし》が告げられているのが聞こえた。入ってきたのは、大きな衿《えり》のついたアストラカンの毛皮のコートに身を包んだ太った男だった。大きい頭に長い顔。

顔色は不健康そうだ。右の眉から髪の生えぎわにかけての額に赤い傷がある。ぎょろりと突き出した目に輝きはない。

「顔にひっかき傷をつくるような、あのスポーツマンはどなたかな?」男がドアの向こうに姿を消すのを待ってから、レジーは訊いた。

「彼がヴィクター・ラントです。おそらくラント夫人に面会を求めてやってきたのでしょう」

「それは、ご親切なことだ」レジーはつぶやいた。

そのとき軍人風の威厳のある男が、きびきびとした身のこなしで入ってきた。アルバート・ラント卿の秘書でラドナー・ホールだと紹介された。ラドナー・ホール(彼はかすかにアメリカ風のアクセントで話す)はフォーチュン氏を歓迎した。「まず昼食をご一緒に。そのあとラント夫人にお引き合わせします。夫人はあなたにとても会いたがっていらっしゃいます」

「わたしはまず死体を診たいのですが」レジーの返事はそっけなかった。

すぐに死体の置かれている場所に案内され、ジェラルド・バーンズの検死はすべて正しいことがわかった。死因に疑問の余地はない。至近距離から発砲されたピストルの弾が胸に当たって脊椎に達した。即死ではないが、こと切れるまでそう長くはかからなかっただろう。だが、致命傷となった弾丸の傷はごく小さなものだ。死体を恐ろしい形相に見せているのは、額の傷とそのまわりにできた痣だった。それらをじっくり観察し終わると、レジーは難しい顔をして何やら考え込んでいた。「派手だ。ずいぶん派手だと思わないかい?」不満そうにつぶやく。こんな傷は石にでも額をぶつけない限りはできない。だが、アルバート・ラント卿は芝の上に仰向けに倒れていた。もし誰かが石か、それに相当する重いもので殴ったとしたら――だがピストルを用意していて冷静にそれを使える人間が、石など手に取るだろうか。「この傷に何か意味があるとすれば、それは裏をかくための見せかけだと思う」レジーは低い声でつぶやいた。

しかし、ついに額の傷の解明をあきらめて、胴体のほうへ移る。

「ああ、そちらの手ではありません」バーンズが注意した。

「おや、そうかい？」

「親指が捻挫しているのはこっち――右手です」

「じゃあ彼の手は両方とも、ずいぶん忙しかったんだね。これをどう思う？」

バーンズが左手をのぞき込む。左手の指は何かをむしり取っていたかのように、きつく握りしめられていた。

「手のなかに何かありますか？」

「殺されたとき、彼はどんな服装だった？」

「ざっくりとした茶色のオーバーコート――茶のツイードでした」

「うーん！」レジーは、硬直した指のあいだから、何かカールした細いものを慎重に取り出した。黒い房《ふさ》だ。

「奇妙ですね」バーンズが言う。「黒人の髪の毛のように見える」

「もっと想像力をはたらかせる努力をしたほうがいいよ」レジーは取り出したものを、注意深く手帳に挟んだ。「迫害を受けた黒人労働者がヨハネスバーグのダイヤモンド鉱山から、はるばるプライアーズコーニーへやってきて——彼に石を投げつけ——撃ち殺し——そして頭突きをした。きみの推理は完璧だ。完璧だよ」

「では、先生だったら？」バーンズは気を悪くして言った。

「先走りしないよう努めるよ。やあ！」

スタンリー・ローマスさまの登場だ——犯罪捜査部部長の颯爽とした姿がそこにあった。

「フォーチュン、元気そうだな。どうしてわたしも呼んでくれなかったのかな？　村の旅館で待っていたというのに」

「ずいぶん偉そうですね。どうしてここへ、さっさといらっしゃらなかったのですか？　ラント夫人の機嫌でも損ねたのかな？　それとも夫人があなたを怒らせたか？」

「行動の自由を最優先するためだ。わかるだろう？　ところで、この事件をどう思う？」レジーは肩をすくめた。「奇妙なことがいくつかある。たとえば何かって？　まずわたしが知りたいのは、頭を殴られたのは撃たれる前かあとかということだ」

「それなら外科医ではなく、予言者を呼ぶべきですよ。ぼくの出番じゃない。それに、警察はもう容疑者を逮捕している」

「逮捕だって？」ローマスは眼鏡を押し上げた。「クランフォードのことを言っているのか？　どうしてそれを知っているのだ？」

「ローマス、悪いがきみのためには何もできない。ぼくは独立独歩の専門家だから」

ローマスは眉をひそめた。「たのむ！　仲間じゃないか！　それに、きみが誰のためにも仕事をしていないなら、ここに用はないはずだろう?」

「わかったよ。じゃあ言おう。ぼくはある人間のために動いている――V・クランフォードのためにね」

「おお! 心を決めたのですね?」バーンズが声をあげた。

ローマスの眼鏡がずり落ちた。「なるほど、そういうことだったのか。残念だ。フォーチュン、その選択はまちがっていると思うよ。今回の事件はじつに単純明快だ」

「そうかな」レジーが言った。

「悪いことは言わない。わたしはきみが不利な立場に追い込まれるのを見たくはないんだ」ローマスは急に年寄りじみて、まるで父親が干渉するような口調になった。「しかたがない――ちょっと職務違反になるが――おしえよう。我々はすでにピストルを発見している。クランフォードの部屋にあった」

「スミスサズラン三八口径? おもしろい! あれなら世間にごまんと出まわっている。使いやすいピストルだ。ぼくも一挺持っているが、どこにいったかな」

「おいおい、フォーチュン!」ローマスは再び若返って、きびきびとした口調で言った。「なぜ、はったりをかけようとするんだい? ラントは特定の型のピストルで射殺された。そして我々は、あらゆる点で疑惑が持たれているある男が、凶器と同じ型のピストルを所持しているのを突き止めた。いたって単純だ。そうじゃないかね?」

「おっしゃるとおり。驚くほど明快で、驚くほど説得力がある。でも、どうしてぼくにもそれを納得させたいのか不思議だ」

ラント事件における、これが最初の衝突だった。レジーとジェラルド・バーンズは静かに退散し、ラドノー・ホールと差し向かいで昼食《テッテ・ア・テッテ》をとった——銀貼りの食堂とは別の部屋で。給仕がいなくなるのを見はからって「ミスター・ホール、ぼくは立場をごまかして何かを訊き出そうとは思いません」とレジーが切り出した。「この事件で、ぼくはクランフォードの側に立つつもりです」

「ほんとうですか?」ラドノー・ホールは後頭部をさすった。「とにかくラント夫人に会っていただきましょう」

ラント夫人はタバコをくわえて暖炉の前に立っていた。背が高く、やや痩せ形。顔にやつれは見えたが、なお十分に美しかった。レジーにさっと手を差し出し、力強く握りしめると「お会いできてうれしいわ」と、凛《りん》とした口調で言った。レジーはラント夫人の側から事件に関われないことをわび、クランフォードが最初の依頼人なのでと説明した。「気にしませんわ」夫人は叫んだ。激しやすい性格らしい。「あなたが警察に反対の立場なら、わたしたちにはそのほうが好都合です。そうよね、ラドノー?」

「ええ」ラドノー・ホールが答える。彼は、すぐそばからレジーを見つめていた。

「この事件について、先生のお耳に入れておかなければいけないことがあります」夫人が説明した。「とてもたいせつなこと」

「ええ、じつに重要です」ラドノー・ホールが言葉を継いだ。ラント夫人がうなずき、ラドノーが話しはじめた。「アルバート卿は、すべてを夫人に遺《のこ》しました」レジーは、当然のことだと答えた。「ですからラント夫人は、殺人事件に公正な判決が下されるのを見届けるのが、ご自分の義務と考えておいでです」

「公正な判決よ、わかる?」ラント夫人が激しい口調で割り込む。「警察が、自分たちの偏見で、どこかの貧乏人を絞首刑にするようなことは許さないわ」

ラドノー・ホールが夫人に渋い顔を向けた。「わたしたちの立場を明確にすれば、フォーチュン先生はわかってくださいますよ」

「ごめんなさい、ラドノー。話をつづけてちょうだい」ラント夫人はタバコを投げ捨て、椅子にどさりと座った。

「では先生、はじめましょう」ラドノー・ホールは頭のうしろをさすった。「この会社はアルバート・ラント個人のものではありません。所有権はラント兄弟にあるのです。しかしアルバート卿は、自分が主と思っていました。よく、愚にもつかないことをあれこれ口出ししていましたよ。でも、会社の利益になる主要な仕事はほとんどがヴィクター・ラント氏の働きによるものでした。最近のアルバート卿は、不動産収益で生活していたようなものです。事業をコントロールしていたのはヴィクター・ラント氏です。先生、ここだけの話です。ラント兄弟のやり方は巧妙——非常に巧妙なのです。以前はふたりそろって、汚い手を使っていたと思います。でもわたしが秘書として働くようになったころから、アルバート卿の人柄はとても温和になり——この環境と、ある方の影響で——」

「ラドノー、余計なことは言わなくていいの」ラント夫人がたしなめる。

「そうでした。しかしですねフォーチュン先生、アルバート卿は金銭に関しても以前よりずっと控えめになったんです。でもヴィクター・ラント氏はあいかわらず悪知恵をめぐらしていた。そのために兄弟のあいだで摩擦があって――ある摩擦が。例のクランフォードの事件です――率直に言いますと、ミスター・クランフォードはラント兄弟にひどい仕打ちを受けました」

「彼は卑怯な罠にかけられたのよ」ラント夫人が吐き捨てるように言った。

「意見はしたのです」ラドノー・ホールがつづける。「ラント夫人はアルバート卿に意見をしました。ですから、クランフォードの件は、ほとんどがヴィクター氏の策略なのです。アルバート卿がそれを黙認していたのは認めます。しかし、卿はヴィクターのやり方はひどすぎると思っていました。言葉が過ぎてしまっていたら申し訳ありません。しかし、こうした経緯の果てにわたしたちはアルバート卿が射殺されているのを見つけたのです。これが、わたしたちのお伝えしたかったすべてです」

レジーは微笑んだ。指を組んで、ラドノーの軍人風の無表情な顔を見る。「つまり、あなたはアルバート卿が弟のヴィクターに殺されたと思っていらっしゃる」

ラント夫人が立ち上がって、ラドノー・ホールを見つめた。

ラドノー・ホールは、さして驚いたような顔はしなかった。「先生、すぐに別の容疑者が逮捕されますよ」そう言って彼も微笑み返す。「今のお言葉は先生の推理でわたしのものではありません。わたしは事実をお話ししただけです」

「いいかげんにお黙りさない、ラドノー」ラント夫人が言った。

「まあ、そう興奮なさらずに」レジーが夫人を優しいまなざしで見る。「では、アルバート卿が亡くなって、事業はヴィクターのものに?」

「主人はわたしにも相続権を残してくれました」ラント夫人が答える。「五対八です。わたしのほうに主導権があります」

「責任もあるということだ」レジーがつぶやいた。「お話をうかがって思うのは、兄弟間のいさかいの原因のひとつは、あなたの存在ではないでしょうか? アルバート卿はあなたを支持していた」

「そういうことです」ラドノー・ホールが答えた。

「ちがいます。それは、あなたも知っていたでしょう?」ラント夫人が叫んだ。「ふたりとも、わたしが口を出すのを嫌っていました」

「そうでしょうか?」レジーがぼんやりと言った。「奥さまは、わたしにアルバート卿を殺した真犯人を見つけてほしいとお望みなのですか?」

「いいえ」ラント夫人はレジーをにらみつけた。「わたしは、憐《あわ》れなクランフォードを救っていただきたいだけです」

「わかりました。いずれにしても同じことですね」レジーは席を立った。「ご助言ありがとうございます。ところで、お庭を散歩させていただいてもよろしいですか?」

それからレジーは夕暮れまで庭園を歩きまわった。ロンドンへの帰途に、雑用係のサムの姿はなかった。

夜にドナルド・ゴードンから電話があった。ゴードンはクランフォードについて、いささかならず者だとは思うが、弁護を引き受けようと言った。好奇心をくすぐられる事件だとも。明日、拘置所で彼を接見することになったのでレジーにもきてほしいと言い、この事件をどう思うかと訊いた。「不快な事件だ」レジーは答えると電話を切った。

ラント事件では、最初から最後までレジーは悩まされた。ついに解答は見つからず、彼はいつもこの事件を自分の失策のひとつと言っている。彼の果たした役割といえば、警察のしくじりを見抜いたこと――アルバート卿が、彼か彼女かわからないが誰にどう殺されたにしても、警察が考えているような単純な射殺事件ではないと指摘したこと、ただそれだけだった。自分は想像力が欠如していたと、フォーチュン氏は弁解している。

この時点で、彼はなんでも信じる心構えでいた。憂鬱な気分でベッドに入るときも、もし自分が犯罪捜査部部長だったら〝あの忌々しい連中のなかの誰でも〟絞首台へ――たとえ罪をでっち上げてでも――送ることができると確信していた。正体不明のクランフォード、謎めいたヴィクター、ラント夫人、ラドノー・ホール。彼らのうち誰が――あるいはひとりではなく複数かもしれない――被告席に座ってもおかしくはない。ラント夫人は、アルバート卿の死で最も利益を得る立場にある――おそらくラドノー・ホールも――夫人と彼との関係はどうなっているのだろう？　クランフォードは被害者と激しく争っていた――たぶんヴィクターも。クランフォードに味方するなんてばかな行為だ。それにドーントシー看護婦……愛らしい子羊……彼女の優しげな顔を思いうかべながら、レジーはいつしか眠っていた。

拘置所の陰鬱な接見室に、初対面のクランフォードが期待をもってあらわれた。どこか人を寄せつけない雰囲気のある男だ。痩せてはいるが、しっかりとした顎が力強さを感じさせた。背の低いユダヤ人事務弁護士のドナルド・ゴードンは、そんなクランフォードの前で緊張していた。「ミス・ドーントシーからは、先生には大いに感謝しなければいけないと言われている」クランフォードが開口いちばんにぴしゃりと言った。「もちろん、おれもそう思う。黙秘しているおれの立場をわかってくれたからね」

「そのとおりだ」小柄なユダヤ人が舌たらずに言う。

クランフォードは、ふたりにはこれまでの経緯をつぶさに話した。銅山を発見した彼は、ラント兄弟に話を持ちかけた。兄弟はクランフォードを、自分たちの息のかかった調査隊とともにモザンビークへ差し向けた。帰途についたある日、彼は一行のキャンプをわずかのあいだ離れた。途中で茂みから原住民の投げ槍が飛んできて、彼の太腿に刺さった。痛みをこらえてキャンプに戻ってみると、テントも調査隊のメンバーも消えていた。食料も荷物も、すべて持ち去られていた。彼の荷物——彼が発見した産銅地帯の地図が入っていた——までも。クランフォードは傷を負ったままアフリカの奥地にたったひとりで残されてしまったのだ。身動きできずに絶望的な数日間をそこで過ごしたのち、這うようにして原住民の村へたどり着いた彼は寝込んでしまう。旅ができるくらいまで回復するのに一カ月かかったという。ようやくモザンビークまで戻って、ラント兄弟がクランフォードの発見した産銅地帯を自分たちの名義で登録したことを知った。

そしてクランフォードは船でイギリスへ帰った。彼は告白した——いや、宣言した——目的はただひとつ、自分の権利をアルバート・ラント卿から取り返すことだったと。イギリスへ着くやいなや、ラント兄弟のオフィスへ向かった。応対したのはヴィクター・ラント。ヴィクターはていねいな態度で同情まで示したが、それ以上の申し出は何もなかった。クランフォードの権利を横取りしたことを認め、アルバート・ラント卿が仕組んだ罠だったとも言った。確かにクランフォードをだましたと認めたわけだが、アルバート・ラント卿が権利を返す可能性にはいっさい触れなかった。

「でも、きみはヴィクターを殺しはしなかった」レジーが言った。

「ヴィクターだって？　あんな下っぱに用はない。それに彼は、すべてを話してくれたわけだし」クランフォードが答える。「あの茶番劇を考え、やらせたのはアルバートだ。ヴィクターはそう言っていた。自分はアルバートの会社の一事務員にすぎないと。だから、おれはアルバートを口汚く罵ってやった。あいつは怯えて、おじけづいたみたいだった。アルバート本人をすぐに訪ねたほうがいいと言った。プライアーズコーニーにいるからと。言われたからにはそうすると答えて、おれは向かった」

「そのようだね。列車で。コーニーロード駅についたのが十二時二十分」レジーが言った。「そして午後二時五分発の列車でロンドンへ戻った」

「そのとおりだ」クランフォードがレジーをじっと見た。「先生は、いろいろ知ってるんだな。おれはプライアーズコーニーまで歩いていった。ところが召使から、アルバートは留守だと言われた。しかたがないので、また歩いて駅まで戻って、二時五分の列車に乗ったというわけさ」

しばらく沈黙が流れた。小柄なユダヤ人が口を開いた。「それで全部かな？　今の話を証人席で証言しなければならないことは知っているだろうね？」

「ああ、大丈夫だ」

「よろしい」小柄なユダヤ人が舌たらずに言う。「それからこうも訊かれる――今わたしに言いたくなければ、答えなくともいいが――あなたはアルバート・ラントを殺害しましたか？」

「いいや、いっさい身に覚えはない」

小柄なユダヤ人は両手をすり合わせた。「完璧ですね、フォーチュン先生？　これで安心だ」

ドナルド・ゴードンは席を立った。「先生、何か質問はありますかな？」

「ミスター・クランフォード、その日きみはどんなコートを着ていたのかな？」レジーが質問した。

「コート？　茶色のレインコートだよ。ひどく寒かったのを覚えている。手持ちのコートはそれだけなんだ。イギリスの春に備えてコートを買う暇なんてなかったから」

「確かにそうだろう。では、ぼくらは仕事をつづけることにする」レジーは立ち上がった。「きっとうまくいくよ、ミスター・クランフォード。心配はいらない」

「おれよりミス・ドーントシーに、そう言ってやってほしい」クランフォードが言った。

車に乗り込むと、ゴードンがたずねた。「先生のご感想は？」

「彼の言っていることは真実だ」レジーが答える。

「よかった！」それからふたりは審問に備えて策を練った。

検死審問《インクエスト》の日、レジーはプライアーズコーニーには行ったが、審問には出なかった。スタンリー・ローマス部長は彼の姿が見えないことに気づき、ドナルド・ゴードンに驚きだと言った。このことは、審問のあいだ中ローマスの頭を離れなかった。検死審問が終わり、紅茶でも飲もうと、車を置いてある宿に戻ったローマスは、レジーがそこでバタートーストを食べているのに出くわした。「優雅なご身分だな」そう言ってレジーの隣に座る。

「これはこれはローマス部長」口をもぐもぐさせながらレジーが答えた。「ご冗談を」

「きみの胃がうらやましいよ」ローマスは眼鏡を押し上げて、トーストをまじまじと見つめた。

「こんな散々な一日だっていうのに！　陪審員の評決を聞いただろう？　クランフォードに、謀殺の評決が下されたんだぞ」

「全部ほら話だよ。スコットランド・ヤードを罠にかけるためのね。ところで、ぼくに紅茶をおごってくれないかな？」

「ピストルの件が決め手になった」ローマスは余裕たっぷりの笑顔を見せた。

「ローマス、はかなく過ぎるは幼年時代と言うだろう？」レジーがつぶやいた。「学生時代もじきに終わる。ぼくらの目の前にあるのは不安と悲しみばかりなりだよ。正体の見えない危険、隠された罠。ぼくは凶器に使われた本物のピストルを見つけた。では失礼」

ローマスが追ってきた。「フォーチュン、言っておくが。予断は許されない——きみは何を考えているんだ？」

「先走りしないように努めているだけだ」レジーは微笑んだ「勘定はこの紳士からいただいてくれ。ローマス、きみは早まっているようだよ」

ローマスはテーブルへ戻ってウィスキーのソーダ割りを飲んだ。

これがラント事件での二度目の衝突だった。

一般訴訟は巡回法廷で争われ、まずヴィクター・ラントに対する反対尋問がはじまった。検察側の証言に立ったヴィクター・ラントは、好印象を残した。いかにも疲れきった様子で、兄の死に打ちのめされている心優しい弟の役を演じたのだ。計算されたその演技は、輝きのない目やたるんだ表情とは裏腹に、彼の頭がさえていることを物語っていた。クランフォードに対する悪意をまったく示さずに、淡々と証言を行う。殺人が起きた日の朝クランフォードが電話をかけてきて、アルバート・ラントから受けたひどい仕打ちに不満をぶつけ、兄を暴力的な言葉で非難した。さらにアルバート卿の居場所を言うように迫り、彼が答えると去った。ヴィクター・ラントの証言を要約するとそんなところである。

次に、背が低く顔色は青白いが、周囲を圧する雰囲気のある法廷弁護士が登場した。弁護士はヴィクター・ラントに、以前のある出来事について質問した。モザンビークへ向かった遠征隊で起きた一部始終が明かされた。背が低く威圧的な弁護士の単刀直入な質問に苛々しながら、彼はすべてを話した。自分たちラント兄弟がクランフォードの発見を横取りしたこと。自分たちが送り込んだ遠征隊が、クランフォードをアフリカの奥地に置き去りにして殺してしまおうとしたこと。

「あなた方は殺人を正当化するのですか？」弁護士は検事側に向かって問いかけた。

「みなさん、被告がどんなに辛い目に遭ったか想像できるでしょう?」背の低い弁護士はそう言って、この非道な企てを計画したのはアルバート卿であることを証言するようにヴィクター・ラントに迫った。「クランフォードが事務所を去ったあと、あなたは当然、絶望に打ちひしがれたこの男がそっちへ向かったとお兄さんにすぐ電話したのですよね? えっ、しなかった? それは奇妙だ。にもかかわらず、あなたは車に乗ってコーニータワーの自宅へ戻った。一マイルたらずの距離です。十二時から十二時三十分のあいだくらいには家に着いたでしょう? たぶんですって? はっきりと思い出してください。帰宅してからあなたは何をしましたか?」

ヴィクター・ラントの記憶によれば、散歩をしたということだった。

「誓って言えますか――お兄さんを訪ねなかったと?」

ヴィクター・ラントは(すでに着席していたが)思わず立ち上がって、これを否定した。帰宅後は自分の敷地から一歩も出なかったと。

「翌日、あなたの屋敷からアルバート卿の屋敷まで真新しい足跡が見つかり、それがあなたのブーツと一致したと聞いたら驚かれるでしょう?」ヴィクター・ラントはよくその道を通る。

「あの日あなたはどんな服装でしたか?」彼は思い出せず、黙ったままでいた。「アストラカンの毛皮のコートを着ていたことは否定できないでしょう?」ヴィクター・ラントは答えられない――彼はそういうコートを持っていた――しかもよくそれを着ている。「いいでしょう。さらに、あなたは言っていましたね? 会社の運営方針のことで、お兄さんと喧嘩をしたと」

「喧嘩などしていません。絶対にしていません」ヴィクター・ラントは強く言い張り、なんとか説明しようとした。

「殺人のあった翌日、あなたは額に大きなひっかき傷をつけていましたね？　しかも殺人の前には、その傷はなかった」ヴィクター・ラントは傷のことを覚えていなかった。誰だって、ひっかき傷のひとつぐらいできると彼は言った。陪審員が顔を見合わせた。

昼食後、弁護側の最初の証人としてラント夫人が証言台に立った。彼女は、クランフォードをだます企みを考えたのはヴィクターで、ヴィクターとアルバートのあいだには激しい喧嘩が絶えなかったと証言した。ラドノー・ホールもこれを裏づける証言をした。つづいてレジーも証言台に立ち、彼の証言が弁護側と検察側の対立に新たな局面を与えた。

フォーチュン氏は、卓越した専門的知識を駆使して死体を調べた。左手に握りしめられていたのは――少量のアストラカンの毛である。彼は殺害現場を訪れた際、付近の野バラの茂みからもアストラカンの毛の細い束を見つけた。またフォーチュン氏は、ついたばかりと思われる足跡を調べて、ヴィクター・ラント氏のブーツとぴったり一致することを突き止めた。レジーはここで、確定した証拠として足跡の大きさと形を示した。さらに彼はすぐそばの茂みのなかから三八口径のスミスサズラン弾倉銃を発見していた。弾は三発発射されていた。激しい反対尋問も、フォーチュン氏が提示した事実の前では手も足も出なかった。さらに数人の証言者が、ヴィクター・ラントはアストラカンの毛皮を着ていて、クランフォードはレインコート姿だったと証言した。

弁護側の最後の証人は――クランフォード本人。弁護側の最後の質問は――「あなたはアルバート・ラント卿を殺害しましたか？　神に誓って答えてください」

「神に誓って答えます。わたしは殺してはいません」

自信満々だった検察側も態度が急に弱くなった。もはや、この被告人を執拗に問い詰めるのは正当ではないと判断しているのは明らかだ。「アルバート・ラント卿が不在だと告げられ、あなたはそれ以上彼に会いたいとは思わなかった。なぜですか?」

「策略だと思ったからです。兄弟揃って、おれを避けていると」

「それであなたはロンドンへ戻ったのですね?」

「はい。午後二時五分発の列車で。ご存じのとおりです」検察側もこれでお手上げだった。

背は低いが威圧的な法廷弁護士は、クランフォードを逮捕したことは誤りで、ヴィクター・ラントこそ事件の張本人であると完璧な論理を駆使して主張した——計算の上での、わざと感情を抑えた冷静な口調が発言にいっそう説得力を与えていた。裁判官が陪審員に対して行った事件要点の説示もヴィクター・ラントには完全に不利なものだった。評決はまたたくまに下り、無罪。法廷に歓声がわいた。ドーントシー看護婦は泣き、笑い、そしてフォーチュンに手を差し伸べた。

廊下へ出ると声が聞こえた。「やりましたね、先生!」小柄なユダヤ人の事務弁護士が飛び上がって、うれしそうに喉を鳴らしている。「さぞやショックでしょう! ローマス部長の顔が見たい」

「ローマスも運が悪かった。熱心さが仇《あだ》になった。ミスター・イージー《Easy》になっていたようだね」

レジーはにやりと笑った。

「ひどいじゃないか。どうして、わたしに率直に言ってくれなかったんだ?」ローマスが慌ててやってきた。「帰るぞ、ベル――帰る」部下のベル警視がレジーのほうへ首を振った。

夕食がすんだころ、一枚のカードがレジー・フォーチュンへ届いた。『お願いだ。会ってほしい』殴り書きのサインは『ミスター・ヴィクター・ラント』レジーは診察室へ行った。

ヴィクター・ラントが苦渋に満ちた表情でそこにいた。昼間は青かったふくよかな顔が、今は紅潮して汗をかいている。呼吸は荒く、むくんでいるようにも見えた。

「ぼくに何か期待しても無駄ですよ、ミスター・ラント。もうあの一件は終わりました」レジーは言った。

「わたしの話も聞いてくれ。こちら側からの意見も、先生。こうなるように仕向けたのはあんたなんだから。今にも逮捕状がくるかもしれない。お願いだから――あんたも、わたしを絞首台に送りたいわけじゃないだろう？　わたしは殺してはいない。誓って言う。わたしはやってない」

「ぼくは、自分の目で見た事実を話したまで。事実は事実だ、ミスター・ラント。自分の身は自分で守ってほしい。ぼくは、何もできない」

「だが、その事実が嘘なんだ。あんたも人の子なら、無実の人間を絞首台へ送りたいとは思わんだろう？　真実を話すから。神に誓って真実を」

レジーは椅子に腰をかけた。「ミスター・ラント、ぼくはきみの事件を取り上げるわけにはいかない。ぼくは宣誓している。ぼくに何か言うことは、きみの立場をまずくすることにもなりかねない。もしきみが無実だとぼくに確信させられれば、力になることはぼくの義務でもあるが。しかし悪いことは言わない。口をつぐんでいたほうが身のためだ」

「わかってくれないのか?」ヴィクター・ラントの声はほとんど悲鳴に近かった。「もし絞首刑になったら、おまえのせいだぞ。だから聞いてくれ」

「どうぞ、ご自由に」

ヴィクター・ラントは顔の汗をぬぐい、口ごもりながら話しはじめた。「クランフォードが兄をどんな目に遭わせたか見たいと思った。庭園まで行くと、バートが撃たれて倒れていた。手にピストルを握ったまま」

「彼が自殺したと言いたいのかい?」レジーは眉をひそめた。

「わからない。だが、それが真実だ。誓って言う。兄は手にピストルを握ったまま、撃たれて倒れていた。のぞき込むと、彼は突然おれをつかんだ。『ブタめ!』そして、おれを撃とうとした。だから、おれはとっさに石を拾って顔を殴りつけた。それでも彼は引き金を引いて、弾はおれの額をかすった。それがあの傷だ。たのむ、真実に目を向けてくれ。おれはピストルを兄の手からねじり取った」

「親指の捻挫はそれか」レジーがつぶやいた。

「そして、呼吸が止まるのがわかって……」ヴィクター・ラントは身震いすると、それ以上言葉を継ぐことはできなかった。「頭のなかがまっ白になって、その場を逃げた。ピストルは捨てた。自分が何をしているのかわからなかった。先生、神に誓って言う。これが真実なんだ」彼は立ち上がった。「さあ、どうする?」

一方、レジーは静かにヴィクター・ラントを見つめていた。「ミスター・ラント、もし今の話が真実なら、きちんと証言すべきだ」

「真実だ。嘘だと思うのか？　神よ、お願いだ！」

「ぼくは神じゃない」

ヴィクター・ラントが悲鳴をあげた。男がふたり、診察室へ入ってきた。「ヴィクター・ラント氏だね？　わたしはベル警視だ。逮捕状が出た——」ヴィクター・ラントは暖炉に倒れ込んだ。

ふたりは彼に走り寄って、暖炉から引き上げた……。「脳卒中だ」レジーが診断する。「その兆候があった」警察官たちはレジーに物問いたげな視線を向けたが、レジーは首を振るだけだった。

「逮捕状は使えませんね」ベル警視が言う。「彼はここで何をしていたのですか？」

「慈悲にすがってきた」レジーは答えた。「きっと事件を控訴したかったんだろう。そんな気がするだけだが」

その夜、ヴィクター・ラントは息を引き取った……。

数日後、レジーはクランフォードとドーントシー看護婦を夕食に誘った。控えめなイブニングドレスを着た彼女は、いかにも幸せそうだった。ころ合いを見はからってレジーがすすめる。

「桃をもうひとつ食べないかい？」

「恥ずかしいわ」と言いながらも彼女は、もう一個食べた。

「桃の種で占いができるのを知っているかな——彼はわたしを愛している、愛していない……」

「もう、その必要はありませんわ」ドーントシー看護婦は婚約者を見た。

「来週、ブリティッシュコロンビアへ発ちます」クランフォードが告げた。

「ひとりで？」レジーがドーントシー看護婦を見ながらたずねる。

「今年かしら、来年かしら……」ドーントシー看護婦が指を折って数えた。「桃を五個は食べなければいけませんわね、フォーチュン先生？」

「きみが望むようにすればいい。クランフォード、ではきみはモザンビークの鉱山の権利を放棄するんだね？」

「ラント夫人は、おれに権利を返すと言ったが。もう、そういう世界からは足を洗おうと思って」

「そうよ、もうやめてね」ドーントシー看護婦が言う。

「ヴィクター・ラントの企てが失敗に終わったことが、せめてもの救いだ」クランフォードがつづける。

「そうだね。もし彼が生きて成功していたら、きみはイギリスを離れられなかった」レジーは葉巻に火をつけた。

「先生には、すべてを話すべきだった」レジーはクランフォードを見た。「あのことだ。先生がヴィクター・ラントを罠にかけて、おれを自由にしてくれた一件」

「罠なんてかけちゃいない」レジーは語気を強めた。「ぼくがヴィクターについて証言したことはすべて事実だ。彼もそれを認めた。彼は自滅したんだ。そのうえ奇妙な話まで、でっち上げて」

レジーはヴィクター・ラントが事件の真相だと言ってきた話をした。「どこまでほんとうか疑わしいがね。彼はぼくに、アルバートが自殺したと思わせようとした。だが、そんなことはありえない」

「たぶん、彼の話は全部ほんとうだ」クランフォードが言った。「憐れなやつだ」

「ぼくは可哀想だとは思わないね」レジーが言った。「手段はどうあれ、ヴィクター・ラントは兄を殺したいと考えた。きみをあおって、殺しにいくように仕向けた。つまりは彼が殺したも同然だ。だから彼に同情は感じない。しかし――わからないことがある」

「あんたは、なんでもわかる人だと思っていたが」クランフォードが言った。「許してくれるだろう？　おれはすべてを手放すわけにはいかなかった。嘘はひとつもついてない。おれはアルバート・ラントを故意に殺しちゃいない。だけど、おれは彼を殺した。公平で、純粋な行為だ。今までの人生でいちばん良い行いだったかもしれない。あいつは酷い男だ。生かしちゃおけないと思った。先生、だからそうしたんだ。あいつがプライアーズコーニーにいないと言われたので、おれは帰ってくるのを待ち伏せした。あいつは庭園を歩いて帰ってきた。おれは前に立ちはだかって、怒りをぶちまけた。謝るチャンスがあったにもかかわらず、あいつは何も言わなかった。おれはあの日、ピストルを二挺持っていった。一挺はあいつ用。もうひとつは自分用。おれは、先に好きなほうを選ばせた。なのに、あいつは一方を取ったかと思うと、おれが残ったほうを構えるより先に撃ってきた。弾はそれた。もう一発きたが、それもはずれた。そして、おれはあいつを撃ったというわけさ。それが話のすべてだ」

「そして、きみはその話を陪審員にしなかった」レジーが言う。

クランフォードが激しい口調で言った「フォーチュン先生、あんたには心から感謝している。しかし、もしおれを嘘つき呼ばわりするなら――」

「いや、そんなつもりはない」

「では、臆病者とでも？　もしヴィクターが公判に持ち込む気なら、今の話を全部しようと思っていたんだ」

「きみなら、そうしただろう」レジーが認めた。

「当然だ」クランフォードが苛々しながら言う。

「ふたりとも落ち着いて」ドーントシー看護婦が、彼女らしい優しい声で言った。

レジーは彼女のほうをふり向いた。「きみは、すべてを知っていたんだね？」そして首を振った。

「もちろんですわ」ドーントシー看護婦は驚いたような顔をした。

「クランフォード、心からおめでとうを言わせてもらうよ」とレジー。「彼女がきみの結婚相手でなければ、ぼくは気立てのいい娘というものを一生信じないだろうね。むろんきみは十分承知だと思うけれど」

ある賭け

法廷は水を打ったように静まり返った。裁判官が黒い帽子を頭にかぶる。被告は不気味な高笑いをあげた。レジナルド・フォーチュン氏――彼の証言が被告の有罪を確定する決め手となった――はそこで、あくびをひとつすると静かに法廷を出た。当時世間を大いににぎわせた日曜学校殺人事件も、フォーチュン氏にとっては退屈そのもの。日曜学校の校長が死刑執行人のもとへ無事送られるころには、すべてを忘れてしまいたいと心から願っていた。

フォーチュン氏はシャイアーホールの石段に立ち、葉巻に火をつけた。背の高い若い男が護衛の警察官の制止をふり払って侵入し、彼に走り寄った。「フォーチュン、大変だ！」興奮して叫ぶ。「ようやくきみを捕まえたぞ。どこかで話がしたい」

フォーチュン氏は葉巻の煙越しに、眠たげな目を男に向けた。「どこのどなたかな」はっきりとしない声でつぶやく。「ああ、きみは確かチャールコート――ビーヴァー・チャールコートだ。ところで何事だい、ビーヴァー？」

「殺人事件が起きた」チャールコートが低い声で言った。

「珍しいことではないよ」フォーチュン氏は渋い顔をした。「それで今度の犠牲者は？」

「ぼくの父だ」

「なんだって！　きみのお父さんが？」フォーチュン氏は驚いて同情の声をあげた。

「そうなんだ、フォーチュン――あろうことか――」チャールコートは声を詰まらせた。

「落ち着け」フォーチュン氏は彼の手を取ると、背中をそっと押して一緒に歩きはじめた。

レジー・フォーチュンがオックスフォードでのんびりと過ごしていた四年間、ジェフリー・チャールコートは誰もが一目置く学生のひとりだった。クリケットチームの正選手《ブルー》で堂々としたその態度には、仲間の信望も厚かった。頭の程度は疑わしいにもかかわらずではあったが。チャールコート家の歴史はヴィクトリア時代にさかのぼる。鉄道建設がはじまった時代、ジェフリーの祖父は工夫だった。その後、彼は建設業者に身を転じ五十万ポンドの財をなして死んだ。彼の実業家的な能力、独創力、実行力、十戒をも見下す高慢な態度（彼はとんでもない不信心者だった）はその後、職業を替えながらも三代に渡って引き継がれた。長男のスティーヴンスン・チャールコートは息子をひとりもうけた。それがジェフリー。スティーヴンスンはさらに、親を亡くしたハーバートという甥の後見人にもなっていた。スティーヴンスン・チャールコートにはビジネスの才があり、その手腕で一族はさらに富を築くことができた。彼の野望はただひとつ。一族が世界に名を馳せることだった。そのためにジェフリーはイートン校からオックスフォードへ進み、従兄弟のハーバートはハロー校からケンブリッジへ進んだ。ハーバートはその過程で上品さと常識を身につけていった。一方ジェフリーはイートン校とオックスフォードという環境にもかかわらず、破格な性格で父親を悩ませた。メイフェアのお屋敷生活に飽き飽きし、社交界のつき合いをわずらわしく感じ、国会へ行く人々を嘲笑した。彼のこうした身勝手な強情さに、激しやすい血統を受け継ぐスティーヴンスン・チャールコートはさらに憤慨した。甥のハーバートがスティーヴンスンに絶対服従なうえに、気取った仲間たちからの受けが非常に良いこともその一因だった。ジェフリーが外国へ行って彫刻家になりたいと言いだしたとき、決定的な破局が訪れた。スティーヴンスン・チャールコートは激怒し、絶対に許さないと宣言。だがジェフリーは出ていった。記憶から消し去ってしまいたいと思いつつ、忘れられなかったこれらのエピソードがレジー・フォーチュンの胸によみがえった。ロンドンへ戻る車中でジェフリーがつづきを話した。

「フォーチュン、身の毛もよだつ出来事だった！　家の前の道に父が倒れているのを見つけたんだ。ぼくは血の海のなかへ足を踏み入れなければならなかった。どんなに辛かったか！」

「まあ、気を静めて」レジー・フォーチュンがなだめる。「最初から話してくれ」

「最初って、どこからだ？」

「きみはお父さんと喧嘩していたんだろう？」

「親父はそう思っていた。いや、この言い方はまずいな。すまない、訂正するよ。確かにぼくらはひどい喧嘩をした。だけど、それがなんだと言うんだ？　つまりきみは、ぼくが——お願いだから勘弁してくれ。ぼくも警察がそうにらむと思った。だから、きみのところへきたんだ！」

「わかっている。しかし、これではお父さんも浮かばれない」レジー・フォーチュンは冷静に答えた。「最初から、正確に話してもらいたい」

ジェフリー・チャールコートはレジーを見て、大きく息を吸い込むと筋道を立てて話しはじめた。「親父と大喧嘩したあと、ぼくはイギリスを出た。パリ、ローマ、ミュンヘン。だがチェルシーに借りていた小さな家はそのままだった。親父とは実家を出て以来会っていないし、手紙をかわしてもいなかった。親不孝者と言われても仕方がないと思う」

「つまりはチャールコート家の落ちこぼれになったというわけかい？」

「そのとおりだ、フォーチュン。残念だが、そのとおりなんだ」

「先をつづけてくれ」レジー・フォーチュンがうながす。

「ミュンヘンでぼくは結婚した」ジェフリーは顔を赤らめた。「天使みたいな女性と」

「それはおめでとう。お相手はドイツ人の天使かな？」

「いや、イタリア人だ。歌の勉強のためにミュンヘンへきていた。そこで、ぼく——いや、ぼくらは出会って一カ月で結婚したんだ。いいかいフォーチュン、それからぼくは別人のように変わった。彼女が魂を与えてくれたんだ」

「お父さんに結婚の報告は？」

「父に再び手紙を書くように言ってくれたのは彼女だ。ルシア——妻はぼくと父が仲違いしたままなのには耐えられないと。彼女はとても繊細な心の持ち主で、わずかな悪意でも傷ついてしまう。だから、父との関係も修復させようとした。父は返事をくれた——短くて、よそよそしい手紙だった。だがルシアは返事をくれただけでも意味があると言って、それでぼくらはイギリスへ帰ってきたというわけだ。帰国してすぐもう一度父に手紙を出した。すると父はチェルシーのぼくらの家へ訪ねてきた。一週間前——そう、今からちょうど一週間前だ。父はひどく無愛想だったが、ルシアには好感を抱いたようだった。当然だ。ルシアに惹かれない人間はいないさ。フォーチュン、彼女はほんとうに素敵なんだ。久しぶりに会った父はそれなりに老けてはいたが、あいかわらず元気で辛辣だった。月曜には三人で夕食をともにした。そして——昨夜、父はまたぼくらの家を訪ねてくれた。午後四時くらいにきて、遅くまでいた。父は上機嫌で、いろんな話をした。そして、父が帰ったあとに手紙を出しに出かけると彼が倒れていたんだ。うちのすぐ近くに。刺されたらしく、まわりは血の海だった。ああ！　怖ろしい光景だった」

「わかった。それで、きみの住まいは静かな場所にあるんだね？」

「ヴィントンプレイスだ——袋小路《クル・ド・サク》になっている」

「お父さんが帰ったのは、暗くなってからだろう？　帰りがけに何か言わなかったかい？　つまり、彼の財産を誰に継がせるとか」

「きみは何を言いたいんだ？」ジェフリーは声を荒げた。

「当然の質問だよ」レジー・フォーチュンは落ち着きはらって言った。「もしぼくがきみのために仕事をするとしたら、そしてきみがそれを望むなら、ぼくはきみの話だけを聞いていればいい。だが、ロンドン警視庁《スコットランド・ヤード》の側で動くことになれば——これが難事件なら彼らはぼくを呼ぶはずだ——ぼくは誰が苦しもうと真実のみを知らなければならない」

「きみは、ぼくが真実を明かしたくないと思っているとでも？」ジェフリーが叫んだ。「どういう意味だい？　きみは、ぼくが父を殺したと思っているのか？」

「そう興奮せずに」レジー・フォーチュンが彼をなだめる。

「冷静でいられるわけがないだろう？　こんなときに冷静でいるほうがおかしい。とにかく、ぼくは犯人を見つけ出したいんだ。父を犬死にさせたくはない。きみがぼくのために動こうが、警察の側で動こうが同じことだ」

「わかった。きみがそのつもりなら、ぼくは警察側につくよ、ビーヴァー」レジーは穏やかな口調で言った。

ジェフリー・チャールコートはレジーをじっと見た。

「そうか、わかった」とジェフリー。「車を止めてくれ。フォーチュン、これ以上きみを煩わせないよ」

「おいおい、ビーヴァー。ばかなことを言うなよ。それじゃあ、なんの解決にもならない。最善の方法をさがそう」

「車を止めろと言っただろう？」ジェフリーは大声で叫ぶと、シートから立ち上がった。

「こんな何もない場所でか？　とにかく落ち着けよ」レジーの言葉を無視して、ジェフリーはドアを開けた。しかたなく車は止まり、ジェフリー・チャールコートは怒りをあらわにしながら、路上にひとり降り立った。

レジー・フォーチュンはふり返って彼を見ながらため息をついた。「愚かなやつだ。まったく」

ウィンポールストリートの自宅に戻ると、彼はスタンリー・ローマス氏に電話をかけた。犯罪捜査部《CID》の部長だ。面会を申し込み、自宅を訪ねる。ローマス氏はフランスの版画が壁にかかった書斎でレジーを迎えた。

「この事件には、きっときみが登場すると思っていたよ」ローマスが言う「興味深い事件だ。資産家の老紳士、無一文の後継者、突然の死。そこまではよくある話だ。だが無一文の後継者がナイフを突き立てることは、そうない――ここイギリスでは」

「そのとおり。きみは頭がいいよ、ローマス。だがいつも判断を早まる傾向がある。物事の表面しか見ようとしない」

「事実は、明らかに目に見えるものだけだからだ」

「ばかな！　もしそうだとしたら犯罪捜査部なんて必要ないさ。まあ、いい。最新情報がある。調べてみたほうがいい。ジェフリーは殺された父親と仲違いしていた。家を出て画家の道へ進み、イタリア人の女性と結婚した。そして彼女の願いで父との関係を修復しようと試みた。父は喜んで申し出を受け入れ、ジェフリーの家を二度訪ねている。そして二度目の訪問の直後、ジェフリーは父親が刺されて死んでいるのを家の前で見つけたというわけだ」

「なるほど」ローマスがうなずく。「奇妙な点はまだある。殺される直前、父親はジェフリーに有利なように遺言状を書き替えていたんだ。以前にふたりが喧嘩をしたとき、彼は全財産を甥のハーバートに譲るという遺言状を書いた。ところが新しい遺言状では、ハーバートには二千ポンドで、残りはすべてジェフリーに行くことになっている。殺された日の朝にサインしたばかりだ」

「この事件の裏には、明らかにされていないことがまだいくつもありそうだ」レジーがつぶやく。「たぶんおぞましい事実がね。遺産相続人はどちらも、きみが喜ぶことをしでかしたとしてもおかしくはない。ジェフリーが、自分に有利に遺言状が書き替えられたのを知って父親を殺した。あるいはハーバートが、新しい遺言状のなかで自分がのけ者にされたと知り、逆上してナイフを突き立てた。ところでローマス、老紳士はほんとうに刺殺されたのかい？」

「なんだって？　何を寝ぼけたことを。明らかに刺殺だ。検察医と彼の主治医のニュートンの両方が検死を行っている。死因は喉を刺されたことによる失血死。凶器も見つかった。細い短剣の一種だ」

レジーは犯罪捜査部部長の顔に目を向けた。「聞いたところではイタリア製のようだ」

「確かにイタリア製だった」

「ジェフリーの妻はイタリア人だ」

「イタリア人の歌手——と言ってもカフェで歌っているような歌手だが。とにかくそういう類《たぐい》の女性だ。引っかかるね」

「ローマス、いい加減にしてくれ。きみはメロドラマの台本でも書いているのかい？　残忍なイタリア人歌手がいる。彼女は暗闇から忍び寄り、そっと取り出す——ストッキングに忍ばせてきた短剣を。そして心優しい老紳士に剣を突き立て、血の海のなかでのたうちまわる彼を残して消える。彼女はそのとき、短剣を現場に残していった。名探偵がそれを見つけ、夕食の席へ帰っていく」

「まさか」ローマスは薄笑いをうかべた。「だが、ありえないとは言えない。そう思わないか？」

「さあね」とレジー・フォーチュンが答える。「ぼくには何もわからない。想像力に乏しい、いたって常識的な両親のもとに生まれたぼくには、この事件は異常すぎる。ほんとうに彼は刺されて死んだのだろうか？」

「しつこいな。明日の朝行って、自分の目で確かめたまえ。主治医と検察医が刺し傷を診て、診断を誤るはずはないだろう？」

「だが、なぜ――なぜだろう？　ジェフリーも――彼のイタリア人妻も、有利な立場にあったのに。甥は失望したにせよ――伯父が生きている限りは一定の手当をもらえるから生活の心配はなかったはずだ。甥のハーバートについて何か知っていることは？」

「いかにもロンドンっ子――上流社会の飼い猫で――悪意があるようには見えない。少々気取っているくらいかな。取り立てて特徴のある男ではない」

「確かに、聞いた限りでは人を刺し殺すとは思えないな」レジーも認めた。

「たぶん顔見知りの犯行ではないだろう。何かトラブルに巻き込まれた結果の突発的な殺人だと思う」

「被害者に、人には知られたくない過去はなかったのか？」

ローマスは首を振った。「非の打ち所のない、誰からも尊敬される人物だった」

レジーは立って、自分でソーダをグラスになみなみとついだ。「暗殺の才にたけた人物がいるようだ」言葉を選びながら慎重に言う。「ローマス、ずば抜けて優能な暗殺者に捜査の網を張るんだ。チャールコート氏は息子の家から出てきた。ドアを出てすぐのところで、何者かが彼を鮮やかな手つきで、あっという間に殺してしまった。物音ひとつたてずに。しかも、この有能な暗殺者はまるできみに見つけられることを望んでいたかのように、短剣を残していった」

「物音をたてなかったなんて誰が言った?」

「ジェフリーと彼の天使のような奥さんだ。ほかでもない、彼らがそう言っていた。つまりは証言としては欠陥があるということだ。S・ローマス作『明白性についてのエッセー』によればね。とりあえずは死体を診にいこう」

翌朝フォーチュンは遺体安置所へ出向いた。驚いたことに、検察医とニュートン医師のふたりが待ちかまえていた。レジーはとりあえず礼を述べた。「ぼくの興味を引きそうな点は何かありますか?」

「わたしには、単純な事件に思える」検察医が答えた。

「わたしは、どんな場合でも専門家の意見を支持する」とニュートン医師。「同じ医師でも、わたしはこの分野には門外漢だ。じつは、死体を正視できないほどだった」

「この悲惨さでは無理もありません。ところで、先生は被害者をよくご存じでしたよね?」

「何年も彼の主治医を務めてきた。長年の友でもある」

「では当然、家族もよく知っていますね?」

「かつては愛情に満ちた家族だったのだが」とニュートン医師。「悲しいことに……」ため息をつきながらつづける。髭のある血色の良い顔に感傷的な表情がうかんだ。「チャールコート、気の毒に! ジェフリーと仲違いしてから、彼は一度として気が晴れることはなかった。だが、あの身勝手な家出がこんな結末を招くなんて誰が予想できただろう?」

「つまり、先生はジェフリーの仕業だと?」

「今なんと?」ニュートン医師は飛び上がった。「フォーチュンくん、今のは、きみがわたしに言わせた言葉だ。めっそうもない。わたしはそんな忌々しい意味で言ったのではない」

「殺人というものは忌々しいものです」レジーが落ち着き払った様子で言う。「先生、正直に答えてください。あなたはジェフリーをどう思っていますか?」

「わたしは気持ちを隠せない人間なので正直に言う。ジェフリーには奇妙な気質がある。常軌を逸した気難しさと言うか――凶暴な性格が」

「それはたぶん家系でしょうね」

「そうかもしれない。しかし彼の父親にはそんな面はまったくなかった。従兄弟のハーバートにも」

「従兄弟のハーバートか。ところで、そのハーバートはどんな性格ですか?」

ニュートン医師は笑いながら答えた。「まいったな、フォーチュンくん。ハーバートについては取り立てて言うことは何もない。若いがしっかりとした男だ。保証する。だが個性的とは言えない。きわめて平凡な性格だ」レジーはうなずいた。「いや待て」ニュートン医師は自分の考えを語りつづけた。「わたしの個人的な推測をだな――つまりこの悲惨な事件についての――考えようとすると必ず、ある得体の知れない壁に突き当たる。謎の存在に。それはジェフリーのイタリア人妻だ」

「きみが言いたかったのはそういうことだったのか」検察医が気遣いながら言った。

レジーはふたりと顔を見合わせてうなずき、それ以上は話さずに死体を調べはじめた。さほど時間はかからなかった。二カ所の傷がスティーブンスン・チャールコートを死に至らしめたことがわかった。ひとつは喉の傷で、頸動脈を貫いている。もうひとつは胸で心臓にまで達していた。スコットランド・ヤードからの立会人としてきていたベル警視が、死体のそばで発見された凶器を取り出した。細長い短剣だった。明らかに傷の形状に一致し、イタリア製だ。

レジーは検死を終え、かしこまって待っていたふたりの医師のほうをふり返った。「何か、とくに気になったことはありますか?」

「まことにわかりやすい例かとわたしは思う」検察医は肩をすくめて答えた。「専門的見地から言えば、犯人は非常に手際良く仕事をしている」

「わたしには、もうすこし感想がある」とニュートン医師。「犯行は驚くほど巧妙で計画的だ」

「有能な暗殺者ですね」レジーは同意した。「どちらも急所を的確に刺している」

「犯人が、この凶器を使い慣れていることを示している」ニュートン医師が言った。

「それは考えられますね」レジーはニュートンの言葉にうなずいた。「ところで、被害者の最近の健康状態は?」

「ここのところ彼は胃の不調に悩まされていた——いわゆる胃カタルで。この病気は面倒だが、深刻ではない」

その後、レジーはふたりに帰ってもらい、ベル警視と残った。ベル警視がもう若いとは言えないが、きらきらと光る目でレジーを見た。「先生、つぎは何をしましょうか?」

「ベル、なんだか憂鬱だよ。こういう気分になったことがあるかい？　何もかもがまちがっている気がする」

「証拠は不十分ですしね。ほとんどないと言ってもいい」

「証拠だって？　よせよ。ぼくらはまだ証拠なんか何ひとつ手に入れちゃいない。どうも気持ちが悪い。すべてがまちがった方向へ進んでいるとしか思えないんだ。どうして彼を殺す必要があったのか？　彼はジェフリーと和解していた。だからジェフリーに生活の心配はなくなったはずだ。ハーバートだって手当をもらえていたし、これまでの貯えだってあったはずだ。ほかには、彼の死で恩恵をこうむる人間はいないのだし」

「あのイタリア人妻はどう説明しますか？」

「きみも彼女が怪しいと？」レジーが悲しそうに言う。「だが、その理由は？　訪ねてきた父親が彼女に冷淡な態度をとったとしよう。だからといって、彼女が追いかけていって路上で彼を刺すだろうか？　ぼくには信じられないね。それとも被害者が彼女の忌まわしい過去でも知っていたとか？　彼女の過去に何があったと言うんだ、ベル？」

「過去と言っても、彼女はあまりに若い。十八そこそこですから。カフェの歌手だった。それだけです。わたしの経験から言えば、だからどうということはありません」

「だろうね。ところできみは被害者の手紙や書類に目を通したかい？」

「先生、彼の家へ行きましょう。事務弁護士がきているはずだ。でも書類にはとくに見るべきものはないと思います。個人的な手紙くらいしか」

「彼は意図的に殺されたのだろうか?」

ベル警視は目をしばたいた。「ローマス部長が、先生はその点にずいぶんこだわっていると言っていました。でも、これは明らかに殺人です。そう思いませんか?」

「そうは思うがね」レジーは退屈そうに答えた。「それにしても、すべてがまちがっている気がする。すべてが」

殺された老紳士の家では、顧問弁護士のトーマス・ロング卿が書斎で忙しくしていた。そして驚いたことに、ハーバート・チャールコートがその手伝いをしていた。ハーバートは色の白い気取り屋で、ひどく礼儀正しい男のように見えた。個性がなく平凡――ニュートン医師の言葉がうかんだ。

ハーバートはフォーチュンと知り合えたことを非常に喜んだ。

「先生、この悲惨な事件を解明する糸口は何か見つかりましたか?」

レジーは首を振った。「きみの叔父さんは刃物で刺され、それが原因で即死した。わかっているのはそれだけだ。きみは何か解明の糸口を与えてくれるかな?」

「ぼくも当惑するばかりです。どう考えればいいのか」

レジーはうなずいて、所在なげな顔をした。ハーバートは気をきかせてレジーと弁護士を残して部屋を去った。

「ところでフォーチュン先生」トーマス卿が眼鏡をはずし、唇をすぼめた。

「何もない。そうですね。トーマス卿?」

「そのとおり。何もないのです」

「妙ですね」レジーはハーバートが出ていったドアを顎で指した。

「ハーバート・チャールコート氏が手伝いを申し出ました。彼は伯父上の秘書のような仕事をしていましたから。申し出をことわる理由も見つからなくて」

「彼は新しい遺言状の存在を知っていましたか?」

「彼も従兄弟のジェフリーも知りません。わたしが思うに、ハーバートは自分だけが遺産相続人だと信じて疑わなかったし、ジェフリーは自分には権利がないと思い込んでいたはずです」

「にもかかわらず、遺言状を書き替えた直後に彼は殺された! やはり、すべてがまちがっている」レジーは憤慨して言った。

「奇妙な事件です。まことに奇妙な」トーマス卿は再び眼鏡をかけながらレジーに同意した。

「先生のお力になれそうもなくて申し訳ない」

ベル警視がドアを開けた。だがレジーはまだ立ち去りがたいようで、階段の上でぐずぐずしている。警視がふり向いて訊いた――「フォーチュン先生、まだ何か用事がおありで?」

「胃カタルのことが気になる」レジーはぶつぶつとつぶやいた。「従者に会っていこう」

年配の従者はすぐにあらわれた。彼の証言によると、チャールコート氏は息子のジェフリーと仲違いをして以来、ずっと気持ちが落ち込んでいたという。そのため氏は、いつも体調不良を訴えていた。だが、これと言って病名がつくような症状は見られなかった。ニュートン医師は何年も主治医を務め、チャールコート氏の体調を管理してきた。しかし従者は、医師が氏の健康増進に役立っているようには思えなかったという。理由はいくつかある。たとえばひとつ例を上げるなら薬だ。チャールコート氏はニュートン医師が処方する薬を飲んでいなかった。従者は主《あるじ》からいつも、薬を流し台に流してしまうようにと指示された。

「今日はこれで十分だ」レジーは帰りがけに言った。

「まだ何も手掛かりをつかんではいませんよ」ベル警視が言う。「先生は何かピンとくるものがありましたか?」

「ベル警視、きみはどんな印象を持った?」

「難しい事件ですね。犯人にツキがある。評決は被疑者不在のまま下されることになりそうだ」

「スコットランド・ヤードが、それまで手をこまねいているはずはないだろう?」

「フォーチュン先生が奥の手を使ってくだされればね」

「今のところ切り札はまったくない。ベル、ぼくらは何かを見落としている」

「見落としている? では、どこをさがせば見つかるのでしょう?」

「目を大きく開いて。すべての人間を疑ってかからなければ」

「人生は短すぎますね、先生」ベル警視は憂鬱そうに言い、ふたりはそこで別れた。

ベル警視の予言は的中した。スティーヴンスン・チャールコートの検死審問《インクエスト》は、単独あるいは複数の何者かによる殺人事件であるという不満足な評決に終わった。しかし世の人々も、検死官も、その発言からわかるとおり、ジェフリーに疑惑の目を向けたのは明らかだった。理由は証言席での彼の態度だ。神経質そうな様子で、体を激しく揺り動かしたり、検死官の敵対的な質問に激怒したりもした。

　事件の朝、父親がすべてを息子ジェフリーに譲るという遺書を書いたことを知っているかと訊かれ、彼は全身を震わせながら、誓って何も知らないと叫んだ（単なる証言というより、冒瀆《ぼうとく》的な言葉で）。検死官にも尊大な態度をとり、もしそうなったとしても父の財産にはいっさい手をつけないと怒鳴り散らした。その様子に、法廷にいた人間は誰もが俗悪なメロドラマを見ているような嫌悪感を覚えた。もし疑惑と反感が絞首刑の根拠になるなら、裁判官はジェフリーに有罪を下しただろう。だがローマスが懸念したとおり、卑しむべき男《イエロードッグ》を絞首台に送るには証拠が不十分だった。

　翌日、レジー・フォーチュンはいつにも増して穏やかな態度でジェフリーの自宅を訪れた。チエルシーの袋小路《クル・ド・サク》にあるつましい家だった。年老いた召使がレジーを入り口に残して、彼の名を伝えにいった。そこからは、狭い玄関ホールと絨毯を敷いていないむき出しの階段がわずかに見える。しばらく待たされているあいだ、言い争うような声が聞こえた。ようやくなかへ通されたレジーはひと騒動あったと直感した。ジェフリーは顔を赤くしてむっつりと押し黙り、妻はまっ青な顔で疲れきった様子だ。

「今さら、なんの用かな？」ジェフリーが怖い声で訊く。

　妻は笑顔を見せた。「あなたがフォーチュン先生？　お会いできてうれしいわ。どうぞお座りください。紅茶でもいかが？」

　レジーは心のなかで叫んだ。「驚いた！　大人の女性というより、まだほんの子どもじゃないか！」レジーがそう思ったのも無理はない。ルシアは、か細くはかなげな容姿と飛び抜けた純真さのせいで、古いイタリアの絵画に描かれた天使のような印象を人に与えた。

「ルシア、きみは黙っていろ」ジェフリーが怒鳴る。「フォーチュン、ここへ何をしにきたんだ？　探偵ごっこのつづきか？」

「きみはちょっと難しい立場にいる」レジーは相手を刺激しないように気をつけながら言った。「ぼくに、真実を明らかにしたいと言ったのを覚えているかい？　お父さんのために犯人を捕まえたいと。だからぼくは、そのために努力をしている」

「十分努力してくれたよ」

「いいや、ぼくらは何かを見落としている」

「見落とした？　そうだな。きみは、ぼくを絞首台に送りそこなった。きみがしたことと言えば、ぼくが父を殺したとみんなに思わせたことだけだ。さぞや満足だろう？　感謝するよ！」

「このままで納得できるのか？」レジーが食い下がる。「きみは正直にすべてを言ってはいない。大目に見てきたが、きみが嘘をついているのはわかっている。もし事件を解明したいなら、ぼくらに話さなければならないことがあるはずだ。ぼくは、それを聞くためにここにきた。さあ、話してくれ」

「うるさい！　いい加減にしてくれ」

「ジェフリー！」ルシアが彼に歩み寄って肩に触れた。「フォーチュンさんはご親切なお方だわ。わたしたちを助けたいと願っていらっしゃる」そう言うと、微笑みながらレジーにうなずいて見せた。

「黙っていろと言っただろう？　フォーチュンは警察の味方だ。ぼくまで罠にかけようとしている」

「でも、あなたひとりでは何もできないわ！」ルシアが叫んだ。「フォーチュンさん、わたしが生涯をともにする相手の正体がおわかり？　この体ばかり大きな乱暴者《ベアー》！」髪をなでようとする妻の手を、ジェフリーは悪態をつきながら乱暴にふり払った。「お耳に入れておきたいことがあるわ。この大きなベアーはお父さまのお金をいただくつもりはないの。弁護士にも、手紙を書いてそう伝えています。でも、わたしは彼の意見には反対よ。そんなの、ばかげているわ。そう思うでしょう、フォーチュンさん？　わたしが正しいとおっしゃって。父親のものは息子のもの。しかもジェフリーには何もやましいことはないのだし。でも、もし彼が遺産はいらないと宣言したら」――ルシアはいかにも芝居じみたジェスチャーをした――「世間の人は、やっぱり彼が犯人だからだと思う。そんなはずないわよね、フォーチュンさん？」

「もうやめろ！」ジェフリーは妻を怒鳴りつけると、レジーをにらんだ。「きみには格好の話題だろう？　忌々しい警察のやつらはこれを聞いてどう思うだろうな」

「チャールコート夫人、ご主人は何をするにも性急すぎる」レジーはルシアに向かって言った。「そのうえ、口やかましい。チャールコート、ほんとうにきみは厄介な性格だよ。他人の考えをすこしでも受け入れようという気にはならないのか？　わかったよ。もし、ぼくがきみに協力するのを拒否していたとしたらどうする？　ぼくが何もしないほうが、息子と相続人にとっては都合がいいからという理由で」

「一体それはどういう意味だ?」

「つまり、きみが知っていることをぼくは知らないと言うことだ。ぼくに話したいことがあるんだろう?」

「二度ときみには会いたくない」

「ジェフリー、なんてことを!」妻が抗議した。

「ご主人は、今日は友人とおしゃべりをする気にはなれないようだ、チャールコート夫人。このへんで失礼します」レジーは紅茶をすすめるルシアから逃げるように家を出た。

彼は大いに悩んでいた。意志に反して、ニュートン医師の言葉が心に重くのしかかる。「ジェフリーには奇妙な気質がある。常軌を逸した気難しさと言うか――凶暴な性格が」確かにそのとおりだ。感じの悪い主治医の言葉は正しい。だが、ジェフリーはどうして遺産を受け取らないことにしたのだろう? 単なる騎士気取り? 父親殺しの汚名を返上するため? おそらく、それが理由だろう。だが、人間には自責の念と呼ばれる感情があるはずだ。一方、天使のような妻はジェフリーに遺産を受け取るようにとすすめている。なぜだ? 彼女にしても、夫の疑惑を晴らしたいだろうに。女性は男性よりも、そうした不名誉を嫌がるものだ。妻なら当然、夫に敵対する不愉快な人間にはともに立ち向かうだろう。ところが天使のような妻はその敵に好意を示している。自分が警察側の人間だからか? それとも何か別の理由があるのだろうか? 天使のような妻にも、どこか疑わしいところがある。

レジーは悩んでいた——彼にしては非常に珍しいことだ——そのため、最も気を使わずにいられるクラブへ向かった。椅子に腰かけ、アメリカの科学雑誌を読んでいると、ローマスの彼を呼ぶ声が聞こえた。

「借りてきた猫みたいだな、レジー。何がそんなに憂鬱なんだ?」

レジーは席を立った。「ローマス、生命は実体であり、生命は真剣である。そして墓場がその終着点ではない（アメリカの詩人ヘンリー・ロングフェラーの詩の一節）。その証拠に、ぼくらの不快な仕事はいつも死体に煩わされている。一緒にきてくれ。ぼくは悩んでいる。きみも悩ませてやろう」

セントジェイムズパークを歩きながら、レジーはジェフリーの家での奇妙な会話の内容を話して聞かせた。「なんてことだ！　ぼくは慰めがほしい」とうとう彼は弱音を吐いた。「ぼくを慰めてくれないか」

「フォーチュン、きみらしくもない！　答は明快だ。不満足な事件ではある。大いに不満足な。だがきわめて明快でもある。あの夫婦がからんでいると、わたしは最初からにらんでいた。可憐な幼妻の犯行か、あるいは彼女がそそのかしてジェフリーにやらせたかのどちらかだろう。今になって夫は罪の意識に苛まれている。だが彼女にその様子はない。女は男よりこういうことでは肝が据わっているものだ。知らなかったのか?」

「知らなかった。ぼくは何もわかっちゃいないんだ。ローマス、きみは偉いよ。それで、ぼくを慰めているつもりなのか?　どうせ、そんなことしか言わないとは思っていたが。きみの推理はまちがっているよ」

「きみは、まだわからないのか？　不満足な事件というものはあるものだ。その現実から逃げちゃいけない。自分では確かだと思っていても、有罪を立証できない事件はあるんだ」

「しかしきみはいつだって、これとにらんだ犯人は捕まえているじゃないか」

「まだ若いな」ローマスが思いやりのこもった笑みをうかべた。

「ぼくらは何かを見落としている。そのことがわからないのか？」

「レジー、何を見落としているというんだ？」

レジーはローマスを引き止めてアヒルを見た。しばらくそうしてから彼はおもむろに口を開いた。「従兄弟のハーバート。とらえどころのない従兄弟のハーバートだ。どうして今までぼくらは彼を疑わなかったのだろう？」

「彼は絶対にシロだからだ」

「ちがう。ぼくらが彼に注意を払っていなかっただけだ」

ローマスは神経質な笑い声をあげた。「冗談だろう？　青白いあの飼い猫野郎に何ができる！」

「部下に、彼の身辺をさぐらせるんだ」

「フォーチュン、それはとっくにやっている。彼はどこをたたいても塵《ちり》ひとつ出てこない類の男だ。遊びとは無縁で、金も必要なもの以外にはほとんど使わない――それだけだ」

「つまり彼は金に困っていた――そう考えられないか？」

「フォーチュン、彼にはアリバイがある。殺人が起きた時刻にはメイドンヘッド（イングランド南部の町）で友人と一緒だった」

「アリバイなんて誰にでもあるさ」レジーは不満そうに言った。

ローマスは笑って首を振った。「レジー、ありえないよ。考えすぎだ」

「勝手にするさ」レジーがつっけんどんに言い返し、ふたりは最悪の気分で別れた。

ところが三日後、レジーは電話でスコットランド・ヤードへ呼び出された。行ってみると、会議室でローマスとベル警視が待っていた。

「予言者のお出ましだ」ローマスがにやりと笑った。「覚えているかな——チャールコート殺人事件だ——きみは単勝・複勝ともハーバートに賭けた。ところが、最新情報によると彼は姿を消した」

「きみの不注意のせいだ。だから彼を見張るようにと言ったじゃないか。警察官らしくない頭の悪さだ。迅速に行動すべきだったのに」

「従者が、彼の姿が見えないと通報してきたんだ。ハーバートは昨夜、外で人と夕食をとる約束をしていた。ところがそのための着替えに戻ってこなかったらしい。そしてそのまま朝まで帰ってこなかった。きのうの昼食後に外出してから、行方がわからないというわけだ」

レジーは椅子に腰かけた。「ローマス、きみの太い葉巻を一本くれないか」葉巻をもらうと、それをゆっくりと吸った。「ローマス、急展開だ。従兄弟のハーバートが追い詰められていたのは疑う余地もない。だが、どうして突然逃げ出したのか？　きのう彼に何があったのだろう」

ベル警視が咳払いをした。「わたしが思うに、フォーチュン先生がハーバートに何かはたらきかけたのではないかと。それで彼は身の危険を察して——」

「ぼくは何もしちゃいない。まったく、どうして彼を見張っていなかったんだ?」

「彼を疑う理由がなかったからです」

「今でも?」

「ええ、失踪は犯罪じゃない。でも確かに、これは奇妙です。怪しいと言ってもいいくらいだ」

「ジェフリーと天使のような妻が彼を殺したことを望むよ。そうすれば、事件は円満に解決する。そうだろう、ローマス?」

「うれしそうだな、フォーチュン」ローマスがおもしろくなさそうに言う。「おしえてくれ。これはどういう意味なんだ? なぜ彼は今逃げ出さなければならなかったのか?」

「ほかにも、まだわかっていないことがどこかに隠れているはずだ」レジーはつぶやいた。

電話が鳴った。受話器を取ったローマスの表情が、みるみる変わった。静かに受話器を置く。

「フォーチュン、きみは正しかった。ハーバート・チャールコートは逃げ出したのではない。ベイジングストーク運河（ベイジングストークはイングランド南部ハンプシャー州の町）で溺死しているのが見つかった」

「なんと!」ベル警視が叫んだ。

「みごとな結末だ」ローマスが肩をすくめる。

「しかもなぜベイジングストーク運河なんだろう?」レジーが静かな口調で言った。「溺れるのにぴったりな場所なら、自宅のそばにいくらでもあるのに。どうしてベイジングストーク運河なんだい?」

ローマスとベル警視が顔を見合わせる。「確かに異常すぎる事件だ」ローマスがゆっくりと言う。「これまでの経験から言っても――」

レジーが席を立った。「行こう。死体を調べなければ。車が外にある。彼はどこに運ばれたんだ？」

「ウォーキング（イングランド南部サリー州の町）だ。三十分で行ける」ローマスは呼び鈴を鳴らすと、書類にもう一度目を通した。

レジーが真っ先に外へ出た。運転手に事情を説明し、みずから運転席に座る。ベル警視がすぐにきて車に乗った。「空がどんどん暗くなってきましたね」

「変わりやすい天気だ」レジーが答える。「ローマス、早くこいよ。出発するぞ！　落ち込んでなんかいられないだろう？」車は全速力で目的地へ向かった。ウォーキングに着くとローマスが開口いちばんに言った。「フォーチュン、わたしの髪は白くなっていないだろうね？」

専門家が検死しているあいだ、ふたりの警察官は所在なげに立っていた。「何度見ても、好きにはなれませんね」ベルの言葉にローマスがうなずく。一方フォーチュンは口笛を吹きながら仕事を進めた。

検死を終えた彼は何か小さなものを手帳にはさんだ――。

「死因は？」ローマスがたずねる。「わたしの予想では溺死だと思うが」

「ああ、溺死だ。死亡推定時刻はおそらくきのうの午後のお茶の時間《ティータイム》。夕暮れのころ。つぎは死亡現場を見なければ。どこだい？」

「ここととバイフリート駅の中間あたりにある脇道にかかる橋のそばだ」

「わけがわからない。どうして自殺しようとしている男が、そんなところへ好んで行ったんだろう?」

「誰かが、このチャールコート事件を撹乱《かくらん》しようとしているとしか思えません」ベル警視が答えた。

レジーが笑い声をあげる。「ベル警視はなかなか鋭いね——いつものことだが。さあ急ごう!」

レジーは橋からすこし離れた場所で車を停め、橋までは歩いていった。

「大きな車がここを無理やり通ったようだ」とベル警視。「ここは車が通るようにできている道ではないようですね」細くでこぼこの砂利道だった。橋の途中で車はいったん止まり、引き返したようなタイヤの跡があった。運河まで五、六ヤードほどの距離だ。道には多数の足跡があり、土手の脇の茂みはなぎ倒されている。「死体を引き上げたときについたものでしょう」ベルが説明する。「しかし、タイヤの跡はちがいます。死体を運ぶのには、木の手押し車を使いましたから。自動車が発明されて以来、この道に入ってきた車はないと思います」

「昨夜まではな」ローマスがうなずく。

「つまり誰かが」レジーが話しはじめた。「誰かがハーバートを車に乗せてきて、ここまで引きずり、運河に投げ捨てたというわけか。その誰かとは何者だ? ジェフリーと天使のような妻? ローマス、きみはどう思う?」

「知能犯だな。こんな場所だから、ふだんなら死体は何週間も発見されないはずだ。ところがたまたま、一カ月に一度しかこない艀《はしけ》がきて彼を巻き込んでしまった」

「うん。きっとほかにも巧妙な罠がたくさんあるはずだ。こうしちゃいられない。つぎはハーバートの自宅だ」

三人を乗せた車は再び猛スピードで街へ帰った。

ハーバート・チャールコートのすまいは大きなマンションの一室だった。

「家賃が高そうだな」ローマスが豪華な部屋を見まわしてつぶやく。

「ですが、きちんと払っていたようです」ベル警視が言った。

「ぼくは悲運なハーバートに同情は感じないね」レジーが微笑む。「彼の書類を調べてくれ。ちょっと電話をかけてくる」そう言ってレジーは部屋を出てしばらく戻らなかった。

戻ってきたレジーは出窓に座り込んで大きな窓を開けた。窓敷居にはフラワーボックスが置かれていた。ゼラニウムとヴァービナスの香りが部屋にただよう。「軽薄な匂いだと思わないかい?」レジーが言う。「最近のハーバートもこうだったのではないだろうか。きみたちはどう思う?」

「彼は確かに金に困っていたようです」ローマスが答えた。「彼の預金通帳があります。それと彼の使いすぎを警告する銀行からの手紙も。伯父の遺書を担保に二万ポンドも借りている——何に使ったのでしょう」

「しかも新しく書き替えられた遺書の内容を知るやいなや、彼は身を投げた。わかってきたぞ」レジーが微笑む。

「そこに何か意味があったら、わたしは首を吊るよ」ローマスがレジーをにらむ。

「ローマス、考えてみろよ。何者かが、ハーバートには伯父の死で二万ポンド以上の遺産が転がり込むと期待していた。伯父の遺した全財産が手に入るはずと。ところがそうはならず、ハーバートは死んで見つかった。通帳によると、ハーバートはいつから金に困っていたんだい？」

「九カ月くらい前からです。そのころから残高はゼロがつづいている」

「九カ月前か。ということは伯父のチャールコート氏は九カ月間、金銭的援助をまったくしていなかったというわけだ。殺された伯父は無一文の甥を助ける気がなかった。ローマス、どうだい？」

「また、きみにしかわからない切り札で勝負に出ようとしているな？」ローマスが眉をひそめた。ベル警視が何やら差し出した。「賭け金帳のようなものもあります。カードゲームの勝ち負けが書いてある。彼は何かギャンブルをしていたらしい」

「相手の名は書いてあるか？」ローマスがすぐさま訊く。

「何人もの名があります。つまりは、どれも手掛かりにはならないということだ。でも一カ所気になる部分が」そう言って、ベルはNの文字が一字だけ大きく書かれているページを見せた。同じページのほかは空欄になっている。

レジーは出窓からさっと腰を上げると呼び鈴を鳴らした。「またもやベルが急所を突いたね」レジーは笑いながら言った。ハーバート・チャールコートの従者が青い顔で慌てて飛んできた。

「ニュートン医師がまもなくやってくるはずだから、通しなさい。ハーバート・チャールコート氏に会いたいと彼は言うだろう。でもきみは何も言っちゃいけない。いいかい、絶対に何も。べル警視にホールできみの様子を監視させるから。きみはただ、ニュートン医師をここまで案内すればいい。ベル、行くんだ。従者がうまくやるように見ていてくれ」

レジーはふたりを追い立てた。

「Nはニュートンのことだったのか」ローマスが訊く。「どうして彼がくるとわかったんだ?」

「今車が着いたのが見えた。ハーバート・チャールコートがニュートン医師に会いたがっていると、さっき電話をしたからきたんだ。きみは隠れていたほうがいい」レジーはローマスを控えの間に押し込んだ。

ニュートンは以前にも増して血色が良くなったように見えた。急いで部屋へ入ってくるとレジーを見つけて立ち止まった。「フォーチュン先生ではないですか。こんなところで、またお会いできるとは」息を切らしながら言う。「ところでチャールコート氏は? 彼に会いにきたのだが」

「本気ですか? ずいぶん楽天的な方だ」

「おっしゃる意味がわかりませんな、フォーチュン先生。あなたは仕事でここへきておられるのですか?」

「犯罪捜査部の仕事でね」

「まさか、そんな」ニュートンの呼吸はまだ荒かった。「では、わたしに会いたいというのはきみか? もちろん、わたしでお役に立つことがあればなんでも協力するが」

「では、ハーバート・チャールコートとの賭けについて話していただきたい」

ニュートン医師の顔色が変わった。「ご冗談を。わたしはギャンブルをするような人間ではない。どういうおつもりか、きちんと説明していただきたい。失礼ですぞ」

「ハーバート・チャールコート氏はどこにいるのですか?」

「はて、どこにいるのだろう」ニュートン医師はオウム返しに同じ疑問を口にした。「一体何がどうなっているのか。チャールコート氏がわたしに会いたがっているという電話がきたので——」

「一瞬、不気味な気持ちがしただろう? だが今度は一瞬ではすまないぞ、ニュートン。きのうの午後、きみは——」レジーはテーブルを回り込み、ニュートンとドアのあいだに立ちはだかった。「きのうの午後、きみはハーバート・チャールコートをドライブに誘った。ベイジングストーク運河のそばまで行き、人気《ひとけ》のない格好の場所で、彼の口にクロロフォルムを押しつけた。意識を失った彼を運河に突き落とし、置き去りにして溺死させたというわけだ。みごとな手さばきだ。ところが彼は引き上げられた。ぼくは今朝ずっと彼の死体と一緒だった」

ニュートン医師は笑いだした。「フォーチュン先生、わたしがそんな作り話を信じるとでも? それにわたしには弁護士を呼ぶ権利がある。きみもそれは十分承知だろう?」そう言うとニュートンはドアのほうへ向かった。

「まだ話は終わっていない」レジーが進路をふさぐ。

ニュートン医師の取りすました様子が一変した。押しのけようとしたがかなわず、レジーに飛びかかった。二人はもみ合いながら窓のほうへにじり寄っていった。一瞬の隙を突いてレジーは体をはなすと、前かがみになった。ニュートン医師は、はずみで開け放した窓から落ちていった。ローマスが部屋へ走り込んできたのと、彼の体が石畳に落ちるどさっという音が聞こえたのは同時だった。

「なんてことだ！　彼は自分で身を投げたのか？」ローマスが叫ぶ。

「いや、ぼくが放り出してやった」レジーが髪の乱れを手でなおしながら答える。

ローマスは部屋を飛び出していった。レジーは彼のあとからゆっくり部屋を出て電話に向かった。

ニュートンの死体はマンションの前庭に横たわっていた。ローマスとベル警視、ホールボーイの三人が死体のまわりを戸惑った様子で囲み、数人の野次馬が驚いた表情でその様子を見ていた。

そこへレジーが、ようやく登場した。「ぼくは必要ないかな」そう言いながらも死体にかがみ込む。「即死だね。首の骨が折れている。頭蓋骨もめちゃめちゃだと思う。どうでもいいことだが」

ベルが姿勢を正して警笛を吹いた。

「やめてくれ。笛は吹かなくていい」レジーが苛々しながら言う。これまで見せたことがないほど、彼の神経が過敏になっているのがわかった。「救急車を呼んだし、ほかにもいろいろと。きみたちは、どうして先にそういうことに気づかないんだ？」

いつもの落ち着きを失ってベル警視が飛び上がる。「わたしとしたことが！」そう叫ぶとレジーの顔をまじまじと見た。

ローマスがレジーの腕をつかんだ。「フォーチュン、ちょっと上へ行こう」重々しい声で言う。

レジーは言われるままにハーバート・チャールコートの部屋へ行き、長椅子にどさりと座り込んだ。「三人目にして、これが最後だ」とレジー。「チャールコート事件はこれで終わりだ、ローマス」

「よくそんなに落ち着いていられるものだ」ローマスが声を荒げる。「我々は難しい立場に追い込まれているんだぞ」

「おいおい、ローマス。ぼくらは最大の難事件で手柄を立てたんだよ。狡猾な犯人を追い詰めて捕まえた。彼は殺人罪を課せられることで絶望的になり、四階の窓からみずから身を投げて死んだ」

「きみは、自分が彼を突き落としたと言ったじゃないか」

「さっきのはちょっとしたジョークだ。そんな証拠はどこにもないだろう?」

「検死審問では、きみがやっていないという証拠を示さなければならないぞ。わかっているだろう?」レジーはうなずいた。「きみは、これを自殺だと説明するつもりか?」

「もちろん」とレジー。

ローマスは額の汗をぬぐった。「冗談じゃない。こんなこと、わたしが見過ごすわけにはいかないじゃないか」彼が声を荒げる。

「固いことを言うなよ。あの悪党は二度も殺人を犯した。だがぼくらには、彼を絞首台へ送るだけの証拠がない。生かしておくには危険すぎる男だ。だから彼にはおとなしく首の骨を折ってもらった。恥ずべきことは何もない。何を心配しているんだい?」

「彼が犯人だという証拠は?」

「最初から話そう。ハーバート・チャールコートは一年くらい前からほとほと金に困っていた。伯父からの援助はもう望めない。彼の預金通帳と賭け金帳を見ればわかるだろう? だが、まだ彼は伯父の遺産相続人だった。そこでハーバートは主治医のニュートンに伯父を殺させようと計画した。ニュートンはそれなりの報酬を要求した。取引は賭けの形を取って行われたのだと思う。ハーバートはニュートンを相手に、伯父が一年以内に死なないほうに一万ポンド賭けた。賭け金帳には大きくNの文字があっただろう？　そこでニュートンはチャールコート氏に胃カタルの治療をはじめた。彼に大量の薬を処方したのだ。たぶん、それは毒薬だった。だが、何も異常は起きなかった。なぜならチャールコート氏は薬を飲んでいなかったから。従者が言っていただろう？　全部流しに捨てていたと。チャールコート氏は主治医を信頼していなかったようだ。時間切れが近づいてきた。しかも、そこにジェフリーとの和解だ。もはや一刻の猶予もない。もし遺書がジェフリーに有利に書き替えられたのなら、チャールコート氏を殺してもなんの得にもならない。ニュートンはあせった。しかし、それでも彼は冷静だった。イタリア製のナイフを使い、イタリア出身のジェフリー夫人が住む家のすぐそばで殺人を実行したんだ。誠に有能な暗殺者。あの手口を思い出してもわかるだろう？　だが、誤算だった。遺書はすでに書き替えられていた。ハーバートは二万ポンドしかもらえないことになった。いくつもある賭の借金を帳消しにするには足りない。そのために、ハーバートは支払いを渋った。もちろんニュートンは許さない。彼はハーバートを脅し、ハーバートも負けずにニュートンを脅したと思う。ニュートンはそんなことでひるむような男ではない。報復だったのか。あるいは自分がやらなければ、ハーバートに殺されると思ったのか。いずれの理由にしても、ニュートンはハーバートをきのうの午後に連れ出した。そこで彼が殺したという証拠に突き当たる。ニュートンはきのうの午後、車で外出した。みずから運転して。ぼくの運転手に調べさせた。彼の車のタイヤは、道についていた痕と一致する――デュノアオルレアン24、そのうち二輪は滑り止めの鋲《びょう》を打ち込んだブレイクタイヤだ。彼は橋にさしかかって車を止めた。たぶん車に何か不具合が起きたようなふりをしたのだと思う。自分だけ車を降り、用意してきた脱脂綿にこっそりとクロロフォルムを含ませた。それを彼はハーバートの口に押しつけて気を失わせ、運河に突き落としたんだ。ハーバートの口と鼻からは脱脂綿の繊維が見つかった。それが、この忌々しい事件の真相だ。さて、紅茶でも飲みにいこう。〈アカデミー〉のマフィンは最高だよ」

「大したものだ！」ローマスはあきれたように言った。「こんなときにマフィンとは」

ホッテントット・ヴィーナス

六月のある夜だった。ロンドン警視庁《スコットランド・ヤード》の犯罪捜査部《CID》部長が物憂げにつぶやいた。「フォーチュン、きみは結婚したいと思ったことがあるか?」

「たまにはね。いつもというわけではない」レジー・フォーチュンはどうしたのだろうという目で、今夜のホスト役を見つめた。申し分のない夕食に、極上の赤ワイン。葉巻も最高のものが用意されている。にもかかわらず――「何をそんなに感傷的になっている、ローマス?」とレジー。

「女には思考力がないという学者がいる」ローマスが気のなさそうな声で言った。「だが、わたしはそんな言葉ではまだたりないと思う。すべてのトラブルの原因は、女という生き物が人間とは異なる種族だというところにある。我々から見れば、女はたとえば犬と同じだ。確かに犬は犬なりの知性を持っている。だが、その価値観は我々人間のそれとは異なるだろう? 骨や猫や長靴が人間じゃないように、つまりは女も人間ではない」

「〝わたしはひとりの少女を愛す〟（可憐な少女に寄せるせつない思いを歌ったスコットランド民謡）――だが、彼女はわたしの高価な舞踏靴を食べてしまった。ローマス、どうしたんだい? たわごとを言っているだけなのか、それとも何か話したいことでもあるのか。どちらなんだ?」

「女の問題でまいっている」犯罪捜査部部長は憐れっぽく言ってから、思いきって話しはじめた。「身内の話で恥ずかしいのだが、わたしには妹がひとりいる。頭の良い妹だ。きみと同じくらいに博学だし、実務能力の面でならきみよりずっと優れているだろう。ところが、ときどきひどく頭にくるような態度をとる。今がそれだ。不幸なことに、妹は結婚していない。頭が良すぎるんだ。上流階級の女学校をトーマスで経営している。そのおかげで今にロックフェラーをしのぐほどの財を築くかもしれない。よくやっていると思うよ。その妹が一カ月ほど前に奇妙なことが起きたと手紙を書いてきた。ある夜、ひとりの生徒の部屋がめちゃくちゃに荒らされていたという」

「女学校でも男子寮並のばか騒《ラグ》ぎをするようになったのかな？」レジーがつまらなそうに答えた。「それは見物だ」

「ご立派な妹さまが、事件の真相を解明してほしいと兄のわたしに言ってきた。自慢じゃないが、わたしは身の程を知っている。自分が女学校を訪ねる姿なんて想像もしたくないね。たとえ仕事だとしても。ところが妹から、事態は異常に進展しているとまた手紙がきた。別の生徒の部屋が同じように荒らされたそうだ」

「やはりばか騒ぎだよ！　女性は年々進化しているからね。もうすぐ選挙権だって手にするだろう」

「そういう軽口はやめておいたほうがいいぞ、フォーチュン。妹は、そういうのが嫌いなんだ。二度目の事件は犯罪の範疇《はんちゅう》に入る。写真が何枚も盗まれていた。生徒たちの写真だ。しかも事件の手掛かりは何ひとつない」

「トーマスの謎。『デイリースクリーム』の見出しはきっとこうだろう――『スコットランド・ヤードの頭脳』――しかし外部ブレーンである犯罪専門家が一軒おいて隣の家のダックスフントの口からピンクの髪留めを発見。しかも彼は副司祭の家へ不正な証書をもたらした」

「のんきでうらやましいよ、フォーチュン」ローマスがため息をつく。「きみには姉も妹もいないからな――未婚の姉妹が」

とりとめのない会話は、いつか別の話題になっていた。このとき、彼らは残虐な難事件――ピムリコ殺人事件に疲れ果てていた。最終的にふたりは、闘争的な市会議員をみごとに絞首台へ送ることに成功（読者も覚えておいでだろう）し、レジーだけが休暇を取る予定だった。デヴォンシャー（イングランド南西部の州）へドライブ旅行をするという。

「ちょうどいい。妹に電話して、学校の事件を調べてみてくれ」ローマスは含みのある笑顔を向けて言った。「これが事件だったらの話だが。わたしは、妹が夢でも見たんじゃないかと思っているのだが」

「女学校のばか騒ぎ――特殊任務だ。身の毛もよだつ初体験だね」

ローマスは首を振った。「妹に嫌われないようにしろよ。彼女は軽薄な性格の女じゃないぞ」

「ローマス、その表現はふさわしくないね。軽薄な女校長ではないと言うのが正解だ！　言葉に気をつけろよ」

数日後、レジー・フォーチュンはトーマスへ車で向かった。好ましい街だった。ホテルも申し分ない。エヴリン・ローマス嬢を訪ねる。初対面のミス・ローマスは、顔かたちが兄によく似ていた。すなわちほっそりとした体に美しい顔立ち、動作はきびきびとしている。性格も兄そっくりで、いたって率直な中年女性だということがわかった。

「貴重な時間をさいていただいてありがとうございます」書き物机に座ったまま、彼女は言った。「兄からは、あなたの口の堅さは信頼申し上げていいと聞いています」

「ありがとうございます」レジーは礼を言った。ローマスにしてやられたようだ。彼は妹にちょっと会ってほしいという口ぶりだったのに。すっかり、女学校のばかげた謎を調べるためにきた探偵にされているらしい。厄介なことになった。しかも見るからにミス・ローマスはユーモアが通じる相手ではない。

「フォーチュン先生、この事件では口の堅さが大切なのはおわかりですよね？　いっさい外部にもれては困るのです。それにしても先生はとてもお若いようにお見受けしますが」

「そうありたいと心がけていますから」レジーは礼儀正しく答えた。

ミス・ローマスは咳払いをひとつして話しはじめた。「事件の経過をお話しします」

詳細を聞いても、とくに目新しい内容はなかった。夜に、ある生徒の部屋が荒らされた。そのときは何か壊されたり盗まれたりということはなかった。数日後、別の生徒の部屋がまた被害に遭った。今度は多量の写真が盗まれた。同級生の写真ばかりだった。それが事件のすべて。レジーは退屈そうに、きょろきょろ部屋を見まわしていた。ミス・ローマスは話し終えると彼の無関心に気づき、内心怒りを覚えながらも彼の反応を待った。

「あなたは考古学に興味がおありで?」これが彼の答え。

「今なんておっしゃいました?」ミス・ローマスは怒ったような声で訊いた。

「こんなものを見つけたので」レジーはそう言うと、彼女の机から小さな黄色っぽいものを取り上げた。女性の体を象《かたど》ったように見える。「非常に魅力的ですね?」

「わたしには醜くて子どもじみているようにしか見えませんけれど」ミス・ローマスが皮肉っぽく答える。「それに今回の事件になんの関係もないものです。ところで、先生はこの事件に興味がわかないようですわね?」

「そんなことはありません」レジーは慌てて否定した。「ミス・ローマス、あなたはとても頭の良い方だ。このような奇妙な事件がわかりやすいということは、めったにありません。何かが何かに関係しているかもしれない。よく考えてみてください。学校で何か異常なことが起きつつあると、あなたはおっしゃっている」

「ええ、先例のないまことに異常な事態です」ミス・ローマスの語気が荒くなった。

「そして、ぼくはこんなものを見つけた——女学校でホッテントット・ヴィーナスだなんて——まずありえないことです」

「たかが小さな象牙細工ではありませんか」ミス・ローマスは手に取ると、顔をしかめてそれを見た。大ざっぱで奇妙な形。子どもを象った像にも見えた。

「材質は象牙ではありません。それに、たぶん偶像でもないでしょう」レジーがきっぱりと言う。彼はミス・ローマスに試されているのを敏感に感じ取っていた。「馬の歯を彫って造ったもので、人形か芸術作品です。でもどうしてこんなものが女学校にあるのでしょう？」

「わたしもそう思います。ここの風紀には好ましくないものです。だからわたしの机に保管しているのです」（レジーは込み上げる笑いをこらえた）「つい最近、図書館に落ちていたのです。インド人かアフリカ人からそれをもらった生徒がいて、風変わりで野蛮な装身具代わりにでも持ち歩いていたのでしょう。落としたことに気づいても、学校への持ち込みは禁止されている種類のものなので、言い出せないでいるのだと思います。校則違反は、つねに悩みの種です。でもあなたがなぜ、こんなものに関心を持たれるのかわかりませんわ、フォーチュンさん」

「ぼくがここへきて興味を持ったものは唯一これだけですね」とレジー。彼はミス・ローマスの話に飽き飽きしていた。「校長先生、あなたはぼくの質問の意味がわかっていらっしゃらないようだ。これは誰でも手に入れられるような装身具じゃありません。たいへん貴重な品です。この小さなレディーは」――彼はいかにも愛おしそうにそれをミス・ローマスに手渡しながらつづけた――「一万五千年ほど前のもので、考古学的価値が非常に高い。世界にほんのわずかしか残っていません。フランスの学者はこの種類の像をホッテントット・ヴィーナスと呼んでいます。なぜならホッテントット族の女性の体型に似ているから。だが、この像のモデルはおそらくぼくらの祖先と思われます」

「わたしにはそうは思えないわ」ミス・ローマスは嫌悪感をあらわにして言った。

「ぼくらは時間をかけて、彼女よりずっと進化した姿になっていますからね」レジーはミス・ローマスの機嫌を取った。「国立博物館の所蔵品を除けば、個人でこれを収集している人は五、六人しかいないはずです。女学生のおもちゃがわりに、それを与えるような考古学の大家はいったいどこのどなたでしょうね？　学生名簿を見せていただけますか？」

「しかるべき身分の方からの紹介がないと、ここの入学は認められませんのよ」ミス・ローマスはレジーのきっぱりとした態度に気圧《けお》されながらも、不愉快そうに言った。

結局レジーは名簿を見ることが許され、時間をかけて目を通したが無駄だった。ホッテントット・ヴィーナスを所有していそうな考古学者とつながりのある生徒はひとりも見当たらない。レジーはあきらめた。

「これでご満足かしら？」ミス・ローマスは勝ち誇った声で言い、レジーを蔑むような視線を送った。「ご親切には感謝しますわ。わたしの問題でお手を煩わせてしまって、とても後悔しています。愚かにも先生に依頼しましたが、これ以上貴重なお時間をいただくわけにはまいりません」

「待ってください、ミス・ローマス。ぼくは俄然《がぜん》興味がわいてきました」レジーは愛嬌のある微笑みをうかべた。「最初は、生徒たちがばか騒ぎをしている程度のことだと軽く思っていましたが」

「まさか、フォーチュン先生！　なんてことをおっしゃるの？　わたしの生徒たちは〝ラグ〟――つまりあなたが言うところのばか騒ぎなんかしません。それは若い男性だけのもので、わたしたちには縁のない世界です」

「最近の女性は、かなり進んでいますがね」レジーはぶつぶつと言った。「でもこの学校にはそういう今風な女性はいないとおっしゃるのですか？　大胆な子とか、不良っぽい子とか」答はミス・ローマスの表情から一目瞭然だった。「わかりました。では第二の事件の解明に移りましょう。誰かが、生徒のなかの誰かの写真を必要とした」

「でも、どうしてでしょう？　生徒が、別の生徒の写真をほしがるなんて、意味がわかりませんわ」

「そう言ったら、すべてが意味不明です」レジーは陽気な声で認めた。「謎を解くカギが見つかるまでは、ちんぷんかんぷんなことだらけです。でもここにひとつだけ確かな、奇妙なものがある。ホッテントット・ヴィーナスです。解決までには、もっとたくさんの奇妙なものが出てくるでしょうね」

「フォーチュン先生はわたしを怖がらせるおつもり？」

「ぼくはただ、あなたに事件を簡単に片づけてしまっていただきたくないだけです。今お聞きしたことはすべて最近起きた。この学校に、最近新しく入った人はいませんか？　職員でも、先生でも、生徒でも」

「この時期に新入生がくることはめったにありません。でも、ひとりきました——アリス・ワーレンです。ここでもトップクラスの紹介者——スピルスボロー伯爵夫人からの紹介でした」

「アリス・ワーレンの家族は？」

「父親はイギリス人ですが外国に住んでいます。気品があって、見るからに裕福そうです。王侯貴族とのおつき合いもあるとか。母親は早くに亡くなったようです。アリスはフランスで育ったので英語よりもフランス語が得意です。でも、こんな話は時間の無駄ですわ、フォーチュンさん。アリス・ワーレンは可愛い子です――性格も優しくて。彼女が何かをしでかすとは思えません。安易な判断はなさらないでください」

「写真盗難事件のあとで、アリス・ワーレンを訪ねてきた人物が誰かいませんでしたか？」

ミス・ローマスはちょっと驚いた顔をした。「フォーチュン先生、どうしておわかりなの？ 外国暮らしの父親が数日前に訪ねてきました。連れの男性がひとり一緒でした」

「連れが？ 父親が娘の様子を見に、誰か男性を連れてくることはよくありますか？」

「言われてみると、あまりないことですね」ミス・ローマスは不安げにレジーを見つめた。「でも、別におかしなことではないとは思いますが」

「そうですね。兄弟やフィアンセということもありえる」

「でも、フォーチュン先生！ アリスはまだ子どもです。ほんの十六歳。でも連れの男性は彼女の父親より年配に見えました。彼の名を覚えていなくて残念ですわ」

「同感です」レジーは答えた。

「これと言って変わったところのない男性だったとは記憶しています。特徴と言えば――背が高くてハンサムということぐらい。でも服装は芸術家か放浪者のようでしたわ」

「そしてアリスの父とその友人が面会にきたあとに、あなたはこの小さなレディーを見つけた」

レジーはホッテントット・ヴィーナスをかざした――「図書館で」

「つぎの日でした」ミス・ローマスは声を荒げた。「何か関係が？」

「ぼくらはようやく出発点に立ちましたね?」レジーは微笑んだ。「でも、どこへ向かっていくのだろう?」

「彼らは図書館で面会をしました。アリスに事情を訊いてみます」ミス・ローマスが言った。

レジーはホッテントット・ヴィーナスをポケットに入れると微笑んだ。「あなたは賢いお方だ。確信が得られるまでは誰にも何も言わないことです。アリスに会わせてください。もちろん、ただ〝賞賛するために〟です」

「生徒たちはグラウンドで運動をしている時間です」

「それは好都合だ。案内してください。ぼくは娘を持つ父親のふりをします」

「どういう意味ですか?」ミス・ローマスがたずねる。

「つまりぼくは資産家で、こちらが愛する娘にふさわしい学校かどうかを確かめに訪れたというわけです。くれぐれもアリスには、ぼくが注目していることを意識させないでください」

「わかりましたわ」ミス・ローマスは帽子を手に取った。

グラウンドは申し分のない環境にあった。年輪を経たオークの林に囲まれ、梢《こずえ》のあいだからは光り輝くデヴォンの海が見える。白い運動着を着た上品な少女たちが、思い思いにバスケットボールやテニスに興じていた。

レジーは立ち止まり、ベンチに腰を下ろした。「気持ちの和む風景だ。美しい」ひとりつぶやく。「このなかに、そんな乱暴者がいるとは想像がつきませんね。ミス・ローマス、どうして彼女たちは大人になってしまうのだろう?　今のままが、こんなに幸せそうなのに」

ミス・ローマスはレジーをまじまじと見つめた。「大人になるのは自然なことです」さとすように言う。「誰だって一生子どものままではいられないでしょう?」

「ずっと子どものままでいられたなら、どんなに良いか」レジーはため息をついた。「それにしても、みんなチャーミングだ。ホメロスの詩に出てくる女神たちのようですね。純白に身を包んだ処女《おとめ》や王女たちがボール遊びをしている。まことにチャーミング——とくにあの子。ところで、どれがアリスですか?」

「ミス・ワーレンはあそこです」サングラスをかけたミス・ローマスは、腕を組んでいるふたり組みの少女を指さした。一人は背が高く大人びた体つき。艶《つや》のある赤茶の髪に目鼻立ちのはっきりとした美しい顔をしている。

「ぼくが言っていた、あの美しい子か!」レジーが言った。

「いいえ、ちがいます」とミス・ローマス。「あなたがおっしゃっているのはヒルダ・クロウランドですわ。アリスは背の低いほう」

「そばに行ってバスケットボールを観戦しましょう」グラウンドを横切りバスケットコートに向かう途中で、一瞬だがアリス・ワーレンのすぐ横を通った。アリスは小柄で、体型から想像されるとおりベビーフェイスの丸顔だった。髪は黒く、ぽっちゃりとしていて笑うとえくぼがうかぶ。しかし、まだ髪を結い上げてはいないにもかかわらず、かたわらの美しい友人よりなぜか年上に見えた。

レジー・フォーチュンはバスケットボールにすぐ飽きてしまった。グラウンドを横切ってもとの場所に戻る途中で、再びアリス・ワーレンと、その印象的な友人の間近を通る。レジーはそこで（わざと大声で）ミス・ローマスに学校の行事や時間割について質問した。ふたりに聞こえないところまできてレジーはすかさずたずねた。「あの子たちはずいぶん仲が良さそうですね」

「ええ、いつもふたり一緒です」ミス・ローマスは認めた。

「あのきれいな子は何者ですか？」

「ヒルダ・クロウランドのこと？　彼女はこの学校にきてもう何年にもなるわ」

「にもかかわらず、新しくきたばかりの少女とあんなに親しくつき合っている！」

「おっしゃるとおり、すこし不自然ですわね」

「ええ、すべてが不自然で奇妙だ！」レジーは苛々した様子で言った。「ヒルダ・クロウランドの家庭は？」

「母親は未亡人ですが、とても裕福なようです。コーンウォールに住んでいます。ヒルダはド・バーグ卿夫人の紹介で、ここへきました。つまりそれは、あの子が非の打ち所のない家柄の出という証拠です」

「それはそうでしょうが。なんとなく妙ですね。くわしく調べる価値はありそうだ。あなたの学校に関係すること――つまりは少女たちに関係することで誰かが何かを入念に企てている。おそらくそれは、あなたの責任が及ぶ範囲ではないらしい。嫌な予感がします」

「お心遣いに感謝しますわ。それでフォーチュン先生の推理は？」ミス・ローマスはフォーチュンの話を聞いて、怯えるより興奮しているように見えた。

「今は何も言えません。情報がまったくないのですから。困ったことに、あなたは少女たちのことを何ひとつ知らないようですね」

「それはどういう意味ですか？　先ほどからお話ししているように、わたしは確かに――」

「確かな身元保証人の紹介できた子ばかりだと。しかし、つてをたどれば誰でもそういう保証人は見つけられるものです。総理大臣の執事の話をお兄さんから聞いたことはありませんか？　彼なんかは大司教の紹介だったのですよ」

「わたしがすべきことは何かありますか？」

「いつもどおりに振る舞うこと。すべていつもどおりに。今わたしはトーマスに滞在しています。ホテルは〈ブリストル〉です」

フォーチュンはいくぶん戸惑いながらも、かなり満足してミス・ローマスと別れた。なぜなら、これが調査を要する本物の事件だとわかり、ミス・ローマスの洞察力の確かさが証明され、兄のローマスが面目を失ったからだ。一方、学校では生徒や教員たちがミス・ローマスがいつにも増して専制的になったと感じていた。

〈ブリストル〉のレジーの部屋には海を見渡せるバルコニーがついていた。そこで彼は空になったマフィンの皿を前に、いちばん太い葉巻に火をつけた。「あの小柄な生意気娘には、以前どこかで会っている気がする。はたしてどこだっただろう？」

記憶の糸を一心にたどる。袋小路に入り込まないように注意しながら考えていくと――「タイプライターを打つ姿……なぜあの小さなアリスがタイプを？……わたしの繻子の小袖《メ・プティ・マンシュ・ド・サチネット》……これはなんの文句だっただろう？……そうだ、思い出した！　去年、ヴァリエテ座《テアトル・ド・ヴァリエテ》（一八〇八年創業のパリの老舗劇場。軽喜劇を中心に大衆娯楽を提供している）で見たオペレッタだ。彼女は小柄で控えめなタイピストの役だった。名前は確か――アリス・デュシャー！……どういうことだ？　ヴァリエテ座からやってきたスーブレット（喜劇やオペラで、計略にたけ小生意気で色っぽい小間使い役を主に演ずる女優）がイギリスの由緒正しき女学校にいるなんて。よりによってイギリスの故郷とも言える場所に。このまま見過ごすことはできないぞ！」

レジーはポケットからホッテントット・ヴィーナスを取り出すと、しばらくじっと見つめていた。「きみたちのうち、どちらが悪いのかぼくにはわからない」小さな像に話しかける。「きみか、それともマドモアゼル・デュシャーか。それにしても、なんの目的で？　彼女が旧石器時代の人形に関わりがあるなんて思ってもいなかった。きみたちのあいだにどんな関係があると言うのか？」ホッテントット・ヴィーナスは当然のことではあるが、何も答えてはくれない。

レジーはため息をついて彼女をテーブルに置くと、自然の美に目を転じた。トーマスは景色の良い入り江の町である。白い砂浜の先には黒岩の岬。それさえ、きらめく陽光の下では水晶のようにきらきらと輝く。レジーは西の空が深い紫《クリムゾン》に染まり、やがて満ち潮の海に宝石のような星が映って瞬《またた》きはじめるまで、じっとそうしていた。うっとりと見とれるほどの光景を前にして何かを考えるのは骨の折れる作業だ。トーマスはヨットが集う港でもある。まだ初夏だというのに、数隻のヨットが湾の外に浮かんでいた。レジーは部屋から双眼鏡を取ってきて、再びバルコニーに立った。黄昏時の憂愁《メランコリー》のせいで、なんでもいいから気晴らしがほしかったのだ。ヨットに双眼鏡を向ける。大型帆船が一隻と蒸気船が二隻見えた――一隻は小型の定期船でR・Y・Sの白い文字。もう一隻は大型船でイタリアの国旗がはためいている。船名はわからなかった。

給仕が紅茶を下げにきた。「地元の新聞を持ってきてくれ。それとヨットの登録リストはあるかな？」

どちらも手に入った。新聞によると現在トーマス港に停泊しているのはシーラ号、ローナ号、ジューリア号とある。レジーはリストでこの三隻を調べ、口笛を吹いた。ジューリア号の所有者はラグーザ（イタリア、シチリア島の町）の王子だった。

「見えてきたぞ」

ラグーザ王子は小国の王位継承者でありながら富は膨大で、しかも考古学に造詣が深いことで知られていた。ホッテントット・ヴィーナスの数少ない収集家のひとりでもある。彼の世間での評判が嘘ではない限り、パリの下っ端女優と関係があるとはとうてい思えない。しかも、貴重なホッテントット・ヴィーナスを女学校に送った理由は？

「まだ気づいていないことがいくつもあるはずだ」レジーは今一度じっくりと思いをめぐらせた。ホッテントット・ヴィーナスがトーマスの女学校に落ちていて、同じトーマス湾にラグーザ王子の船が停泊している。「とにかくローマス兄貴の目を覚まして注意をうながさなければ」レジーは、しかたなくラテン語の作文に取りかかった。

De academia sororis nonnihil timeo nec quid timeam certe scio. Sunt qui conjurarint et fortasse in flagitium. Si quid improvisum vel mihi vel academiae eveniret principem de Ragusa et navem eius capere oporteret.

電報文を書き上げると、みずから郵便局へ持っていった。受付の女性が飛び上がる。

「これは何語ですか？」と抗議された。

「申し訳ない」レジーはわびた。「ラテン語のつもりで書いたのだが、ぼくは小学校へしかいっていないもので」

女性は鼻を鳴らしながらも、もう一度電報に目を通し、それがスコットランド・ヤードに宛てられいることに気づいて言った。「わかりました」

「こうするしかなかったもので」レジーが小声で言った。謎めいた電報の内容はこうだった。

「きみの妹の学校が心配だ。だが、何が心配なのかはまだわからない。ある犯罪が企てられているのは確かだ。もしぼくや学校に不測の事態が起きたときには、ラグーザ王子と彼のヨットを捕らえてもらいたい」――レジーは「あとはローマスにまかせた」とつぶやくと夕食をとりにいった。

ここからは、科学教師《BSc》のミス・サマズが語った話になる。翌日トーマスの講堂で、北極探検から帰国したばかりの写真家ホレーショウ・ビーン氏の講演があった。ミス・ローマスは見聞を広められそうな機会には、よくこうして生徒たちを参加させる。ミス・サマズはこの日の引率役だった。彼女の、科学教師には似つかわしくない感情的な話によるとこうだ。講演会でスライド投影がはじまるまで彼女は何も気づかなかった――つまりは、部屋が暗くなるまで。そのとき生徒が二人、慌てて席を立った。ひとりはアリス・ワーレン。ヒルダ・クロウランドの具合が悪くなったので外に出て介抱すると言う。ふたりは講堂から出ていった。講演会が終わると参加者のひとりがミス・ローマスのところへきて、ふたりの少女から先に学校へ戻ると伝えてほしいとたのまれたと話した。

　ここからはトーマス市警のスチュワー巡査の報告になる。内容はざっと以下の通り。午後三時三十分、彼は埠頭をパトロールしていた。イタリア船籍のヨットから小型のモーターボートがきて、ふたりの若い娘が急いでそれに乗り込んだ。すぐそばで葉巻を吸っていた紳士が一枚の紙とシリング銀貨を彼に握らせて言った。「巡査、これを今すぐ電報で送ってほしい」紳士はそう言うと、ボートに飛び乗った。すでにエンジンがかかり岸壁を離れはじめていたボートは、そのままイタリアのヨットへとまっすぐ進んでいった。スチュワー巡査は警察署へ戻り、業務日誌を書いた。

　警部が職務について、日誌に目を通していると次のような記述があった。「スコットランド・ヤードのローマスへ。ふたりの少女はジューリア号にいる。ぼくも一緒だ――F」電報は送信された。ジューリア号がまだトーマス港に停泊しているかどうかという問い合わせがスコットランド・ヤードから入ったのは午後のお茶の時間《ティータイム》になってからだった。命令を受けて別の巡査が慌てて港へ出向いたときには、持ち場へ戻ったスチュワー巡査が水平線をぼんやり見つめているだけだった。そのころミス・ローマスは警察署に、ふたりの少女の目撃情報が届いていないかと電話で問い合わせていた。警部は、そのとき初めて事の重大さに気づいた。

「お嬢さん《マドモアゼル》、これは大変な失礼を《ミル・パルトン》」ボートに飛び乗ったはずみでミス・クロウランドに倒れかかってしまったレジーは帽子をつかんでわびた。彼女は親切なことに、しっかりと手を差し伸べてレジーがバランスを取るのを助けてくれた。あらゆる点で、衝撃に屈しない性格らしい。灰色の瞳がレジーに微笑みかけた。

男が――初老のむっつりとした男で、憤慨している――レジーの前に立ちはだかった。「そこのお方《ムッシュー》、きみは招かれざる客だ」彼はフランス語で叫んだ。

「そうは思いませんよ」レジーもフランス語で返す。

「これは私艇だ」

「わかっている。ラグーザ王子のボートだろう？　だからぼくは乗り込んだ。王子を驚かせるニュースがある――彼をひどく驚かせるニュースが」

むっつりとした男は、レジーの言葉にまごつきながらも言った。「どんな理由があるにせよ、きみには抗議する」

「きみの抗議は覚えておこう」レジーはそう言うと、軽く会釈した。

むっつりとした男も会釈を返した――仕方なく納得したようだった。

レジーは小柄なアリス・ワーレンの横に座った。事の成り行きを彼女は妙に取りすまして見守っていた。明らかにおもしろがって見ているミス・クロウランドとは対照的だった。「お嬢さん《マドモアゼル》、芝居好きがお話をさせていただいてもいいですか？」とレジーは声をかけた。「この上もなく楽しませていただいたことに、お礼を言いたいとかねがね思っていたんです」

「なんのことかしら？　おっしゃる意味がわからないわ」アリスは以前よりも幼く見えた。

技です」

「『繻子《しゅす》の小袖《こそで》』です」レジーは低い声で言った。「『繻子の小袖』で見せたあなたのみごとな演技です」

アリスが笑いだすのを聞いて、レジーは自分の目は正しいと確信した。彼女は確かにヴァリエテ座のスーブレットだ。マドモアゼル・デュシャーの、この笑い声は忘れようにも忘れられない。

「わたしが大女優ですって?」

ヒルダ・クロウランドが彼女に微笑みを向けた。「この紳士《ムッシュー》はあなたのお友だちなの、アリス?」英語でたずねる。

「いつかはそうなるかも。でも今はただのファンにすぎないわ」言いながらレジーをちらりと見る彼女は、もう子どもの表情ではなかった。

「そうなれることを祈ります」レジーの言葉に、彼女はまた笑い声をあげた。

ボートがヨットに横付けした。娘たちは手を借りてタラップを上り、レジーは彼女たちのあとにつづいた。デッキで待ちかまえている中年の男たちは随行団らしかった。帽子を取って白髪や禿頭を見せている。彼らの中心で帽子を誰よりも高々と上げていた男ふたりが、再び帽子をかぶった。ひとりは若者で活発な雰囲気、もうひとりは髪に白いものが混じっていて威厳のある男だった。アリスが年配のほうに膝を曲げて気取ったおじぎをする。彼は前に進み出てヒルダ・クロウランドの手を取った。「わたしの愛しい娘よ」英語で話しかける。「よくきた」彼はヒルダの両頬にキスをした。

彼女の顔がわずかに赤くなった。「おっしゃる意味がわかりません」そう言って身を引く。

「きみの従兄弟を紹介しよう。スポウレイトウ伯爵だ」若者は微笑んでヒルダの手にキスをした。年配の紳士は一行をふり返った。「諸君――わたしは今日、娘を迎えることができた。わたしの娘、デューシェス・ド・ザーラ」随行団は、ひとりひとり前に出て紹介されると、戸惑っている少女の手にキスをした。最後にレジーが進み出てラグーザ王子の前に立った瞬間、彼の表情は一変した。ひどく戸惑っている。「知らない顔だな」不愉快そうに言った。「オウダーニャ、この男は誰だ？」王子はボートに乗ってきた男に訊いた。

「ぼくは彼女の母親代理です」レジーが答える。

随行団にざわめきが広がった。ヒルダは顔を赤くしてアリスを見たが、彼女は笑っていた。王子は身を固くして立っている。

「わたしは母親に代理人をよこすようになど言ってはいない」王子がきっぱりと言う。

「殿下の行いを認めることはできません」レジーは静かに言った。

「きみがここにいる権利など認めんぞ」王子は叫んだ。

「そうおっしゃるところを見ると、ますますあなたのしていることは疑わしい」とレジー。

「疑わしいだと！」王子はあえぐように言うと一行のほうを見た。「彼は、このわたしを疑わしいと言った！」全員が恐怖に包まれた。最初に平静を取り戻したのは王子だった。「わたしのあとについておいでください」ひどく礼儀正しい口調でレジーに言う。「ヒルダ、わたしの愛しい子ども」王子は彼女に腕を差し伸べた。「スポウレイトウ、きなさい！」

王侯一家とレジーは王子のキャビンへ下りた。ヒルダだけが椅子をすすめられ、彼女は完璧なまでに冷静な態度で座った。頬を紅潮させもせず、目をきらきらと輝かせてもいないところを見ると、ヒルダの堂々とした理性は自分が置かれているこの奇妙な状況になんの興味も示していないことがわかった。

ラグーザ王子はレジーを見て言った。「まだお名前をうかがっていなかった」レジーが名刺を渡す。「レジナルド・フォーチュン――弁護士でいらっしゃるのかな?」

「外科医です。でも、みなさんがぼくの専門技術を必要とすることのないように祈りますよ」

「まさに、そのとおりですな。ところで、あなたは妻の代理できたとおっしゃる。わたしは娘についての計画を妻には何ひとつ話してはいない。しかし、あなたが侵入してきたからにはもう隠してはおけないだろう。わたしは娘の監督権を取り戻したのだ。なぜなら、娘も年頃になった。本来いるべき場所――わたしのかたわらで王族の役割を果たし、わたしが定めた道を歩まなければならない」

「ご立派なお考えだ。ではミス・クロウランドに決意のほどをうかがってみましょうか?」レジーは少女を見た。

「娘にはデューシェス・ド・ザーラとして接していただくように」

ヨットが大きく揺れた。舷窓《げんそう》から外を見ると、水を切って進んでいるのがわかった。「出航ですね」レジーが微笑んで言う。

「ラグーザまでの航海は短い。そして国へ着いても、きみを上陸させるわけにはいかない。どんな不快な仕打ちを受けたとしても、それはきみときみの雇い主のせいだと思うように。きみの軽率な行動を見ていると妻を思い出す」

レジーはくすりと笑った。「それはそれは。殿下は軽率な人間がもちろんお嫌いですね？」

「もしきみが望むなら、ラグーザに留まって娘の結婚式に出席することだけは許そう」

「えっ、わたしは結婚するの？」ヒルダが危険なほどの従順さで訊いた。

「もちろんだ、愛しい娘！」王子は可愛くてしかたがないという顔で答えた。「フォーチュン先生――きみは幸運にも娘のデューシェス・ド・ザーラと甥のスポウレイトウ伯爵の婚約にも立ち会うことができた」

今度はレジーが冷静さを保つ番だった。おかしさが込み上げるのを忍び笑いひとつで我慢した。

「なんですと？　でも――でも、そんなもったいない！」スポウレイトウはフランス語でそう叫ぶと興奮した様子で後ずさりした。

王子は顔を赤くして彼をにらんだ。

ヒルダが立ち上がった。「殿下、ばかげています」顔が青い。

「ばかげている。まさにそのとおりだ」スポウレイトウも叫ぶ。

「スポウレイトウ、静かに。きみたちは何もわかってはいない」

「十分にわかっています。あなたはわたしの父だとおっしゃいます。でもわたしは――わたしはあなたのことを知りません。でもこれが非常識で屈辱的な行為だということはわかります。これ以上、その話はしたくありません。この紳士――彼のことをわたしは何も知らないのですもの」

ヒルダはスポウレイトウを蔑むような目で見た。「知りたいとも思いませんが」

「よけいなお世話です」スポウレイトウが叫んだ。

「ヒルダ！　きみは今、わたしの娘としての務めを果たすべきときがきたことを喜ばしく思わなければいけない。反抗は許さない」

「そんなふうにおっしゃるなら、話すことはありません」とミス・クロウランド。「わたしは、もう赤ん坊ではないのです」

王子は髪の先まで震わせて、怒りをあらわにした。「イギリス人めが！　娘は母親と同じイギリス人の血を受け継いでしまった」

「母のことを悪く言うなら、わたしは帰ります」ミス・クロウランドが言う。「母の代理人だとおっしゃいましたね、先生？　あなたとお話があります」

レジーは腰をかがめ、彼女のためにドアを開けた。ふたりがキャビンを出ようとしたとき、スポウレイトウがフランス語で言った。「伯父上、おわかりでしょう？　やはり無理な計画だったのです」周囲を衝撃が襲った。ラグーザ王家は苦悩のなかでばらばらに引き裂かれてしまったようだ。

デッキに立ったミス・クロウランドは、心の内をどう言葉にしていいかわからず迷っているようだった。「母は、このことを知っているの？」ようやく切り出す。

「それは、きみの良心の問題だね」レジーは微笑んだ。

「わたしは母に何も話していないし、母もわたしに何も話してはくれなかった」ミス・クロウランドが激しい口調で言う。「それなのになぜ、母はあなたをここへよこしたのかしら？」

「学校で奇妙な事件がいくつか起きただろう?」

「ああ、あれね?」ミス・クロウランドが戸惑いながらも楽しそうに答える。「でもそれが何か?」

「きみは小柄なアリス・ワーレンの正体を知らないだろう? 彼女はパリのヴァリエテ座の女優だ」ミス・クロウランドは笑った。「彼女はきみの写真を盗み出し、きみについての情報を集め、こんなふうに誘拐の手はずを整えて、きみを外国へ行きたい気持ちにさせるために雇われた」

「あなたは探偵《ムッシュー》だったのね!」アリスが突然ふたりのあいだに割り込んできた。「悔しいけれど、とても優秀な探偵だわ」

「企ては全部知っていたわ。彼女が女優だということ以外は」ミス・クロウランドはアリスを見た。「あなたは女優なの?」

「まさか!」アリスはこのうえないベビーフェイスで笑った。「あれは最高のほめ言葉のおつもりで言ったのよね、探偵《ムッシュー》さん?」

「アリスがわたしをだましたとお考えなら、それはおかどちがいよ。彼女は、わたしの父だと名乗るラグーザ王子がヨットへきてほしいと言っていると正直に言ってくれたもの。母はわたしに、父のことを何ひとつ話そうとはしなかった。母の態度は不公平だと、ずっと思っていたの。だからわたしはここへきたのよ。でもこんなことになってしまって——フォーチュンさん、母はどう思うかしら?」

「さて、どうしたものか」レジーは微笑んだ。「きみは暗い穴のなかにいる。お母さんも。だが三人のなかでいちばん深い穴に落ちているのはラグーザ王子だ」

「いつも探偵《ムッシュー》さんだけは別なのね」アリスが笑った。「ムッシュー、見て。麗しき英国が見えなくなっていくわよ！　さようなら《アデュー》、お上品な国と、ご立派な警察官たち！」

「まだあなたは、わたしの世話役としてここにいらっしゃるおつもり？」ミス・クロウランドが語気荒く言った。

「ぼくをお母さんの代わりだと思ってほしい」レジーの答に彼女は怒って向こうへ行ってしまった。

「ムッシュー、お気持ちは？」アリスがレジーに笑いかけた。「あなたはどこでもすぐに、お友だちを作れるのね。これで満足？」

「髭剃りと清潔なシャツがあれば言うことなしだよ」とレジー。

「わたしはどちらも持っていないわ。その手の役者ではないから——あなたの国ではなんて呼ぶのかしら——そうプリンシパルボーイ（男の主役を演じる女優）。良い航海《ボン・ボヤージュ》を、ムッシュー」アリスは軽快な足取りで行ってしまった。

レジーがデッキの上で人気者になれないことは明らかだった。王子のお付きの者たちは徹底的に彼を避けた。王侯一家《ロイヤルファミリー》はキャビンのなかだ。彼も夕食のときだけはそこへ招かれて、一緒に食事をとった。

「味はまずまずというところだ」レジーはデッキに戻って感想をつぶやいた。

月の見えない暗い夜だった。ヨットは南からの柔らかな風に吹かれ、大洋の潮の香りがしだいに鮮烈になっている。レジーはひとりデッキにいた。葉巻を最後まで吸い終わるより早く、彼のユーモアに富む瞑想を誰かがさえぎった。

「フォーチュンさん、お邪魔していいですか?」スポウレイトウ伯爵だった。

「喜んで」

「ぼくらがばかげているのは事実です。伯父は夢想家で——学者ばかというか。何でも自分の頭のなかで組み立てて考える。確かに論理的ではありますが、ひとりよがり。にもかかわらず、それが現実だと思い込んでしまう。いつもあんな感じです。起伏の激しい気性だ! とにかく世間離れしたお方なのです」

「それは薄々感じているよ」レジーは言った。

「でも、何ができるでしょう? ぼくには手の負えない事態です。ぼくの身にもなってください。あのお嬢さん——高原の朝のように新鮮で素敵な——はかたわらで屈辱にさらされている。しかもぼくのことは——ぼくがどんな行動をとろうと、愚かな男としか思っていない。そのくらいはわかります。自分がどんなに滑稽な立場にいるかくらいは」

「じゃあ、ぼくの立場にも思いをめぐらせてくれないかな。髭剃りを貸してほしい。じつのところ歯ブラシすらない」

「殿下はスペインまでは、どの港にも入るつもりはないでしょう。でも大丈夫、歯ブラシくらいは余分があります。でもあのお嬢さんには——」

「きみは彼女にも歯ブラシを用意してきたのかい?」

「彼女のためのものはすべて船に準備されています。お世話係の女性たちに、ドレス。伯父の計画は完璧ですから。彼は、それが嫁入り道具だからと言っています。異常だ！」

「反乱を起こすしかない。ヨットを乗っ取るんだ。きみは操縦ができるかな？　ぼくはできない。海賊小説でぼくがいつも困るのはそこだ」

「反乱？　お付きの者は全員、殿下のために命を捨てる覚悟でいるのですよ。冗談だと思いますか？　なんてことだ！《モンデュー》　ほんとうに深刻な事態なのです。ぼくを信じてください。あなたはきっと何か解決策を考えていらっしゃる。約束します。ぼくは彼女を母親のもとへ返すことだけを望んでいます。ぼくは――」

「スポウレイトウ！」

ふたりがふり向くと、ラグーザ王子がデッキの昇降口の上に立っていた。「伯父上――」

「スポウレイトウ！　裏切り者め！　おまえは――」

「めっそうもありません！」

「この男と組んでわたしに刃向《はむ》かうつもりか。なんと邪悪な。わたしへの背徳行為だぞ！」

「殿下、ぼくはそんなことを考えてもいません」

「いや、おまえは考えている。きっと、おまえは――」レジーは、王子が今にも甥の横面をなぐるのではないかと思った。レジーがふたりのほうへ飛び出すのと、ヨットが激しく揺れたのは同時だった。三人の体がぶつかり合い、王子はその衝撃でデッキの階段からころげ落ちた。

「よくやった」レジーが言った。

スポウレイトウは何やら叫びながら、倒れてぐったりとしている王子に目をやった。そしてレジーにまっ青な顔を向けたかと思うと、急いで下へ向かう。レジーはゆっくりとそれにつづいた。

王子の周囲には、すでにお付きの者たちが大勢集まっていた。

「きみたちがどいてくれたら、怪我の程度を診断できるのだが」レジーがてきぱきと言う。

「そうだ。あなたは外科医でしたね」スポウレイトウが言う。「みんな離れて、離れるんだ。この方は外科医でいらっしゃる。先生、殿下は死んでしまったのですか？」王子はうめき声をあげていた。

「ばかなことを言わないでくれ」レジーはそう言うと膝をついて、王子の体を起こそうとした。苦痛に顔が歪む。「歩けないようだ。診察するには、まずベッドへ運ばなければ」

それは大仕事だった。うめき声で、何度も途中で止まらなければならない……ようやくベッドに寝かせて服を脱がせると王子は弱々しい声をもらした。「痛くて死にそうだ！」レジーはひとり顔をしかめた。

「フォーチュン先生、どこもかしこも傷だらけのような気がする」王子はうめいた。「スポウレイトウめ！　なんと不埒《ふらち》な」

「殿下、それはちがいます。彼は故意に何かをしたわけではありません」レジーは尊敬すべき寛大さで言った。「ヨットが——そうです、ヨットが大きく揺れて。さあ、つぎは肘を診ましょう」レジーは慣れた手つきで診察を進めた。

「ああ、そこだ！　いちばん痛いのは肘のあたりだ。だが膝もひどく痛む。頭も激しく病む」

「膝ですね。確かに膝の傷はひどい。でも、ここはおそらく――すぐに痛みを取って差し上げられるでしょう。正直に申し上げますと腕のほうが心配です。すぐにでも肘のレントゲンを撮らなければ。骨折しているかもしれません。もしそうだったら、ちょっとした手術が必要です。なあに、ボルトを埋め込むだけですよ」

「肘にボルトを！」王子は悲鳴をあげた。

「お言葉ですが、腕を失うよりはましかと」レジーはいかめしい表情で言った。

「右腕を失うなんて、めっそうもない！　お願いだ、フォーチュン先生！　まさか本気じゃないだろう？」

「本気です。わたしの言うとおり、すぐにレントゲンを撮って外科的処置を受けていただかなければ、どうなるか保証できません。ヨットを今すぐ港へ向けてください」

「先生、そんなに危険な状態なのか？」

「チャンスをいただければ、あなたの腕を守るために最善をつくします」

「おっしゃるとおりにしよう」王子は弱々しく言った。「ああ、それにしてもこの腕のしびれるような痛み！　先生なんとかできないだろうか？」

レジーは王子の痛みを鎮めようと、その場でできる限りの手をつくした。王子が（きわめて手足の感覚に神経質になっていたために）ようやく眠りについたのは、夜もかなり更けてからのことだった。かなりの深夜――早朝と言ってもいいほどの――レジーがベッドに入るより早く、ジユーリア号はトーマス港のすぐ先まできていた。レジーは再びデッキに出た。「生き返ったようだ」鏡をのぞき込んでつぶやきながら、スポウレイトウが貸してくれた髭剃りと清潔なタオルに感謝した。朝靄のなかから、トーマス岬の茶色い突端があらわれた。

デッキにはすでにスポウレイトウとヒルダがいて、王子の計画から身を守るために協調関係を結ぶことを話し合っているようだった。

「気持ちの良い朝だね」

「伯父の具合はどうですか、フォーチュン先生?」スポウレイトウが訊く。

「ありがたいことに、まだ眠っていらっしゃる」

「危険な状態では?」とヒルダ。

「ご存じのとおり、自分のこととなるとひどく心配性のお方だから」

「伯父にもしものことがあったら、ぼくは一生自分を責めます」スポウレイトウが悲痛な声をもらす。

「それはぼくも同じだよ」レジーは優しく彼をなぐさめた。だが、若いふたりにレジーの言葉は届いていないようだった。

「あなたが責任を感じることはないわ」ヒルダはスポウレイトウに心を寄せていた。「あなたが責任を感じることなんて何ひとつない」

「ほんとうにそう思ってくれるのかい?」スポウレイトウが感激して言う。「従姉妹よ、ありがとう」彼はヒルダの手にキスをした。

「でもあなたは、おばかさんよ」彼女はかすかに顔を赤らめ、向こうへ行ってしまった。

スポウレイトウはがっくりと肩を落とした。「そう落ち込まずに」とレジー。「朝食を食べて元気を出そう」朝食の席でレジーがもし訊いたなら、スポウレイトウ伯爵は心情の変化をつぶさに話して聞かせただろう。だが、レジーは患者の様子を診にいかなければならなかった。

王子は眠ったせいで、すこし元気になっていた。依然として怪我の状態に過敏にはなっているが、希望を持ちはじめていた。レジーの応急処置に深い感謝を伝える。「先生がヨットに乗っていらっしゃったのは神の恵みとしか言いようがない。絶対に天恵です」

「そうですね。ぼくがいなければ、事態は別の方向へ進んでいたかもしれません」レジーは控えめに答えた。

「おっしゃるとおりだ」と王子。「きのう先生がヨットへ乗り込んでこられたとき、わたしはひどく憤慨した」王子は言葉を選びながら話しだした。「理由は、わたしの計画を誰であれ妨害する者は許せなかったからだ」彼はレジーをじっと見た。「フォーチュン先生、正直に言っていただきたい。なぜあなたが、ここへこられたのかを。ヒルダが母親に、この計画を話したのか。それとも裏切り者がいるのか。スポウレイトウですか――それともあの小柄な女優？」

「裏切り者はここにいます」レジーはポケットからホッテントット・ヴィーナスを取り出した。

「おお、これは！」王子はヴィーナスを愛おしそうに手に取った。「わたしの考古学コレクションのなかでも新顔のヴィーナスだった」

「トーマス女学校の図書館に、あなたが置き忘れたものです。ホッテントット・ヴィーナスをなくしたりする人物は世界に数人しかいない。ラグーザ王子がヒルダ・クロウランドに対して何か行動を起こしていることをおしえてくれたのは、彼女です」

「先生は非常に優れた洞察力を持っておられる」碇綱《いかりづな》の音で会話は途切れた。

トーマスには病院がひとつしかない。スポウレイトウ伯爵が上陸してレントゲン技師を呼びに走った。レジーはデッキチェアに寝そべって、ショーがはじまるのを待った。一行がやってくるまで、そう長い時間はかからなかった。タグボートに乗ってきたのは、スタンリー・ローマス部長——いつにも増してこざっぱりとしている——と女性がひとり。髪の毛の色と美しい顔立ちから、ヒルダの母——クロウランド夫人——つまりはラグーザ王女であるのは明らかだ。レジーはふたりを迎えるためにタラップを降りた。

ローマスがボートからヨットへひらりと飛び移る。王女は手助けされながらボートを降り、タラップを昇った。「よくやった、フォーチュン！」ローマスが握手を差し出す。「驚きだ！　どうやってヨットを引き返させたんだ？」

「才能だよ——天賦の才能」

王女は娘に対面した。娘のほうは落ち着き払っている。「ヒルダ！　なぜ、こんな恐ろしいことをしたの？」

ヒルダが静かに答えた。「お父さんに会ってみたかったの」

「大勢の方たちに、とても迷惑をかけたのよ」王女がしかる。

「そうかしら」ヒルダは顔をまっすぐ上げている。

「奥さま、フォーチュン氏を紹介します」ローマスがふたりのあいだに入った。

レジーは頭を下げた。「お伝えしにくいのですが、王子が事故に遭われました。デッキの階段から下へ落ちたのです。今はベッドにいらっしゃいます。レントゲン技師の到着を待っているところです。しかしそれほど心配はないかと思われます」

「わたしは心配してはいません」王女が答える。「彼に会えますか？」

「もちろんです。ただし覚えておいていただきたいことが。わたしは殿下に、奥さまの代理人としてきたと言っています」

「フォーチュンさん、それは適当ではありませんでしたわね」王女は言うと、颯爽と昇降口へ向かった。王子のキャビンのドアが彼女の背で閉まる。

「王子のところへ急げ」レジーがローマスに目配せする。

「厳密に言って、わたしの訴えの利益《ローカススタンダイ》（申立の内容が判決をもって解決されるだけの具体的な必要性を有していること）はなんだい？」犯罪捜査部部長が訊いた。

「ローマス、尻込みしている場合じゃない。彼女は王子を殺すつもりだ。彼らはそういう人種なんだ」

スポウレイトウがレントゲン技師を連れて戻るのを、ふたりは陰鬱な思いで待った。レジーは王子と王女のいるキャビンへ行った。王女はベッドのかたわらに腰かけて微笑んでいる。キャビンを出るときには自分の手にキスをし、それを王子にそっと振っていった。

ふたりの様子をレジーは石のような表情で見守っていた。

「フォーチュン先生には、すっかり借りができてしまったようだ」王子は微笑んだ。「先生は結婚していらっしゃらないのですか?」

「どんどん遠のいていきます」レジーは険しい顔で答えた。

「男というものは、ひどい痛手を受けるまで女性の真の美しさに気づかないらしい」王子が言った。

腕のレントゲンを何カ所か撮ったのち、レジーと技師はヨットの暗室に入った。浮き出てきた画を見て技師がぶつぶつと文句を言った。「フォーチュン先生、どこも異常はありませんよ」

「そのとおり」とレジー。

暗室の前では王女が心配そうに待っていた。「先生、いかがでしたか?」

「奥さま、手術の必要はないようです」

王女はレジーをまぶしそうに見つめた。「フォーチュン先生、なんてお礼を申し上げてよいか。先生とこの事件との関わりを、もっとくわしくお聞きしたいわ」

レジーは——のちの告白によれば——身震いがしたという。王女はしずしずと先へ進み、音楽室のドアを開けた。ヒルダとスポウレイトウの姿がそこにあった。なんとヒルダは熱烈なキスを受けていた。

レジーは慌ててその場を逃げ出した。職業的直感をはたらかせ、患者の様子を診にいかなければと言い訳をしながら。「殿下、たいへん喜ばしいことに腕に深刻なお怪我は見られませんでした。今必要なのは、休養と心のこもった看病だけです」

王子は少年のように笑い、饒舌に語りはじめた——休む間もなく自分自身のことをつぎつぎと。

レジーは、言葉をはさむチャンスをようやく見つけて切り出した。「殿下をこのような良い気分にして差し上げられて、わたしも満足しています」

王子は感謝の気持ちに酔っていた。「どのようにお礼をすればいいのか——何かほしいものは?」

「できましたら、この小さなレディーを」レジーがホッテントット・ヴィーナスを手に取る。「この一風変わった冒険旅行の良い記念になるかと」レジーはヴィーナスをポケットに入れるとキャビンを出て、デッキで心配しながら待っているローマスのもとへ急いだ。「ローマス、きみが正しかった。きみはいつだって正しいよ。ぼくらには訴えの利益《ローカススタンダイ》はなかった。ところでタグボートはどこだ?」ふたりはボートに素速く乗り込むと、ラグーザの王侯一家から離れた。「いやはや」レジーがつぶやく。「ぼくは結婚するつもりも、結婚に屈服するつもりもないよ。だからこうしているんだ。彼女を見ろよ」——レジーはポケットからホッテントット・ヴィーナスを出した——「彼女はぼくが知っている唯一の分別ある女性だ。ところでローマス、妹さんにこの事件の真相をすべて話さなければならないんだろう?」

犯罪捜査部部長は大声でうめいた。

几帳面な殺人

1　疑獄

「ああ、いかにもイギリスだ。四月にしてこの天気」なかば滑り落ちるようにタラップを降りて故国の土を踏んだレジー・フォーチュンは、慌ててコートの衿を立てた。さっきまで乗っていたブーローニュ号の姿は激しい雪にかき消され、吹き上げられる蒸気とかすかな光の帯からしかその存在は推測できない。「まるで、さまよえるオランダ船（暴風のときに喜望峰に出没したと伝えられるオランダの幽霊船。これを見ると不運に見舞われると言う伝説が船乗りたちにあった）だ」レジーがオペラの舟歌をハミングする、そのあいだにも雪混じりの激しい風が容赦なく顔に吹きつけていた。

　受難はつづく。特別客車《プルマン》のヒーターが錫めっきだったのだ。トーストになりたくはなかった。列車はゆっくりと進む。蒸気で曇った窓を手でこするたびに見えるのは、一面の雪野原と渦を巻いて降りしきる雪ばかり。そんなこんなで予定より七時間遅れで、ようやくチャリングクロス駅にたどり着くとタクシーは一台もないというありさまだった。「ぼくに、どうしろと言うのか」レジーはつぶやいた。重たい二個のスーツケースを捨てていくわけにもいかず、しかたなく両手に下げ、オックスフォードサーカスの地下鉄駅からウィンポールストリートまで深い雪をかき分けて歩いていく彼の姿を誰が想像できるだろう。我が家へたどり着くと崩れるように、しかしかろうじていつもの優雅さは失わず、雑用係のサムの腕に倒れ込んでしまうほどだった。そして雪は降りつづいた。

ちょうどそのころ、レジーの推定によれば四月十五日午後十一時、男がモントマレンシーハウスの最上階から落ちた。新しいマンションが建ち並ぶその界隈でも、ひときわ新しく大きい建物。その中庭に面した部屋に光を取り込むための吹き抜けを男は落ちたのだった。雪のクッションがあったとはいえコンクリートの地面に落ちたどすんという鈍い音は周囲にも聞こえたはずである。しかしあの強風と風が窓を震わせる激しい音を思えば、男が地面にぶつかった音に気づいたり、スレート屋根や通風口が鳴る音ではないと不審に思った人間のほうが異常だろう。彼が自分の惨状を語れるはずもなく、そして雪は降りつづいた。

コートと帽子を脱いで、マフラーや手袋をはずすあいだにも両手と片足を暖炉にかざしながら、フォーチュン氏は散々な一日をサムに訴えつづけた。そこへスタンリー・ローマス部長がやってきた。フォーチュン氏が叫ぶ。「今は勘弁してくれ！」

「休暇は楽しかったか？」ローマスは陽気に語りかけた。「セビリア（スペイン南部の都市）まで行くことはできたのかな？」

「そういう言い方はやめてくれ。耐えられないよ。きみに人情というものがあるなら、すこしは気遣ってほしい。温暖な気候に親切な人たちが住む国々。そこから帰ってみれば、てんかん発作みたいなこの嵐。しかもローマスが困り果てたように青白い顔でぼくを待っている。妙に礼儀正しくよそよそしい態度でね。じつに嘆かわしい！」

「きみの顔が見たかっただけだ」

「ぼくは見たくない。今はとにかく寒々としたことにはうんざりなんだ。何かひと言でも話しかけたら、ぼくは悲鳴をあげる。ところで夕食はすませたかい？」

「とっくに」

「そこがきみの悪いところだ。ぼくに会いにくるなら、腹をすかせてこなくちゃ。夕食を食べてくるなんて良心を疑うね。まあ、いいさ。横でぼくが食べるのを見ていれば。どんなに強気な男だって純粋な恍惚感《エクスタシー》に心を動かされて涙するだろうよ。R・フォーチュンがくり広げる荘厳と美の世界。しかもエリスがフォアグラのパイ《タンバル・ド・ファグラ》と特製牛のあばら肉料理を用意していると、サムがおしえてくれた。ホイッティントン（十三歳でロンドンへ出て徒弟となり、逃げ帰ろうとしたときにボウ教会の鐘の音を聞いてロンドンに踏みとどまったという。ロンドン市長を三度務めた）、もう一度ぼくと夕食を食べようじゃないか。もちろんワインは赤。今夜は絶対にシャンベルタン（ブルゴーニュの赤ワイン）だ。そしてぼくは千年の眠りにつくことができる。眠りの森の美女のように」

「できればそうしたいのだが」

「話のわからないやつだ、ローマス」レジーはふり返ってローマスを見た。「いつもその調子だ。きみも仕事を離れてみるべきだね」

「おそらくそうするよ。きみの意見を聞きたかったことのひとつがそれだ——つまり、きみは辞任についてどう思う？」

「えっ、事態はそんなに深刻なのか」レジーは口笛を吹いた。「すまない、つまらないことを言って。だが、知らなかったんだ。新聞には何も書いていないし」

「いや、ちょっと当てこすりを言ったまでだ。クラブへ行けば、その話題で持ち切りだよ」

結局、その話をしながら一緒に夕食をとることになった。

数カ月前に誕生した新内閣は、一刻の猶予もなくあらゆる手をつくすと発表した。手はじめがグレートコールランプ政策だった。シティでは、特定の石炭《コール》会社の株を買いあさる者たちがあらわれた。政府が州ごとに順を追って炭坑を国営化する計画だという噂も流れた——一番手と噂される州の株に買い注文が殺到し、株価はどんどん上がっていった。

「噂に踊らされたロンドン証券取引所の高騰《ブーム》。よくあることだ。ぞっとするね」

「いや、ちがう。今回は事実に基づいて取引が行われている」とローマス。「そこが特徴だ。売買の判断は真実に基づいている。すべて真実。それ以外の何物でもない。誰がはじめたにせよ、このゲームに参加しているやつらは正確な情報をつかんでいる。彼らが買いあさっているのは、政府が国営化しようとしている会社の株だけだ。つまりすべてを知っていて、しかもそれが噂ではなく真実だとも承知している。関係者が政府の計画を横流ししているとしか思えない」

「政治とは呪われた職業である」レジーが言った。

ローマスは沈んだ表情でブルゴーニュのグラスを見つめている。「政治家は、神の創造物のなかで最も下等な生き物だ」ローマスも認めた。「そのことなら、わたしもよく知っている。自分も国に仕える身だから。だが、政治家がこの一件にいったいどう関与しているのかがわからない。計画を知っているのは内閣関係者だけだ。もちろん、新政策がスタートすることは国民に伝えられていた。しかし公になっているのは、その柱となる暫定措置に特定の数社が関係するということだけだ。会社名を知っているのは商工会議所の会頭《かいとう》と彼の秘書しかいない」

「会頭——あのホーラス・キンボールか」

「そう。彼は政治家ではない。きみも知ってのとおりゴム王だ。実業家としての手腕を見込まれて、財界から内閣入りした。炭坑国有化計画の推進役として」

「そしてこの疑獄か。いかにも実業家らしい手法だ。やれやれ。政治家のほうがましというわけだ。ぼくは上品な生まれの人間だ。昔気質だと言われようと、黙って搾取されるほうを選ぶよ。良識ある生き方を好んでいるからね」

「まあ、そうかっかせずに」ローマスが心から言った。「キンボールを疑う証拠は何もない。彼も普通の男だ。自分のことをナポレオンになぞらえて——可哀想なほど不安になっている。しかし本来は非常に有能な人物だし、努めて礼をわきまえようとしてもいる。彼の計画をこっそり横流ししている人間を捕まえたいがために、頭に血が昇っているだけなんだ。彼を責めることはできない。だが、それにしてもあまりに厄介な状況で」

「計画の詳細を知っているのがキンボールとその秘書しかいないのなら、情報を流しているのはふたりのどちらかだろう?」

「フォーチュン、そんな答が聞きたくてきみに相談しているんじゃない。今きみが言ったことは、眠っていてもわたしの頭のなかでくり返し鳴っている。わたしはキンボールの言葉を信じている。彼の公明さは誰もが認めるところだ。頭は切れるが誠実な人物というのがもっぱらの評判だ。それに彼が二枚舌を使う必要がどこにある？　金なら腐るほど持っている。もし金目当てだとしても、内閣に入るなんてばかなことはしないはずだ。本業のほうが、はるかに稼げる。政治の世界に足を突っ込んだのは、単に権力や名声がほしかったからにちがいない。ところが輝かしいはずのキャリアは最初の一歩で金融疑獄にまみれてしまった。彼が事件を操っているとは、とうてい考えられない。ナンセンスだ」

「ではその秘書は？　キンボール氏は彼を好ましく思っていないのでは？」

「まさか。キンボールは彼のことをじつに買っている。わたしもキンボールに、サンドフォードという秘書を疑ってみるべきではと言ったことがある。すると彼はひどく憤慨して――自分はサンドフォードを高く評価している。なんの証拠があってそんなことを言うのかと怒鳴られた」

「たいへんご立派な反応だ。それに知的でもある。H・キンボールに敬意を表すよ。ところでローマス、きみはどんな証拠をつかんでいるんだい？」

「きみもさっき言ったじゃないか」ローマスが苛々しながら言う。「伏せられた情報を知っているのはキンボールとサンドフォードのふたりだけだ。キンボールがそれを売るとは状況から見て考えられない。残るはサンドフォード」

「よせよ！　それは証拠じゃなくてただの推論だ」

「きみを困惑させているのは承知だ。だが、ここにひとつ証拠とも言える事実がある。サンドフォードの友人にウォークドンという若い男がいる。彼が勤めている会社も、証券取引所の高騰に加担しているんだ」

「それはきな臭い」レジーはパイプに火をつけながら言った。「だが、卑しい犯人を絞首台へ送ることができるほどの証拠ではない」

「わたしにも、そのくらいはわかっている」ローマスが声を荒げた。「だから我々は手も足も出せないでいる。そのことで彼らから毎日責められているんだ」

「彼らとはキンボール？」

「キンボールはもちろんのこと――彼は一日に二度は電話してきて事件の手掛かりはつかめたかと訊く。だが彼だけじゃない。今では政府全体を敵にまわしているような状態だ。国務書記官から書簡までくる――内容は首相からの手厳しい覚え書きだった。誰でもいいから生贄《スケープゴート》がほしいんだ。いかにも政治家の考えそうなことだろう？」

「絞首台へ送る人間を誰か見つけろ。さもなければきみを吊すというわけか」

「だからさっき言っただろう？　辞任も考えていると」

「彼らがきみを脅して、その秘書を事件の犯人に仕立て上げようとしている――きみは気がとがめるんだね？」

「まさか。できるなら今日にでも彼に有罪宣告をしたいよ。わたしはあの男が好きではない。うぬぼれ屋の青二才。だが、わたしは彼の有罪を証明できないでいる。きみのさっきの言葉は当たっていない。彼らはある特定の人物を犯人に仕立て上げたいと考えているわけじゃないんだ。しかし立場上、誰かを必ず絞首台へ送らなければならない。ところがわたしは、その誰かを見つけ出せずにいる」

「ぼくには縁のない世界だ」レジーはつぶやいた。「役人というものにはぞっとさせられる。義弟が大蔵省に勤めていて、ときどき一緒に食事をとるんだ。ぼくにはそれが墓場で瞑想をするような時間に思えるよ。ごめんだね。ぼくにはああいう生き方はできない。情熱と刺激がない毎日なんて。だが、きみの話には大いに興味をそそられた。H・キンボールと秘書のサンドフォードのことをもっとくわしく知りたい。彼らには、いろいろと気になる点がある」

「彼らのことでは気掛かりだらけだよ」ローマスの言葉には実感がこもっていた。

「しかしふたりはあまりに条件が揃いすぎていて、逆に犯人には思えない。薪の山のなかに、別の目立たない何かが隠れていそうだ」

「わたしは、そいつを見つけられないでいるということか」

「希望を捨てないことだね。ブーン・サファイアをひょいと出して見せたのは上品な未亡人だったことを覚えているだろう？　きみは辞任する必要もない。もし首相からまた忌々しい覚え書きがきたら、わたしはあなたのゴルフ仲間に目を光らせていますと答えておけばいい。そういう地位にいる人間は、みんな何かやましいところがあるはずだ。くだらない政治家なんかのために辞任を考えたりしないように。彼らはきみを厄介払いしたいのかもしれない。明日ロンドン警視庁《スコットランド・ヤード》を訪ねるから待っていてくれ」

「そうしてもらえると助かる」ローマスが言った。「きみは人の顔に並はずれた眼識力があるから」

「ばかなことを！　ぼくは顔なんかで人を判断しないよ。唯一顔でだまされたのは、義姉の鼻をへし折ったあの娘のときくらいだ。いずれにしても、明日ちょっと寄る」

ワインの心地よい酔いとレジーの共感に身も心も安らいだローマスは、深い雪をかき分けるように帰宅した。そして雪は降りつづいた。

2 秘書

雪は残った。大通りは馬の往来で蹴散らされたが、道の脇には積もった雪が山になり、公園に至っては薄汚れた灰色の雪景色が広がっていた。スコットランド・ヤードの前で車を降りたレジーは寒そうに身をすぼめ、急いで階段を上るとローマスの部屋の暖炉に張りつくように立った先客のベル警視を押しのけて。

「待っていたぞ」ローマスが言う。「新しい情報が入った。サンドフォードの預金口座に三千ポンドが振り込まれたそうだ。きのうの朝、小額紙幣ばかりで窓口で入金された。応対した行員は振り込んだのは、ずんぐりとした体型で眼鏡をかけた男だったような気がすると言っている――しかし顔ははっきり覚えていないと」

「なんとも不道徳な世のなかだ。良識のかけらもあったものじゃない。ぼくもいつか犯罪にふけって、その手口をきみに解説してやりたいよ。サンドフォードというのはいったい何者だ？周囲でこんな奇妙なことばかり起きる男の正体は？」

「そんなに奇妙なこととは思えませんね」とベル警視。「その三千ポンドは不正金の一部で彼の取り分だと思いますよ」

「それは十分考えられる」レジーが言った。「だから腹立たしいんだ」

「だが、なぜそれを銀行口座に振り込ませたのだろう？　見張られていることくらいわかっているはずだ。わたしはそこが気になる」ローマスがうんざりした顔で言う。

「ですから、わたしが言っているとおり、これは奇妙でもなんでもない。普通のことなんです」ベル警視が反論する。「悪党が、都合のいい立場にいる人間を金で買ったとします。利用するだけ利用すれば、もうその男に用はない。手を切るだけです。ビューイック事件しかり。グラーントリ事件では分け前を――」ベル警視は思い出すままに事件の名をあげた。「わたしが言いたいのは、盗人のあいだに儀礼などないということです。もし仲間の誰かがいい思いをしているのを見たら、そいつを殺したいとさえ思うでしょうね。嫉妬――人間は誰しも嫉妬深いものです。でもわたしの経験では、屈折した人間の嫉妬は常軌を逸している。犯罪者の嫉妬はものすごく執念深いということです」

レジーはうなずいた。「ベル、きみが意見を言うときには誤ったためしがないとぼくは信頼している。ところで、この事件についてきみの意見は？」

ベル警視はゆっくりと微笑んだ。「先生、わたしたちは慎重にならなければいけません。わたしは、コールランプ計画の表舞台で誰が動いているのかさえ知りません。この高騰に加わっている会社は六社。どれもかなりの有名企業です。そのなかで誰が最初に内密情報を手に入れたのか、誰が大もうけしているのか――この点に関して、わたしは腕のなかの赤ん坊ほどに無知です」

「うん、もっとよく知らなければなんとも言えんな」ローマスも口を揃える。

だがレジーはベル警視の顔から目をはなさずに言った。「ベル、きみの奥の手はなんだい?」

ベル警視は笑いだした。「フォーチュン先生、強引ですね」タバコに火をつけると、救いを求めるように上司を見る。「ローマス部長はサンドフォードのことをどう思いますか?」

「わたしも彼に関してはベルと同じくらいのことしか知らない」とローマス。「確かに言えるのは、彼が同志ではないということだけだ」

「どちらかと言えば孤独な男という感じもします」ベルがそれとなく言った。「主に興味を引かれたのはそこくらいですね」

「立身出世にあくせくしている男でもある」とローマス。

「わかった、わかったよ! それにしてもサンドフォードとは何者か――誰からも愛されていないのか?」レジーが訊いた。「父親は? 仲間は?」

「フォーチュン先生らしくない質問ですね」ベル警視が言った。

「仲間はいない。父親もいない」ローマスが答えた。「彼の生い立ちで最初にわかっているのは、ごく小さいころから未亡人の母親と暮らしていたということ。ノースウェールズのスランなんとかという小さな村だ。学校に入る年齢になって村のグラマースクールへいった。成績はずば抜けて優秀。オックスフォードのペンブルックで奨学金を受けた。その後、母親は死んだ。残されたのは週に約一ポンドの生活費だけ。彼はオックスフォードで最優等学位を取り、上級公務員になった。配属された部署での仕事ぶりもみごとだが、周囲からは浮いている」

「頭は優秀だが愛想のかけらもないというところですかね」ベル警視が解説する。

「ぼくも、ここまで聞いただけでもう彼を嫌っているよ」レジーがぶつぶつ言った。

「きわめてわかりやすい」とローマス。「つまり彼は、頭だけ良い二流の人物。彼に関して浮かび上がってきたのはそれだけだ」

「忌々しい」レジーは低く言った。

「役人にはよくいるタイプだ。奇妙なことがひとつある。サンドフォードの出自がまったくわからない。聖書に出てくる祖先のいない司教——メルキゼデクだったかな？　母親のサンドフォード夫人もどこのどんな生まれなのか不明だ。スランフェアフェヒアン——サンドフォードが育った村の正確な名だ——の出ではない。彼女はサンドフォードが小さかったときにその村へ移り住んだ。村の誰も、彼女がどこからきたか知らない。サンドフォードも知らないと言っている。彼の父親が誰かを知っている者もいないし、彼も父がわからないそうだ。サンドフォードの話では、母親は日記も手紙も何ひとつ残さなかったらしい。貯めていた年金をコンソル公債にして、年五十ポンドの利息を息子に残しただけだ。サンドフォードは親類というものに会ったことも、その話を聞いたこともないそうだ。スランなんとかという村の住民も、サンドフォード夫人を誰かが訪ねてきた記憶は皆無。彼女が死んだのは今から十年前だ」

「まるで身を隠すように暮らしていたようだとおっしゃりたいのですか？」ベル警視が言う。

「それはちがうと思います。きっと孤独な未亡人だったのでしょう。そういうご夫人たちは往々にしてそのような暮らし方になるものですから」

「今までに我らがメルキゼデクに興味を抱いた者はいないのかな？」レジーが訊く。

「いない！　職場以外の人間で彼に知人はいないし、職場の人間は全員彼を嫌っているときている。だが、彼はそういう類の人間なんだ」

「可哀想に」レジーはつぶやいた。

「きみも彼に会ったら、そんな同情は口にしなくなるだろう」ローマスが言った。そのときメモがローマスに渡された。「きたぞ、キンボールのお出ましだ。しばらく顔を見せないと思っていたが。助かった、今日は報告することがある」

「彼はまぬけ《ファットヘッド》である」生意気な新聞記者がホーラス・キンボール閣下についての記事をそんなふうに書きはじめていた。記者の筆によれば、キンボール氏の第一印象はたくましい体の上に大きな頭が乗った重苦しい人物とある。しかも彼と親しく話すうちに人は彼の動作が大げさだと気づき、過剰な表現に不快感を感じるようになるだろうと。しかし――これ以上は読者の判断にゆだねたいのだが――じつのところ彼の性格は率直で大らか。彼に対する最も冷淡な批評は彼に実際に会ったことのない者たちが発しているのである。さらに特筆すべきことは彼が清潔で感じの良い服装を心がけていて、それが成功を収めているということだ。

　噂のキンボールが慌ただしく入ってきた。「ローマス、この事件に決着をつけられなければ我々はおしまいだ」彼はそう言うと椅子にどさりと沈み込んだ。「何か新しい事実は？」

「今それをフォーチュン氏と話し合っていたところです」

「それはいい。最高のブレーンが加わったというわけだ」大きな頭でレジーにうなずく。「で、きみの見解は?」

「あなたがこの件で困っているのは当然と思います」とレジー。

「困っているだと! そんな生やさしいものじゃない。考えると夜も眠れなくなる」そのときキンボールは、レジーから患者を診るときのような視線をそそがれているのに気づいた。「先生、何か?」力なく笑う。「わたしは患者ではありませんぞ」

「すみません。仕事柄つい習慣で」レジーはわびた。「でもお顔の色から察するに、主治医に診察してもらったほうがよさそうですよ」

「自分の体調は医者よりわたしのほうがよく知っている。わたしを悩ませているのは、この疑獄にほかならない。わたしが感情的になっているとでも言いたいのかな? それともわたしが無知な人間だと? ご存じのとおり、わたしは三十年も実業の世界に身を置いてきた。そのあいだ、部下に裏切られたことは一度もない。だから悔しいのだ。誰かはわからないが一緒に仕事をしている身近な人間が、わたしを売っている。ああ神よ、こんなことが許されるのか!」

「誰か心当たりは?」レジーが訊いた。

キンボールが乱暴に腰を下ろしたので椅子がきしんだ。「何度も調べた。だが疑わしい者は誰ひとりいない。犯人を見つけたいのはやまやまだが。どう考えても疑わしい人物はまわりにいない」

「ぼくが聞いている限りでは、この計画の詳細を知っているのはあなたと、あなたの秘書のサンドフォードだけですね？」

「サンドフォードを疑うくらいなら、わたしはこの自分を疑うね」

「きのうサンドフォードの預金口座に、匿名で三千ポンドが振り込まれました」ローマスが報告する。

「なんと！」キンボールは息を荒くして椅子にさらに深く身を沈めた。「信じられない」

「ローマス、部屋にブランデーはないか？」キンボールの顔が蒼白になったのを、医者らしくとっさに見てとったレジーが言う。ローマスがさっと立ち上がる。レジーは腕を伸ばしてキンボールの脈を取りはじめた。

「よせ」ぴしゃりと言ってキンボールは腕を引っ込めた。「わたしは病気じゃない！　ローマスも、かまわないでくれ。強い酒は飲まない主義だ。すぐに落ち着く。しかし、サンドフォードのことを犯人だと思うのは耐えられない」キンボールは身を振り絞るように椅子から立つと、窓を開けて頭を軽く何度かたたいた。しばらくそうして新鮮な空気を吸ってから嗅ぎタバコをひとつまみ吸い、元気を取り戻して席に戻った。「それはまぎれもない事実なのか？　彼以外に考えられないのか？」

「サンドフォードに事情を訊く必要があります」ローマスが説明した。

「最も避けたい事態だ」キンボールが言う。「わたしにとって人生最悪の経験だ。もはや言い逃れはできないだろう。それでもサンドフォードのことだから、うまい答を用意しているかもしれない。だがしかし、こんなことが起きたなんて最後まで信じたくない。彼はきわめて誠実だと思ってきた——加えて有能だとも。今まで使った部下のなかで最も頭の切れる男だ。彼をここに呼ぶのなら、わたしが待っていると伝えてくれ。ローマス、きみは正直に言ってどう考えているんだ？　彼がこんなことをする人物だと思うか？」

「可能性はあります。しかし、どんな手段を使ったのかはわかりません」ローマスは暗い顔で答えた。「あなたはわかりますか？」

「わたしのことを愚かなやつと思っているだろう？　だがわたしは仲間を信じたい」キンボールが言った。それからサンドフォードがくるまでの五分間、彼らは落ち着かない気持ちで待った。

彼は感じの良い若者だった。どちらかと言えば背は低め、かなり瘦せていて眼鏡をかけている。どこを取っても礼儀正しく控えめだった。しかし顔の造作が一風変わっている。鼻先がひどく尖っているのに対して下顎は重たげだ。

彼はキンボールとローマスにうやうやしく挨拶をした。だがレジーとベル警視には、鬱陶《うっとう》しそうな視線を送った。再びキンボールのほうを向き、時間がないという顔をする。

キンボールは最初、何やら調子が悪そうだった。咳払いをし、鼻をかみ、また嗅ぎタバコをひとつまみ吸った。「どうしてきみをここへ呼んだかわかるか？」

「石炭会社の株をめぐって行われている賭の件だと思います」サンドフォードがきっぱりと言う。

「そのとおりだ。きみはあの件について何か新しい情報を知っているのか？」

「わたしは何も」

「じつは、きみに説明してもらいたいことがある。きみにはきっと正当な理由説明があると思うのだが、立場上、訊かなくてはならない」

「説明することなど何もありません」

「きみの預金口座にきのう三千ポンドが振り込まれたという情報がわたしのところへ寄せられた。その金はどこからきたのか？」

サンドフォードは眼鏡をはずしてていねいにふいてから、再びかけた。「知りません」いかにも事務的に淡々と答える。

「これはまいった、きみにはその金の意味がわかっているはずだ」キンボールが大声を出す。

「お言葉ですが、わたしには見当もつきません。あなたは何か誤った情報を吹き込まれたのではないですか？」

「わたしがこのような告発に応じるのは誰かから強制されたからだとでも？」

「金が振り込まれたのは疑う余地のない事実だ、ミスター・サンドフォード」ローマスがうんざりしたように言った。

「確かに！　でもぼくに言えることはただひとつ。ぼくの預金口座に報酬を振り込む正当な理由など誰にもない。あなた方がもっと注意深く捜査を進めれば、振り込んだ人物を見つけ出せるはずだ」

「その男は名前を告げずに立ち去った。いったい誰なんだ？」ローマスが問い詰める。

「答は同じだ。ぼくは何も知らない」

「言うことはそれだけかね？」

「つけ加えるまでもないが、ぼくはその金を受け取るつもりはない」

「これで無罪放免になるわけではないのだぞ！」キンボールが叫んだ。「きみは自分の立場がわかっていないようだ。その調子だと、今にもっと大変なことになるぞ」

「どういう意味ですか？　あなたがぼくに何を言わせようとしているのかまったくわかりません。告発するとか言いましたね？　なぜそんなことが言えるのですか？」

「たのむ、わかってくれ！　この高騰は、わたしときみしか知らない情報に基づいてはじまった。そして突然、きみの預金口座に何者かが大金を払い込んだ。誰もがこう思うだろう――もしきみの人柄を知らなければ、わたしだって同じことを思う――きみが計画を売り、その見返りに金を受け取ったと。たのむから我々に納得のいく説明をしてくれ――言い訳でもなんでもいい」

「何度も言いますがわたしは何も知りません。ぼくの性格や経歴を知っている人たちが悪い噂を聞いて、ぼくを誤解しないようにと願うばかりです」

「我々が聞きたいのは事実だけだ。あの三千ポンドはどこからきたのか？」

「何も知りません、想像もつきません」

レジーが初めて口を開いた。「きみには想像がついているのでは？」

「想像をはたらかせて推論を得るのはわたしの役目ではありません」

「きみの身の破滅を願う人間に心当たりは？　誰かにそうされる理由があるのでは？」

「お言葉ですが、そんな野蛮な憶測にはつき合いたくもないですね」

キンボールが立ち上がった。「きみは自分で、自分の道を閉ざしている。わたしがあらゆるチャンスを与えたというのに――忘れるなよ、あらゆるチャンスだ。しかし、もう限界だ。最後に言っておく。自分が今置かれている立場をよく考えたまえ。きみが辞職したとしても最悪の事態を免れるかどうかは断定できない。わたしも、できるだけのことはするつもりだ。だが期待はできないと思っていなさい。今日はこれで帰ってもよい。事務所へは戻らないほうがいい」

「どんな汚名も晴らします」サンドフォードはきっぱりと言った。「ではみなさん、失礼します」

申し訳なさそうな顔でキンボールは三人をふり返った。「結局、手掛かりは何も得られなかったようだ。しかし我々は問題に決着をつけなければならない。ローマス、きみは捜査の進み具合を今後も報告してくれ。あいつに希望はない。可哀想に！」

「わたしは彼に同情できませんね」ローマスが言う。

それを聞いてキンボールは悲しげな顔で笑った。「彼は横領をするような人間ではない」そう言うと部屋を出ていった。

「キンボールがあんなに思いやりのある人物だとは考えていなかった」ローマスがつぶやく。

「彼は部下をたいせつにしますからね」とベル警視。

「しかしサンドフォードはどうかな？」

「ミスター・サンドフォードは、いわゆる優秀な人物ですから」ベルは含み笑いをした。「ああいう連中が厚かましく言い張る姿ときたら、まったく滑稽です」

「うん、彼は自分が堂々とやったと思っているらしい。フォーチュン、きみの参考になることはあまりなかったようだ。すまない」

レジーは窓のそばで何やら落ち着きをなくしていた。「風向きがかわった」とぽつり。「ともかく、何かある」

3　雪の下の男

翌朝モントマレンシーハウスの管理人は、ロンドンでも最も空気がよどんでいるようなこのマンションの中庭でさえ雪がどんどん解けているのに気づいた。朝食後、彼は半解けの雪の下から洋服の一部のようなものが出ているのを見つけた。小さなこの庭をたいせつにしている彼は嫌な気持ちになった。妻にいつもこぼしていることだが、マンション住人の生活マナーは悪い。それにしても、吹き抜けから中庭へズボンを落とすとは我慢の限界だった。雪のなかへ飛び出した彼が目にしたのは、死体だった。

レジー・フォーチュンは昼食のあとにウェデキント（一八六四〜一九一八。ドイツの劇作家）氏の遺作となった戯曲を手にうとうとしているところを、電話で起こされた。ベル警視からだった。かなり急いでいる様子で、遺体安置所へ今すぐきてほしいと言う。

「死んだのは誰だい?」レジーがたずねる。「サンドフォードが赤いひも《レッド・テープ》（公文書を綴じる赤いひも。官僚主義を意味する）で首を吊ったとか?　それともキンボールが一撃を喰らったとか?」

「いいえ、被害者は身元不明というやつです」ベルが答える。「先生がお好きそうな事件ですよ」

「事件を好きだと思ったことは一度もないね」レジーは憤慨して言うと電話を切った。

死体安置所の前でレジーの車が停まると、ベル警視が出てきた。

「きみはまったく不可解な男だ」レジーがぶつぶつ文句を言う。

「そんなことはありませんよ。もし先生が被害者の身元を当ててくださったら、深く感謝します。でも、わたしがまず知りたいのは死因です。申し訳ないのですが、先生が見解を述べてくださるまでは死体がどういう状態で発見されたかはお話しできません」

「そんなもったいぶったやり方に、なんの意味があるんだい？」

「先生が先入観を持たれて判断を誤ることがないようにという思いからです。わたしの言う意味がおわかりですか？」

「生意気だな。今までぼくが先入観を持ったことなんかあるかい？」

「フォーチュン先生がそんな乱暴な言い方をされたのは初めてですね」ベルは悲しそうに言った。「そう怒らないでください。これには理由があります。信じてください」

ベル警視は死体が置かれている部屋へレジーを案内し、覆っていた布をめくった。「これはひどい！」レジー・フォーチュンがため息をつく。顔が顔ではなくなっていたのだ。

「これでおわかりでしょう？　わたしは何もお役に立てそうにありません」ベル警視はぼそぼそと言うとドアのほうへ向かった。

レジーはふり返りもせずに命令した。「わたしの道具をサムに持ってこさせてくれ」

かなりの時間が過ぎ、ようやくレジーは部屋から出てきた。温和な丸顔はいつになく青白く、表情は沈痛だった。

ベル警視は手にしていたタバコを投げ捨てた。「ぞっとしたでしょう?」声には同情がこもっていた。

「狂気だ」とレジー。「帰ろう」西風が温かい雨をシャワーのように降らせていた。にもかかわらずレジーは車の窓を全開にし、運転手にリージェントパークをぐるっと回って行くようにと言った。「ベル、大丈夫だ。雨に当たっても死にはしない」

「散歩でもしたくなるお気持ちはわかりますよ。なんと悲惨な! あれほどひどい死体を見たのは初めてです」

「ぼくも怖かった」レジーがゆっくりと話しはじめる。「まったく異常。まったくおぞましい。この恐怖感の原因は狂気だと思う。ただの気ちがいとはちがう――神経を逆なでするとでも言うか――人並みはずれた知性の陰に見え隠れする狂気。何かひとつのことに異常な執着心を抱いている有能な人間の仕業ではないだろうか。悪魔だよ」

「同感です」ベルが答えた。

「ところでマフィンが食べたいな」レジーが言った――「マフィンを二、三個と紅茶と我が家の暖炉。それさえあれば、ぼくはくつろげる」

レジーは暖炉の前で大の字に寝ころび、手を伸ばしてマフィンを頰ばり紅茶を飲んでいた。

「きみは」レジーがぼんやりと言う――「きみはさっき知りたいのは死因だと言っただろう? ぼくに先入観を持ってほしくないとも。心優しい仕事仲間に感謝するよ。だけどこの事件に先入観が入る余地なんてない。きわめて単純な事件だ」

「ほんとうに？　それは驚きです」

「死因は左頭部への強打。凶器は鈍器——こん棒かステッキ、火かき棒と思われる。頭を殴られたのと同時かあるいは死後すぐに、同一または類似の凶器で顔がめった打ちにされた。殺されてから数日経過していると思われる。死後まもなく死体は別の傷を受けた。肋骨と左の肩甲骨《けんこうこつ》が折れている。たぶん高いところから落とされたせいだろう。ここまでが医学的に検証されることだ。しかしまだ不可解な状況がいくつか残っている」

「いくつか！」ベルは皮肉な微笑みをうかべた。「ずいぶん自信がおありのようですね。わたしは、これは殺人ではないと思います。顔が潰れたのは——しかも、あんなにひどく——高いところから落ちたせいではないのですか？」

「それはちがうね。彼は殴られて死んだ。さらに何度も殴られて顔がああなった。彼はどこで見つかったんだい？」

「モントマレンシーハウスの中庭で、解けた雪の下から今朝発見されました」

「雪の下から？　つまり殺人は十五日の夜に起きたということか。それで彼の衣服がびしょ濡れだったことの説明がつく」

「説明がつかないことがまだたくさんあります」ベルが憂鬱そうに言う。

「発見されたとき、死体はぼくが見たのと同じ状態だったのかな？」レジーの問いにベルはうなずいた。「犯人は被害者にかなり手をこまねいたようだ。死体の着衣に乱れはなかった——カラーをつけ、ネクタイを結び、ブーツをはき。ところがベストのボタンはほとんどはずれていた。しかも服にはどれもネームが入っていない。仕立て屋の名さえない。そしてシャツは一度も洗濯された形跡のない新品。つまり犯人は、被害者の身元がわからないように苦心したというわけだ」

「何をおっしゃりたいのかわかりません」

「わからない？　きちんとした身なりの男が、シャツにネームを入れないだろうか？　仕立て屋の名がない背広を着るだろうか。カラーをつけ、ネクタイをきちんと締めた男が、ベストのボタンをはずしたままにしておくだろうか？　答はノーだ。つまり被害者の服は殺されたあとに、何者かの手で着替えさせられたということだ。ぞっとする作業だっただろうね。心優しい人間にできることではない。自分の手で殺した男の服を整え、それから顔をめった打ちにする！　いやはや。ところで紅茶をもう一杯飲まないか？」

「けっこうです」ベルがため息をつく。「つまり犯人は狂人だと？」

「いや、そうは言っていない。凶暴性を持ったいわゆる狂人ではないと思う。まして殺人狂ともちがう。殴ることが快感で殴ったわけでもない。そこにはいくつもの目的があった。冷酷で、綿密に計算された犯罪。そういう意味で狂気だとぼくは言っているんだ。犯人が目的を達成するためには、獣のようなあのおぞましい行為が必要だった。最も卑劣な狂気。何度も言うが、これはただの殺人狂の仕業ではない——そうした狂気は人を獣にするだけだ。この事件に潜んでいるのは、人を悪魔にする狂気だ」

「先生のおっしゃることは難しすぎて、わたしの理解をはるかに超えています。とにかく、これは血なまぐさい殺人事件だということがわかりました。わたしにはそれで十分です」

「うん、それがぼくらの仕事だ」レジーが何やら考え込みながら言った。ふたりはモントマレンシーハウスへ向かった。

「被害者はどんな男だと推測しますか?」ベルが訊く。

「年齢は五十歳くらい。身長は平均より低め。やや肥満気味。かなり禿げている」

「あれじゃ、そのくらいしかわかりませんよね?」ベルがため息をつく。「被害者が髭をきれいに剃っていたかどうかさえわからない」

「剃っていたと思う。髭が伸びていた形跡はなかったから。だが、これだけの材料で判断するのは軽率でもある。殺されてから髭を剃られたのかもしれないし」

「そして顔を殴られたとでも? 怖ろしい! あんなにめちゃめちゃになるまでですか?」

「きわめて論理的な犯罪だよ」

「論理的! 神経がまいってしまいそうだ! でもフォーチュン先生、このままでは手掛かりがなさすぎます。広告を出してみてはどうでしょう? 五十歳くらいの行方不明者情報求むと。背は低くやや肥満。頭は禿げと。大したことではなくても何かはわかると思います」

「ぼくなら広告は出さないね。そうそう、彼は手術を受けたことがある――耳だ。まあ、それもぼくなら公表しない。今は被害者について口をつぐんでいたほうがいいと思う。切り札は取っておかなければ」

「切り札ですって? ではあなたの切り札はなんですか、フォーチュン先生?」

「きみが知っていること全部だ。いつもそうだろう?」

「ご冗談を。そんなことを言われたのは初めてです」

モントマレンシーハウスに着いた。すでに何人かの刑事が管理人に事情を訊き、やるべきことはやっていた。予想どおり、死体は中庭の吹き抜けに面した窓から落ちたらしい。吹き抜けをぐるりと囲むように並んだ部屋の住人は全員所在が確認されていた。ただし、ひとりを除いて。ここ数日、最上階に住むランド氏の姿が見えないという。ドアの呼び鈴をいくら押しても返事はなかった。

「核心にすこし近づいてきたようですね」ベル警視が言った。マンションの住人に聞き込みをしていた部下が笑みをうかべ、もみ手をしながらやってきた。ランドは謎めいた人物だという――ここに部屋を借りてからまだ数週間しかたっておらず、しかも不在がち。近所づきあいはなく、訪ねてくる者もない。よそよそしくて、人に距離を置いているようだったらしい。「ますます怪しいですね」ベルはレジーを見て言った。

「彼の風貌は?」レジーが訊いた。

「背は中くらいで小太り。眼鏡をかけていて、いつもこざっぱりとした身なりをしていました。髪は茶色で、やや長めだったと住民は言っています」警部はすらすらと答えた。

「その点はちがうな」ベルが口をはさむ。「ウォーレン、死体の特徴と一致しないところが若干あるようだ。フォーチュン先生、これからどうしますか?」ベルはレジーをふり返った。

「そう先をせかすなよ」レジーが異議をとなえて、椅子に腰を下ろした。「きみについていこうとすると息が切れる。まず考えられる仮説は?」

「えっ?」

「死体をランドと想定するか、それともランドが死体を窓から投げ出したと考えるか?」

「確かに両方考えられる」警部がしきりに感心しながら言った。「ぼくらは、まだその線で動いていませんでした」

「わたしたちは、先生が指示してくださらなければどうにも動けないんです」ベルが憂鬱そうに言った。「フォーチュン先生、それであなたのご意見は?」

「第一の仮説――ぼくらがさがしているのは有能で君主気取りの狂人である。したがって徹底的な捜査から浮かび上がってくるものはすべて、完璧なまでに理性的に見えるだろう――理性的な狂人ならではの独創性に富んだ狂気のアイデアだ」

「わたしに、理性的な狂人をさがしてロンドン中をまわれということですか?」ベルが抗議した。

「まさか。何千人に当たっても、そんな人物は見つけられないだろう。狂気にも匹敵するほどの理性を持つなんて誰にも不可能だ。彼が陥っている罠はそこだ。失望することはない。犯人は論理にばかり走って、事実から目をそらしている。ぼくらが勝利を収めるチャンスはそこにあるはずだ」

「わたしたちは勝利を手にできるというわけですね。でも謎は何ひとつ解けていないように思えますが」ベル警視が不満をもらした。「わたしはしっかり事実に目を向けています。でも、どれもしっくりしないのです」

「今日のきみは、ほんとうにせっかちだ」レジーが穏やかに、たしなめる。「どうしたんだい？」

「被害者の顔が目にうかんできて」ベルが口ごもりながら答える。

「やれやれ！　彼は自分があなることで、可能な限りの手掛かりをぼくらに残してくれたと考えよう。ぼくらにできるのは捜査をつづけることだ。ランドが姿を消したからといって、必ずしもあの死体がランドだということにはならない。ほかの部屋の窓から投げ捨てられたとも考えられる。ランド以外の住人の情報もおしえてくれないか？」

「ほかの住人たちは全員しかるべき地位にあり、身元もしっかりしています」警部が答える。

「だからなんだと言うんだ？　しかるべき地位や身分の人間がからんでいる事件なんて山ほどあるじゃないか。それを忘れちゃいけない。あえて言うが、あの死体は役人の手で殺されたことをありありと物語っているよ。ひっそりと人目につかずに行われた犯罪――いかにも中産階級趣味だ。ほかにはどんな人間が住んでいるんだい？」

「引退した技術者、リミントン社に勤めている最近妻をもらったばかりの若い男、海軍士官、ハーレー街（多くの医者が診療所を構える街として有名なロンドンの地区）で開業している青年医師が数名、メイナード家の人間が一名にデヴォンシャー一家。中庭の吹き抜けに面している部屋の住人はこれで全部です。わたしは全員に会って話をしました。みんな事件には無関係ですね。彼らはそういう類の人間ではありません」

「確かに」レジーが言った。「きみの話を聞く限り、事件に関係している人物が彼らのなかにいるとは思えない。ところで何か物音を耳にした者は？」

「不思議なことに、ひとりもいません」

「あの夜は吹雪だったからな。きみだって、爆発が起きたとしても気づかなかっただろう。ではランドという人物の素性は？」

「誰も知りません。何しろここに住んでまだ数週間でしたから。しかも、ここは食事や掃除のサービスを受けられる家具付マンションですからね」警部は銀行に問い合わせた結果を見せた。「銀行では、金の問題で彼が失踪するとは考えられないと言っています。預金残高はつねに安定していました。投資による収入です。現在の残高は三百ポンドあまり。しかし銀行も彼についてそれ以上は何も知らないそうです。口座を開いてから何年にもなるのですが。わかっているのは、ここに移る前はジャーミンストリートのアパートに住んでいたということだけ。そこの女家主は昨年死んでいます」

「女家主は昨年死んだ」レジーはくり返した。「ミスター・ランドはとらえどころのない人物のようだ。あの死体とよく似ている。ベル、そのランドが行方不明だって？　ここ数日見た者がいないというから、まちがいはないだろう。しかも彼はいつも不在がちだった」

「でも、わたしたちが見た限りでは死体はランドではありません」とベル。

「そう言い切れるだろうか」レジーがつぶやいた。

「だって先生、死体を発見した管理人もそれがランドだとは認めていませんよ」

「あの顔を思い出してみろよ」

「お願いです。彼の顔の話はやめてください」

「すまない。だが、死体を見て管理人は動転していたはずだ」

「それは確かに。でも管理人によれば、ランドはもうすこし体格がよかったと。死体は彼より小柄に見えたと話しています。さらに管理人は、ランドの髪はふさふさしていたと言っていますが、死体は禿頭でした」

「たいていの人間は死体を見ると、生前の彼はもっと大きかったはずだと思いがちだ。それに、禿げがあまりにひどければカツラをつける人間もいる」

「わたしたちは事実に基づいて判断したと思っていたのですが」ベルが悲痛な声で言った。

「今はそうしようとしているじゃないか、ベル。スノッドグラスくん（ディケンズの小説『英国紳士サミュエル・ピクウィク氏の冒険』に登場する詩人肌の男）、いざはじめよう。急ぐなかれ、軽率になるなかれ」

「なにか隠していますね?」

「まさか。手のなかには切り札一枚すらないよ。ぼくがきみに隠し事をしたことなんてあるかい? ああ、この単純で公明な心はひどく傷ついた」

「先生は、決してめげない方ではなかったですか?」

「ベル、ぼくはきみのそういうところが好きだよ! すまない、ちょっとからかってみただけだ。仕事をつづけよう。とらえどころのないランドの部屋を訪ねたいのだが」

ミスター・ランドの部屋には自前の生活道具は何ひとつなかった。家主が用意したありきたりの家具で満足していたらしい。レジーはマンションの家主に顔を向けた。「ミスター・ランドの持ち物は何もないようだ。飾ってある写真まで借り物ですね」

「写真は家具屋が調度品のひとつとして納入したものでしょう。確かに――」

「まったくもって驚きだ！」レジーが言う。

「ええ、確かにここには服以外に彼の所有物はありません」

「我らが友人のランドは、じつにとらえどころがない人物だ」レジーはぶつぶつとつぶやきながら部屋を歩きまわった。「どちらかと言えば匂いのきつい葉巻を吸い、かなり上等なウィスキーを飲んでいた。しかし、それが彼の人となりを伝える材料にはならないな。使用人は毎日きていたのだろうか？」

家主は小さくなっていた。「じつのところ、最近は人手不足でして。呼ばれない限りは使用人もきません。ですから住人が部屋を実際に使っているかは把握していないのです」

「事情はわかるよ。ぼくらが知りたいのは使用人がいつから」――レジーは趣味の悪いブロンズ像の上にたまった埃を斜めに見ながら訊いた――「いつからきていないのかということだけだ」

「最後にきたのは二、三日前です」家主が遠慮がちに答える。

「ぼくにはすくなくとも一週間以上きていないように思えるが。まあいい、ありがとう」

ベル警視は何を思ったのか、せき立てるように家主を部屋から出した。それから警部に向かって言った。「おい、ウォーレン！　何を考えてゴミ箱をあんなにじっと見ていたんだ？　もしフォーチュン先生が葉巻やウィスキーの話題を持ち出さなかったら、あの家主はゴミ箱の中身に気づいていたぞ」

レジーは笑い、警部はかしこまってしまった。「すみません、警視。無意識に見ていたようです。あんまりひどい状態なので」

ベルは鼻を鳴らしながらゴミ箱をテーブルの上にドンと置いた。なかは黒く焼け焦げた紙くずでいっぱいだった。「どうしてゴミ箱のなかで燃やしたのでしょう?」警部が訊く。

「暖炉が全部ガス式だからだろう」とベル。「それにしてもどうして、燃えかすを炉床にぶちまけなかったのかが理解できない」

「几帳面な犯罪だからだよ」レジーが答えた。「ひっそりとスマートな中産階級の犯罪。見苦しく取り散らかしたところがまったく見られない。さっきも、そう言っただろう?」

ベル警視はレジーをまじまじと見た。「ではフォーチュン先生は犯人がわかっているのですか?」

「誰かは、わかってはいない。感じているだけだ。そういうことができる種類の人間は臭いでわかる。きみはわからないかい? ぼくは賭けてもいいね。犯人は中産階級出身の上品で徳の高い人物だ」

ベル警視がたずねた。「誰を想定しているのですか?」

「また先を急ぐ。ぼくはまだ特定の誰かを突き止めてはいない。依然として殺人者は匿名だ。だが犯人の性格は理解できたと断言できる」

「さすがです! でも……」ベルが異論をとなえる。「几帳面で、見苦しいことをしない男とおっしゃいましたね? あの顔を覚えているでしょう?」

「ぼくは、犯人は同時に狂人でもあると言っただろう?」

「わたしにはまだ納得がいきません。自分の感覚で確かめたことしか実感できない質《たち》で」ベルは紙の燃えかすを調べだした。「ほとんどは手紙だ。厚紙もある。ノートの切れ端のようなもの。わかるのはそれだけです」

「いや、もうひとつある。誰が焼いたにしろ、きれいさっぱり消したということだ。そのままにしておくと危険な手掛かりとなりそうなものを、すっかり消し去っていった。死んだ男の顔を消した行為とそっくりだ。つまりは、ある人物とある行為が完全に消去されなければならなかったんだ」

「それはなんだったのでしょう?」

「ぼくらにはまだわからない」レジーがゆっくりと答える。

「わたしは先生を信じています」ベルが笑った。「それだけは確かです」

ベル警視と部下の警部は部屋を仔細に調べはじめた。引き出しや食器棚も開けてみた。しかしタバコと何本かの酒以外に、ミスター・ランドにつながるものは何もなかった。扉がこじ開けられた形跡もなければ、鍵ひとつかかってもいない。「あの死人は鍵というものを持っていなかったのですかね、フォーチュン先生?」ベルが突然言う。「これもひとつの手掛かりだ。鍵というものを持たない人間なんてまずいない」

「確かに! 金を持たないで歩きまわる人間と同じくらいに珍しい」レジーも言った。「死体は小銭すら身につけていなかった。つまりは、発見されたときの彼はふだんの彼の状態ではなかったと考えられないかな? たとえば服を着替えさせられていたこととか」

「ほら」ベルがいかにも訳知り顔で言う。「また先生はご自分の頭のなかだけですべてを組み立ててましたね？　失礼を承知であえて言わせていただきますと、それがいつものやり方だ。フォーチュン先生はいつだって一瞬のうちに頭で事件の全体像を把握してしまう。わたしたちには、バラバラに散らばっている断片しか見えていないというときに」

レジーは微笑んだ。ベル警視がつい感情的になったことを後悔して、なんとか修復しようとしているのがわかった。「きみは、ぼくが知る限り最高の仕事仲間だよ」レジーは言った。「いつも冷静で正しい判断ができる」

ベルは首を横に振ってレジーを見つめた。「今日はちがっていました。フォーチュン先生がいちばんよくご存じのはずです。申し訳ありません。わたしがあせっていたのは確かに事実です。人生にふさわしい時間の速度というものをもっとよく考えなければいけませんね。先生がおっしゃるとおり、もっとじっくり物事を見るべきでした。とはいえ先生のようには一生なれませんがね。それにあの顔——被害者のあの顔に動転してしまって」

レジーはうなずいた。「だからずっと言ってきた——きみを怖がらせているのはほかでもない、この犯罪の狂気的側面だと。きみにできる最善のことは、その狂気と闘うこと。だから元気を出せと励ましたんだよ」

「おっしゃるとおりです。ところで部屋を調べた結果、手掛かりはほとんどありませんでした。書類一枚残ってはいない。ゴミ箱のなかですべて燃やされてしまったようです。それにしても部屋に本が一冊もないというのはかなり妙ですね」

「とらえどころのないランドは知的趣味のある男ではなかったようだ。だが、きみは何か見落としていないか?」

「たぶん」ベルがにやっと笑った。「先生にそう言われるときは、わたしは概して見落としをしています」

「それにしても、この部屋には殺人が行われた形跡がまったくない」

「同感です。どうしてでしょうね」

「何もない」レジーはため息をついた。「何もない——あまりに整然としている」彼らはミスター・ランドの寝室へ入った。

そこも同じく整然としていた。もみ合った形跡もなければ、血痕も残っていない。書類や本もない。ここにも服以外の個人的な所有物はいっさいなかった。

「仕立て屋には上得意客だったでしょうね」高級そうな服が詰まった衣装戸棚をのぞき込みながらベルが言った。サヴィルロー（一流紳士服の仕立て屋が建ち並ぶロンドンのファッション街）に店を構える仕立て人の名を確かめようと背広を手に取っている。「これは驚きだ！　一着として同じ店で作った服がない。安物も混じっているし。なぜだろう？　先生、靴のほうに何か手掛かりはありますか？」レジーは靴を一足ずつ取り出して確かめていた。

「何もない。まことにおみごと。九サイズで幅は広め。死体がはいていた靴も九サイズで、足幅はやや広かった。服がどうしたって？　仕立て屋がみんなちがう？　服のサイズがどれも同じか調べるんだ。同じ男のために仕立てられたものかどうか」スーツがつぎつぎにベッドの上に広げられた。サイズはすべて同一で、ネームはどれも「W・H・ランド」だった。「まことにおみごと」レジーは満足そうな声でつぶやいた。「きっと死体にぴったり合うだろう。それにしても、ずいぶんデザインが種々雑多だ。その時々でちがう人物に見せるために洋服を着替えていたように思える。どこまでもとらえどころのない男――W・H・ランド」

ふたりは引き出しを開けた。なかにはスーツや靴と同様、さまざまなスタイルの靴下が大量に入っていた。「彼はとらえどころのない人間を演じようとしていたということか」レジーはつぶやいた。「ノミ屋《ブックメーカー》から葬儀に出席する教区委員にいたるまで。16½というカラーのサイズも死体と一致する。シャツにはネームが入っているかな?」

ネームはインクで直接書き入れられていた。もし取ってしまいたかったら、布のその部分を破り取らない限り不可能だ。「死体がランドだとしたら彼が着ていたシャツはどこからきたのだろう」レジーがつぶやく。「犯人は、コートに縫いつけられていたネームはちぎり取ることができた。確かにあのコートもサヴィルローで仕立てられたものだ。だがシャツは? 殺人犯は着替え用のシャツを用意してきたということか? 用心深い奴だ。じつに用心深い」

膝をついて洋服ダンスの引き出しを調べていたベルがうなった。「おお、この引き出しのなかは乱れています。初めて乱雑なものを見つけたぞ。しかも新品――袖を通していないシャツがあります」

レジーはなかをのぞき込んで口笛を吹いた。「ネームもついていない。死体が着ていたのと同じタイプのシャツだ。しかも引き出しのなかは乱れたまま。初めての乱雑な引き出し。よしよし。

どんな人間もどこかでミスを犯すものだ。彼はこのあたりから雑になりはじめたらしい。つまりシャツを着せベストに取りかかったころから」レジーはぶるっと身を震わせ、窓のほうを向いた。「寝室からは中庭が見下ろせるぞ」そう叫ぶと窓に背を向けて座り込んだ。「ふん！　ようやくわかった。犯人はきっとそうしたんだ」レジーはつぶやくと突然立ち上がった。「きみは幽霊の存在を信じるかい？」

「なんですか、突然？　驚かさないでください」ベルが文句を言う。

レジーは鏡台の前に立っていた。「やあ、すまない」引き出しを開けたり閉めたりしながら肩越しにあやまる。それから手に何かを持ってベルのほうをふり向いた。「悪気はなかったんだ。ベル、やはりカツラがあったぞ。死体はかなり禿げていた。だが、とらえどころのないランドはふさふさとした茶髪だった。ほら、ここに素敵な茶のカツラがある」

「でも血痕はついていませんよ！」ベルが叫んだ。

「ぼくが思うに、これはミスター・ランドの一番のお気にいりではなかった。殺されたときにつけていたであろう、そのお気にいりは今では見る影もなくなっているはずだ」

「それで説明がつきますね」ベルがゆっくりと言った。

「まだ浴室を見ていない」レジーが気づく。

ベルは肩をすくめた。

「見るべきものはないと思います」警部が口をはさむ。

「いや必ずある」レジーは重々しく言うと先頭に立って浴室へ向かった。

ある程度の広さはあるが豪華とは言えない空間に、入浴に必要な最小限のものが備えられていた。壁の下半分はタイル貼りで、床はリノリウム。レジーは入り口で立ち止まった。「ベル、何か気づいたことは？」

「真新しい感じがします」

「うん、清潔で気がきいている。すっかりお馴染みの整然としているというやつだ。だがタオルが一枚もないし、スポンジもない。寝室は、今夜ランドが帰宅したらすぐにでもベッドに入れるようになっていた――パジャマにブラシに櫛。何もかもあった。なのに彼はタオルを使わないのだろうか？　スポンジで体を洗わないのだろうか？」

「これはどういうことでしょう？」

「犯人は殺したあとに、ランドの体をここできれいに洗った。そして汚れたタオルや血まみれのスポンジを持ち去った。じつにきれい好き――こんなときまで整然としていなければ気がすまないらしい。そうだ、ちょっとここで待て」レジーは四つんばいになってバスルームへ入っていった。部屋のほぼ中央で止まり、リノリウムの床をじっと見ていたと思うと、今度は指先で触れている。それから体を起こすと立ち上がって窓のほうへ行き、開いて外に目をやった。窓敷居を調べてから、窓ふきがするようにそこに腰かける。そして窓枠を観察しはじめた。しばらくしてポケットナイフを取り出し、ひどく慎重な様子で窓枠から木片をひとつ削り取った。それを今度は陶の水盤の端に置き、さらにくわしく観察をつづける。それがすむと、再び四つんばいになり床を動きまわった。驚いたことには胸を床につけて体を伸ばし、バスタブの下をのぞき込む仕草までした。最後にようやく立ち上がったとき、手には何か光るものがあった。てのひらの上に乗せたそれを、ベルに見せる。

「なんですか？　マッチの箱？」

「そうらしい。金のマッチ箱――まあ、そう言っておこう。ほかに呼びようがない。蓋を開けると――なかには――細かな白い粉」――レジーはその匂いをかいだ。指の先につけて口に入れてみる――「コカインだ。もう入ってもいいぞ、ベル。存分に調べてきみの見解を聞かせてくれ。ぼくは指紋ひとつ見つけられなかった」そう言って彼は金の箱をポケットに入れた。

刑事がふたりやってきて、レジーよりさらに仔細にバスルームを調べた。「新たな証拠は何もありません」ベルが報告する。

レジーはバスタブの端に腰をかけていた。「うん、そうだろうね」穏やかに答える。「期待はしていなかった。だがここには事件の核心に迫るものがいくつかある――核心に迫るものが」

「わかりましたよ。フォーチュン氏を召還する、ですね」ベルがにやっと笑う。

「法廷の証言材料にはならないかもしれない。だが、ぼくらには確かにわかっていることがある。殺されたのはランドだ。あのとらえどころのないランド。彼は焼き捨てなければならないような書類を持っていた。そして、一撃かそこらで息の根を止められるほど力のある男に殺された。殺害現場はたぶん居間だろう。死後、ランドは服を脱がされてネームのない服を着せられた。おそらく、この浴室で。なぜなら顔をめちゃめちゃに潰し、さらには血で汚れた体をきれいにしなければならなかったから。リノリウムの床には彼が倒れたときのくぼみができている。そして彼は窓から投げ捨てられた。窓枠にはわずかだが生物反応がある。たぶん人間の組織だ。さっき削り取った木片からわかるだろう。殺人犯は、血塗られたすべてのものをひとまとめにして持ち去った。そして、ふたりのうちのどちらか——几帳面な殺人犯かとらえどころのないランド——そのどちらかはコカインを常習していた」

ベル警視は肩をすくめた。「とはいえ、あまり前進したようには思えないのですが。なんと言えばいいいか。つまり容疑者がまったく浮かび上がってきません」

レジーは何やらぶつぶつ言いながら木片を手にして浴室から出ると、居間へ戻った。ふたりの刑事も黙って彼につづく。そこでレジーはミスター・ランドのタバコケースからタバコを抜き取り、代わりにあの木片を入れた。

「これ以上ここに手掛かりはないと思う」レジーが部屋を見まわしながら言う。「ためしに明かりをつけてみてくれ。警部、スイッチを入れて……いや、待て。おや、あれはなんだ?」レジーはガス式の暖炉の前へ行き、ぴかぴか光る金属でできた見せかけの石炭の固まりから何かを拾い上げた。つぎには床に膝をついて、暖炉のなかをほじくりはじめた。「封筒を持ってきてくれないか?」そう言いながら、彼はガラスの破片を拾い集めている。

「なんですか?」

「縁なし眼鏡のブリッジの部分だ。うまくいけばレンズも再生できるかもしれない。殴られた衝撃でランドがかけていた眼鏡が飛び、粉々に割れた。それは犯人の想定外のことだったらしい」

「先生が見逃すものはないようだ。でも事件は依然として闇のなかです。わたしたちは誰ひとりとして確定できていません。ランドすら正体がわかっていない。フォーチュン先生はさっき彼のことをなんて言いましたか？　ある人間にとっては消さなければいけない男だったと言いましたね。わたしが思うに、ランドは何かを知っていた。でも、何を知っていたのでしょう？　そもそもランドとは何者なのでしょう？」

レジーはコートに袖を通していた。あの封筒とタバコケースを手に取ると、ぼんやりとした視線をベル警視に向ける。「確かに。今はまだわかっていないことが多い。いったいランドとは何者か？　やれやれ。いずれにしても、ここでの仕事はおしまいだ。警部、エレベーターを呼びにいってくれないか？」ベルとふたりきりになっても、レジーの表情はぼんやりとしていた。「うん、ランドは何者なのだろう？　それがわかったとして、ではサンドフォードとは何者か？」

「フォーチュン先生、この事件があっちの事件に関係があると？」

「それにしても、あまりに謎が多すぎる」レジーはつぶやいた。

4　告　発

のちにこの事件の話になると、レジーとローマスの意見は一致する。あれは純粋な芸術作品だったと。「下品な欲情や感傷の汚れがすこしもない生一本の犯罪。整然とした悪。印象的な事件だった」

「まったく同感だ」ローマスがうなずく。「似たような事件を扱うことはあるが、ここまで純粋なスタイルを貫いていたものはない。確かにフォーチュン、あの犯罪の陰にはある種の傲慢さが感じられた——目的への飽くなき野望、普通の価値観など無用という侮りとうぬぼれ。忌々しいほどの賢さ」

レジーは葉巻を一本選んだ。「偉業とも言える犯罪だった」ため息をつきながら言う。「どの点を取っても真に偉大な人物のなせる技だった。もし残酷でなかったらの話だが。心に憎しみさえ抱いていなければ、素晴らしい男だったろうに。しかし、その一点のために彼は悪魔になってしまった」

「ずいぶん倫理的な意見だな」ローマスが反論する。「きみは、あそこに美学を感じないのか?」

「もともと、ぼくは倫理的で健全な人間だ。そう、いたって健全さ。ぼくが狡猾な犯人を叩きのめす理由はそこにある。神よ、彼に救いをという気持ちを込めてね」

「確かに、きみは少年のように健全だ」ローマスはうなずいた。

しかし、ふたりのこの会話は物語のあと書きのようなもの。

事件の顚末《てんまつ》はここではまだ書かない(読者のみなさん、ご安心を)。話を惨殺死体が発見されてから数日後に戻そう。事件の局面を左右することになった重大ないくつかの場面に。

ローマスがベル警視と自室にいるところへ、キンボールがやってきた。彼はいつにも増して威勢が良かった。「何か新しい証拠は見つかったかね? きみの勘にぴんとくるものは? わかっているだろうが、わたしは捜査状況を知りたくてここへくるんだ。それが喜びでね。くわしい説明ほどよい。ところで今日はどうかね？」

「申し訳ありません。特に目新しいことが何もなくて」ローマスが答える。「ただ、フォーチュンがあなたからいくつか情報をいただけるのではと言っています」

「わたしが？　ばかなことを言わないでくれ。知っていることはすべてきみに話したじゃないか。それに、わたしの話を聞きたいと言いながらフォーチュンくんの姿は見えないじゃないか」

そこへレジーが登場した。「お待たせして申し訳ありません」彼らしいごく軽やかな口調でわびる。「いろいろなことが一度に押し寄せてきてしまって。新事実があちこちに。やれやれ」レジーは椅子に乱暴に腰を下ろすと、きょとんとした顔で三人を見た。「ええと、今日はなんでしたっけ？　ああ、そうだ！　思い出した」微笑んでキンボールにうなずく。「あの男についてあなたにお訊きしたかったのです」

キンボールは――彼の性格を思えば当然だが――この手のやり方を好まない。「きみが何か重要なことを手の内に隠しているのはわかっている。無駄な時間を使うはやめよう」

「何が重要で何が重要でないかを見極めるのは、どうしてこんなに難しいのでしょうね？　でも最後にはすべてがわかる」

「きみは、そう考えているのかね？　この事件の核心は石炭にあると？」

「ぼくは、そうは言ってはいません」レジーは慎重に答えた。「ちがいます。コールランプ計画は多くのなかのひとつにすぎません」

「じゃあなぜ、きみはわたしを煩わせるのだ？」キンボールが声を荒げる。

レジーは急に立ち上がった。「あなたが知るべきことがあるからです」背広の衿を正してから再び椅子に座り、考えていたことを話しはじめる。「去年の終わり——具体的には去年の十二月——さらにくわしく言えば五日から二十九日のあいだに——クイーンアンストリートのとある個人病院で——正確な住所は一〇〇三——ある男がジェンキン・トテリッジ医師のもと中耳炎の手術を受けて入院していた。男の名はメイソン。あなたは何度か彼を見舞いにいきましたね？　メイソンというのは何者ですか？」

キンボールはレジーをにらみつけるように見ていたかと思うと、椅子に座ったまま体の向きをくるりと変えた。彼の特徴である唐突な動作の一種だった。嗅ぎタバコ入れを取り出し、ひとつまみ吸う。「所詮まちがいとわかる大発見《メアズネスト》だな」笑いながら、またひとつまみ吸った。

彼の言葉を聞いてレジーが激しい勢いで席を立ったために、ふたりの腕がぶつかり合った。

「聞きまちがいかな？　メアズネストとおっしゃいましたか？　どういう意味でその言葉を？」

キンボールも立ち上がった。「きみはぼくに時間を無駄使いさせているという意味だ」

「それでは説明にはなっていません」レジーがぶつぶつと言う。「あなたはメイソンに会いにいかなかったとおっしゃるのですか？」

「これ以上くだらない話につき合ってはいられない」キンボールが叫んだ。「確かにわたしはメイソンを訪ねた」

「ほら！　それで彼は何者ですか？」

「ジャック・メイソンは昔馴染みだ。わたしは成功したが、彼はうまくいかなかった。この十年ほどは会うこともなかったが耳の手術を受けて心細くなったのか、わたしに手紙を書いてきた。しかたなく昔のよしみで見舞いにいったというわけだ。しかし、それがスコットランド・ヤードとどういう関係があるんだ？」

「そのメイソンこそ、モントマレンシーハウスで顔をめちゃめちゃに潰されて死んでいるのが見つかった男です」

「まさか！　あのメイソンが？　なんと痛ましい。しかしどういうことだ？　新聞では被害者の名をランドと報じているが」

「メイソン、またの名はランド。ランド、またの名はメイソンなのです。メイソンとは何者なのか？　そして、なぜ彼は殺されなければならなかったのか？」

キンボールの動作がまたぎこちなくなった。「彼が殺された？　彼は窓から落ちて死んだのだろう？」

「彼は殺されたのです」

「なんと、無慈悲な！　ジャック・メイソンが殺された？　信じられない。想像もつかない。わたしがどんなに混乱しているか、きみにわかるか？　わたしは彼と何年も会ってはいなかった。だから、彼が死んだなんて今も信じられない。だが、なぜメイソンはランドなどと名乗っていたのだろう？」

「彼は何者ですか？」レジーは質問を鋭く、くり返した。

「わたしにもわからない」キンボールは笑った。「彼はいつも閉鎖的だった。知り合ったときは小さな代理店をやっていた——植民地の産品とか何かを扱っていた。その後は不動産建設に関わっていたと思う。人にはいつも適度な距離を置いて、決して立ち入ってはこない。非常に控えめな男だった。謎めいて見られることを好むというか。彼ならふたつの名を使っていたとしても不思議はない」

「なぜ彼は殺されたのですか?」レジーがまた質問する。

「わたしはきみの力にはなれないと思う」

「ほんとうに?」

「ああ、申し訳ないが。もしきみが何か新しい事実を手に入れたらすぐに知らせてほしい。では諸君、失礼するよ」キンボールはせわしなく部屋を出ていった。

「フォーチュン先生でしたら、今日の彼はちょっとあせりすぎだとおっしゃりたいところでしょうね?」ベル警視が言った。

レジーはペーパーナイフを手に取って、床に膝をついた。刀身で少量の白い粉をすくって立ち上がる。「ぼくが彼の腕を突いたのを見ていただろう?」レジーが言う。「そして、ここにコカインが落ちている」彼はローマスの紙ばさみを箱からぶちまけて、代わりにその粉を入れた。「覚えているかな? ここで初めてぼくらが会ったとき、彼は嗅ぎタバコを吸っていた。その前後の彼の行動はどこか不自然だった。そのあと、ぼくが彼の立っていた窓際へ行ったのは彼が吸っていた粉が落ちていないかと思ったからだ。だが彼は用心深かった。そう、キンボールは用心深い男だ」

「確かに、彼は憎らしいほど用心深い」ローマスもそう言って、レポート用紙に一字一字ていねいに書きはじめた。

しばらく沈黙がつづいた。「申し上げますが」ベル警視がその沈黙を破った。「先生は、あの殺人は狂人の仕業だとおっしゃいました。つまりは、キンボール氏は麻薬中毒で自分の行動に責任が取れないということですか？」

「いや、ちがう。キンボールは麻薬中毒ではない。彼は、ぼくらがウィスキーを飲むようにコカインを吸っているだけだ。決してその奴隷になっているわけではない。大酒飲みと同じと思えばいい。そこが彼の能力を邪魔している唯一の弱点だ。だからあの浴室にコカインの箱を置き忘れたし、動作がときにぎこちなくなる。それでもなお彼は大いに有能だがね」

「先生は狂気についてお話しされていました。それがこの事件の特徴だと」ベルは喰い下がった。「先生は内心、どう思っているのですか？　キンボール氏が殺人を犯したと十分に考えられると？」

「彼はいわゆる狂人ではない。自分のことをジュリアス・シーザーとも、ポーチドエッグとも思ってはいないよ。ズボンをはかずに外へ出ることもなければ、赤いものを見て突進することもない。だが、どこか異常だ。これが肉体の問題なら形態異常とでも言うのだが、彼の場合は魂の病気だね」

「彼の魂ですか」ベルが暗い表情で言った。「わたしは、彼はクリスチャンではないと思います」

「彼の宗教を知りたいものだ」レジーも同じように暗い顔で言う。「きっと参考になるだろう」

ローマスが苛々と鉛筆を机に打ちつけた。「我々は伝道者じゃない。警察官だ。さて、つぎはどうする?」

「逮捕状を出してキンボールを捕まえるだけだ」レジーが事もなげに言った。

ベルとローマスは顔を見合わせ、それからふたりでレジーを見た。「わたしには、事の経緯がわからない」ローマスが言った。

「あの死体は確かにメイソンだ。手術の跡にかけて証言するつもりだ。手術したトテリッジも、彼がまちがいなくメイソンだと証言するだろう。キンボールも彼を何度か見舞ったと認めている。死体が投げ捨てられた窓のある浴室にはコカインの入った嗅ぎタバコのケースがあった。〈ショートマン〉は、あの箱は自社の製品で同じ品をキンボールが買ったと証言するだろう。しかもキンボールは麻薬を吸っている。一応の証拠のある事件《プライマ・ファシィ・ケース》だ」

「なるほど。だが、そういう理由だけで容疑者を絞首台に送ろうとする陪審員がこれまでいたか?」

「もっと慎重にならなければいけません」ベルもぶつぶつと言った。

レジーは笑った。「キンボールが大臣だからそんなふうに言うのかい?」

「フォーチュン、冷静になれ」ローマスが叫んだ。「もし容疑者に確かに不利な証拠があれば、それが誰であれ公判にかけることができる。わたしはコネがあるからと言って、罪に目をつぶるような人間ではない。だが、この程度の証拠で大臣を殺人罪で告訴することは不可能だ。これで何が立証できる?」ローマスはレポート用紙を持って読み上げた。「『三つの事実――キンボールは殺された男を知っていた。キンボールの所有物に似ている嗅ぎタバコの箱が殺人現場で発見された。箱にはコカインが入っており、キンボールはコカインを常用している』状況証拠というのは最も効力が薄い。裁判官も陪審員も重要視しない。ここには動機も、犯罪の手口の説明もない。フォーチュン、きみが反対の立場だったらどうする？　こんなもの、あっというまにずたずたに引き裂いてしまうだろう？」

「反対の立場？」レジーはローマスの言葉をゆっくりとくり返した。「ぼくは弁護人ではないよ、ローマス。いつだって立場はひとつ。ぼくは正義の味方だ。犯罪被害に遭った人たちの味方だよ」

ローマスはレジーをじっと見つめながら言った。「わかった。確かにそうだ。我々もみんな気持ちは同じだ。しかし気を悪くしないで聞いてもらいたいのだが、きみがこの事件に限って説教口調になるのはなぜだい？」

「わたしも同じことを思っていました」ベル警視が言って、ふたりは不思議そうにレジーを見た。

「なぜぼくがこんなに倫理的になるかって？　それはこの事件があまりに反倫理的だからだ」レジーの口調は激しかった。「最も憎むべき犯罪とはなんだと思う？　それは人間の心の内にある欲望、飢え、敵意。さらにこの事件は極悪非道ときている。邪悪のための邪悪。ローマス、たとえ解決に至ったとしても、この事件は不可解で無意味で、ただひたすら悪への情熱にすぎないとしか思えないだろうね」

「つまりミスター・キンボールが狂人だと？　フォーチュン先生の意見はやはり、そこへ戻るのですね？」ベルが訊いた。

「法律的な狂人ではない。精神病理学上の狂人でもない。彼は心のなかに悪魔を飼っているということだ」

「フォーチュン、驚かせるなよ」ローマスが言った。「どうも、きみはひどく迷信的になっているらしい。尊敬すべき紳士が悪魔を飼っているなんて！　そんなことあるはずがない。この二十世紀の現代に。しかもきみは科学者だ。きみの評判を考えてみたまえ――願わくばわたしの評判も。我々が悪魔に向かって何ができる？　悪魔払いでもやれと言うのか？」

「ローマス、きみはキンボールを告訴したくはないのかい？」レジーの問いかけに、ローマスは明らかに否定の表情をした。「わかった。きみは、相手が政府の人間だから特別扱いするんだな。だが、考えてもみろよ。今回のようにきみが、被疑者不詳ではあるが一応の証拠のある事件を扱っていたとする。そこへぼくが、たとえばサンドフォードを逮捕するに十分な材料を用意してきたら、きみは彼を被告席へ送るだろう？　ローマス、良心はどこへ行った？」ベルとローマスが再び顔を見合わせた。「なぜサンドフォードを引き合いに出したんだ？」ローマスがゆっくりとした口調でたずねた。

「それはどうでもいいことだ。ぼくの質問に答えてほしい」

「きみがそんなにこだわるのなら仕方がない、答えよう。その男を一応の証拠のある事件のかどで告発して抗弁を求めるだろうね」

レジーはテーブルを激しくたたいた。「そういうことか！　名もない男ならいい――裁判にかけることができる。しかし大臣はいけない。きみを見損なったぞ！」

「フォーチュン、世のなかとはそういうものだ。もしわたしが今あるだけの証拠でキンボールを告訴しようとしても取り下げられることは、きみだってよくわかっているだろう？　もっと有力な証拠が手に入らない限り、これ以上は進められないね。現実的になれ、フォーチュン」

レジーは微笑んだ。「ぼくはきみを責めているわけじゃない。それだけは強く言っておきたい」

「感謝するよ。我々もキンボールは怪しいと思ってはいるんだ」

「そう思うなら、なぜ彼を見張らない？」

「わかった、そうしよう。キンボールを見張れというのはもっともだ。だがフォーチュン、今朝のきみはすこし様子がおかしいぞ。キンボールをさぐりたいなら、なぜあんなふうに手荒に扱ったのか？　あれではまるで、殺人事件の犯人だと言わんばかりじゃないか。なぜわざわざ、彼の警戒心をあおるようなことをしたのかわからないな」

「彼に衝撃を与えたのは確かだ」レジーが満足そうに答える。「だが、あれは意図してのこと。きみの言うとおり、キンボールは警戒をさらに強めると思う。しかし彼は、ぼくらがもっと多くの証拠をつかんでいると誤解しただろう。つまりは彼を怯えさせたというわけだ。その怯えが彼にどんな影響を与えるかを見たいと思ってね」

ローマスはレジーをじっと見た。「自分を倫理的な人間だと言うわりには、ずいぶん邪悪なことをする」

「フォーチュン先生、ひとこと言わせていただきたいのですが」とベルが口をはさむ。「わたしたちはキンボール氏のことをいささか性急に判断している気がします。わたしもいろいろ考えてみました。彼はクリスチャンではない——つまり信仰心のない人間だという思いに変わりはありません。でも彼は非常に汚《けが》れのない生活を送っていることも確かです。ずっとそうでした。節度のある暮らし、控えめな態度、有能なリーダーでありながら部下には寛大で、人助けのためならいつでも寄付をいとわない」

「キンボールは何者だい、ベル？」レジーが静かにたずねた。

「えっ？」ベルは真意をはかりかねるようにレジーの顔を見つめた。「彼の経歴でしたら周知のとおりです。実業の世界への第一歩はリヴァプールの綿市場。それからゴム市場へ参入し、ロンドンへ出てきたのです。これが彼の経歴です。単純明快でしょう？」

「つまり人は彼の陰の部分を知らされていないということか」

「フォーチュン、きみはちょっと厳しすぎるよ。キンボールの魂でも狙っているのか？」ローマスが皮肉な表情で言う。

「キンボールは何者か？」レジーはこだわった。「ここにふたつの謎がある。キンボールは何者か？　サンドフォードは何者か？」

「きみは最後の審判でも望んでいるんじゃないかと不安になるよ」ローマスが言った。「汝らすべての心を開き、すべての欲望を知らしめよ（祈禱書の一節）——とでも言いたいのか？　だが、ここから記録天使（人の善行・悪行を記録するとされる）に電話をかけるわけにはいかない。長距離だから高くつく」

「きみが世事にたけていることは承知しているよ。しかし自分の世界しか見ていない。もっと広くまわりを見まわすことだ、ローマス。ぼくは、そうしているよ」レジーは一枚の新聞の切り抜きを取り出した。

ローマスが声に出して読む。「サンドフォードについて知りたし——一八八二年から一九〇〇年のあいだ、ランカシャーからスランフェアフェヒアンへ移住したエレン・イーディス・サンドフォード夫人についての情報求む。お心当たりの方は至急ご一報されたし。XYZ」ローマスは目を上げた。「ランカシャーだって？　これは推測か？」

レジーはうなずいた。「ノースウェールズの住民のほとんどはランカシャー出身だからね」

「まあ、害はないだろう。つぎは、キンボールの感傷的な乳母の尋ね人広告を出せなんて言わないでくれよ」

「彼の姉妹や従兄弟や伯母もさがしてもらうのもいいな。そのうちたのむよ。だが、まずは彼から目をはなさないでくれ。正確には、彼らふたりから」レジーはひとりうなずくと、自信に満ちた様子でゆっくりと部屋を出ていった。

ローマスがタバコに火をつけ、ベルにも一本すすめる。ふたりはしばらく無言でタバコを吸いつづけた。やがてローマスが言った。「まったく頭脳明晰な男だ」

「同感です」

「ときどき、彼の頭があまりに良すぎると思うことがある。だが、彼には危険で不可解な部分もあることを忘れてはいけない」

「わたしも気づいていました……」自信がなさそうにベルが言う。「ある程度は。もちろんあの方は知識が並はずれて豊富です。人が知らないようなことまでよくご存じだ。でもその点には納得がいくのです。部長を戸惑わせるのは、フォーチュン氏が人の心を感知する方法ではないですか？　彼には、わたしたちにはない特別な感覚が備わっているように思えます。人の心を感じ取る不思議な感覚が」

5　解　答

レジー・フォーチュンへのふたりの賞賛は翌日、激しく揺らぐことになる。それは一本の電話ではじまった。遅い朝食をすませ、くつろいでいたレジーにスコットランド・ヤードから電話がきた。相手はベル。サンドフォードがキンボール氏の家を訪ねたと知らせるよう、ローマスから命令されたという。レジーは答えた。「それは、たいへんだ！」十五分後、彼はローマスの部屋で情報が確かかどうかを確認していた。疑いの余地はない。サンドフォードのアパートを見張っていた刑事がヴィクトリア駅まで彼のあとをつけ、キンボールの家があるオルウィンストウまでの切符を買うのを見た。刑事も彼を追って列車に乗った。

「新しい動きだ」ローマスが言う。「彼の行動の意味を解説してもらえればありがたい」

レジーはテーブルに手をついた。「思いつかない。わかるわけがないじゃないか。ぼくらは彼らがどれだけ知っているかも知らない。ふたりのうち一方だけが知っていて、もうひとりが知らないことがあるのかさえわからない。ぼくにできることはサンドフォードの心のなかを想像するだけ――それがなんになる？　〃こんな夢想を心に描く　わたしという存在はなんだろう　夜の闇に泣く幼子か　光を求めて泣く幼子か　言葉も知らずただ泣くだけの存在であろうか〃（イギリスの桂冠詩人テニスンの長編詩『イン・メモリアム』の一節）ローマス、これが今のきみの心境だろう？」

「今朝のきみは倫理観にあふれた聖人ではなさそうだな」ローマスが不機嫌な声で言った。

「ローマス、意地悪なことを言うなよ。耐えられない。願わくば、ぼくもそこへ行けたら！」

「部下をふたりすでに張りつかせている――ひとりはサンドフォードに、もうひとりはキンボールに。ふたりは鉢合わせするだろうよ。きみならどうする？」

「妙案はない。どうしてぼくに訊くんだ？　何もうかんでこない。だから苛々しているんだ」

ローマスが厳しい表情で仕事があると言うと、レジーは必ず戻ってきて昼食に誘うからと言い残して去った。ローマスには彼の言葉がなかば脅迫にも聞こえた。

レジーが戻ると、ベル警視も部屋にいてローマスは受話器に耳を傾けていた。ベルがレジーを奇妙な目つきで見る。ローマスが青ざめた無表情な顔を受話器から上げて言った。「サンドフォードがキンボールを殺した」

「なんてことだ！　いつかこんなことになるのではと思っていた」レジーがぶつぶつと言う。

「やはり、彼はやってしまったのか！」彼は唇をかんだ。ローマスは電話をつづけた。事件の詳細をたずね、指示を与えている。「手短に話して、早く電話を切ってくれ」レジーが横から口をはさむ。「お願いだローマス、ぼくらもすぐ行こう。部下にはキンボールの家で待機しろと指示するんだ。外にぼくの車がある」

ローマスはそのとおり言って電話を切った。「急がなければ」彼も認めた。「大臣が殺されるなんて異常事態だ。嘆かわしい。おぞましい事件だ！　すでに状況は明らかになっている。サンドフォードは歩いてキンボールの家へ向かっていた。道の途中でキンボールに会った。公園の池にかかる橋の上で、もみ合いになった。キンボールが池に投げ込まれた。彼は叫んだ。『不埒なやつめ！　わたしを殺したのはお前だ』見張っていた刑事たちが駆けつけて彼を引き上げたときには、もう息はなかった。これで全部だ。これで、キンボールへのきみの疑いも消えただろう？」

「やれやれ」レジーはまつ毛の奥から視線を送りながら、ゆっくりとした口調で言った。「ローマス、なぜそんなふうに言える？　彼は、ある深い闇から、また別の深い闇に入っただけだ。とにかく現場へ行こう」

「昼食はどうする？」

「そんな暇はない！」レジーは言い捨てて部屋を出た。

レジーほど食べ物に執着がないローマスとベルだが、昼食を抜く気にはなれなかった。サンドイッチを選んでから外へ出ると運転席にはレジーが座っていた。

ふたりは恐怖に満ちた視線をかわした。「わたしはフォーチュン先生の運転に耐えられるほど若くはありません」ベルがつぶやく。

「以前に彼の運転でウォーキングまで行って幸運にも生きて帰れたときに、二度と乗らないと心に誓ったのだが」ローマスも言った。

しかしレジーのばかていねいな「どうぞ、お乗りください」という言葉には従うしかなかった……。ローマスの証言によれば、車がスピードをゆるめたのは、クロイドンのあたりで老婦人がハンカチを落とすのを見かけたときだけだった。彼が最も怖ろしかったという瞬間と、ベルのそれとは意見が異なる。ローマスはオルウィンストウの交差点でのトレーラーとの一件をあげ、ベルはマーサムでバスと馬車を巻き込みそうになった瞬間をあげる。だが、オルウィンストウ・パークへ着いたときには冷や汗をぐっしょりかいていたという点では、ふたりの意見は一致している。

刑事が玄関に飛び出してきて、ベルとローマスが手を貸し合って車を降りる様子を神妙に見ていた。レジーは彼に駆け寄った。「きみはどっちの担当だ？」

「なんですって？　ああ、わたしはホールといいます。キンボール氏のほうです。サンドフォードにはパーカーがついていました」答えると彼はローマスのほうを見た。「ローマス部長、お疲れさまです。電話を差し上げたのですが、すでにこちらへ向かわれているということでしたので」

「きみも電話をくれていたのか？」

「パーカーから連絡を受けて、すぐに電話を差し上げました。とても奇妙な事件でして」

「パーカーはどこだ？　それにサンドフォードは？　きみはとっくに彼を逮捕したと思ってきたのだが」

「それがまだでして。厳密に申し上げますと、逮捕していません。命令が下るのを待って拘留しています」

「用心深いにもほどがある。パーカーは殺人が起きた瞬間を見ていたのだろう？」

「そうとも言えますが、そうとも言えません。パーカーにしても同じことと思われます」

「たよりないやつらだ」ローマスが言う。「それで、肝心のパーカーはどこにいる？」

「ご指示に従って、サンドフォード氏を監視しています。わたしもパーカーの話は、ほぼ正確だと思います。でも、すこし異議があります」

ローマスは周囲を見まわした。家は目の前だ。「庭を歩きながら聞こう」刑事に答える。「パーカーからは、ふたりが池にかかった橋の上でもみ合いになり、キンボールが池に投げ込まれたと聞いている。そのときキンボールは『不埒なやつめ！　わたしを殺したのはお前だ』と叫んだとも。ところが、きみはそれが殺人ではないと？」

「パーカー部長刑事は『投げ込まれた』と言ったのですか？」ホールは驚いたように言った。

「いや、ちがう」ローマスが記憶をたどりながらゆっくりと言った。「そうだ。パーカーは、キンボールは投げ出されたと言った」

「そちらが正しい」ホールは心からそう言った。「しかし、この事件はもっと奥が深いと思います。キンボールが家を出てきたとき、わたしは庭園で彼を待っていました。池のそばでは彼の命令で庭師たちが作業をしていたので、わたしはつかず離れずであとを歩いていきました。キンボールは駅へ向かっていたようです。橋にさしかかったとき、彼は手すりを確かめるような仕草をしました。手すりはたよりない感じで――丸太造りなんです――つかむと、すぐにもはずれそうでした。彼はそれをぐっと押してみてから、また歩きはじめました。途中で彼はサンドフォードに出会い、また引き返してきました。わたしは急いで身を隠さなければいけません。ふたりはキンボール氏の屋敷へ戻るだろうと思ったので、走って生け垣に飛び込みました。ちょうど池の向こう側です。シャクナゲの茂みに身を隠して、ふたりが通り過ぎるのを待ちました。パーカーはふたりがよく見える位置から尾行していましたが、わたしもごく近くにいたというわけです。わたしの話を信じていただけるなら、争いを起こしたのはキンボールで、しかも彼は突然そういう状況を作り出したんです。さっきまで仲良く歩いていたというのに、つぎの瞬間サンドフォードを挑発するようにひどい言葉を浴びせていました。とても早口だったのですべては聞き取れませんでしたが、卑劣な言葉がつぎつぎに飛び出していました。そしてキンボールはサンドフォードに殴りかかったのです、サンドフォードは体当たりするような感じで防ごうとしました。そしてキンボールは水中へ転落していきました。ついさっき彼が今にもはずれそうになっているのを確かめた手すりのあの部分から。落ちる瞬間に彼が『不埒なやつめ！　わたしを殺したのはお前だ』と叫んだのは確かにほんとうです」

「なるほど。そういうことなら、サンドフォードは殺人犯ではないね」話を聞いてレジーが言った。「キンボールの最後のカードを切り札で切ったぞ」

「先生、どういう意味ですか？」刑事がたずねる。

「切り札はきみだ」とレジー。「気分が良くなってきた！　このあたりに昼食が食べられる気のきいた店はないかな？　ローマス、一緒にどうだい？」

「わたしは遠慮する」ローマスが答える。「サンドフォードに会いたい。キンボールの家へ行こう」

サンドフォードは死んだキンボールの書斎で安楽椅子に座り、本を読んでいた——レジーがひそかに感嘆したことに、シドニー・ウェッブ（一八五九〜一九四七。英国の経済学者、政治家）の労働組合の歴史に関する著書だった。パーカー部長刑事は居心地悪そうに、机で自分の手帳に目をやっていた。

「パーカー、ご苦労だった。もういいぞ」ローマスは彼を解放した。「これはこれは、ミスター・サンドフォード。お引き留めして申し訳ない。あってはならない不幸な事件が起きてしまいました」

「やあ、ローマスさん。あやまる必要はありません」サンドフォードはいつもの彼とまったく変わらない様子で答えた。「事件についての説明を求めるのがあなたたち警察の仕事だと承知していますから。きのうの午後、キンボール氏がわたしのアパートへ電話をかけてきました。彼がどこからかけているのかはわかりませんでした。わたしの事件——事件という言葉を使ったのは彼です——わたしの事件が新しい展開を見せたので、翌朝自宅まで会いにきてほしいと言われました。乗るべき列車の時刻まで指定されて。郊外の彼の家まで呼び出されることに違和感を覚えましたが、ことわるべき適当な理由もないので従いました。それで今朝指示どおりにきたというわけです。駅に迎えの車がないのでおかしいなと思いつつ、しかたなく彼の屋敷へ向かって歩きはじめました。すると道の途中で彼に会ったのです。彼はどうでもいいような話をつづけました。いくぶんぎこちない感じがしましたが、彼にはよくあることです。でも、話は一向に本題に入りません。池にかかる橋を渡りはじめるまでは、彼はとても友好的でした。ところが橋の上にきたとたん、彼はなんの前触れも理由もなくわたしに攻撃的になり、口汚く罵りはじめたのです。乱暴で下品な言葉をつぎつぎに浴びせられました。キンボールが殴りかかってきたので、わたしは身を守りました。とても怖ろしかったです。ご存じのとおり彼はわたしよりずっと体格がいいうえに、狂ったように取り乱していましたから。しかし驚いたことに、というより助かったというのが本音ですが、彼に抵抗することができたのです。わたしは彼の体を押しました——すると、いとも簡単に——彼が背にしていた橋の手すりの一部がはずれ、彼は池に落ちたのです。『不埒なやつめ、わたしを殺したのはお前だ！』と叫びながら。わたしには、彼が自分の行為に対して正当な判断ができる状態だったとは思えません」

「ご協力に感謝します」ローマスが言った。「ひどい苦痛を味わわれたことでしょう」

「異常な体験でした」サンドフォードが答える。「わたしはもう帰宅してもよいのでしょうか？」

「もちろんです」ローマスは彼を不思議なものを見るような目で見た。「あなたは人並みはずれて冷静な心をお持ちだ。検死審問《インクエスト》では、当然あなたの証言も求められるでしょう。だが、わたしはあなたのお話を全面的に信じます」

「ありがとうございます」サンドフォードは言った。その声には、自分の話を疑う人間がいるなんて考えられないという驚きの表情が感じられた。「午後三時三十五分に列車があるそうなので、これで失礼します」

「ちょっと待ってください」レジーが声をかけた。「キンボールに憎まれるような理由を何か思い当たりますか？」

「まったくありません」サンドフォードは不快感もあらわに胸を張って言った。「彼とのつき合いは短かったですし、完全に仕事だけの関係でした。わたしの仕事ぶりに彼が不満を抱く理由はまったく思い当たりません」

「だが、彼はあなたを殺そうとしたか、あるいは彼を殺した罪であなたを絞首台へ送ろうとした」

「もしそうだとしても、彼の頭がおかしくなっていたとしか思えませんね」

「コールランプ計画の仕事で頭がおかしくなり、それであなたを破滅させようとしたのでは？」

「つまり」サンドフォードが言った。「先生は、あの恥ずべき金融事件の中心人物はキンボール氏だと？」

「ほかに誰か考えられますか？」

「まさか、そんなことが――あなたには驚かされる。つまり、大臣の身でありながら彼は省の秘密を売ったとおっしゃるのですか？」

「キンボール氏がそんなはした金に目がくらむはずはないとお考えですか？」

「ええ、気の毒に彼は頭がおかしくなっただけだと思います」サンドフォードは沈痛な表情で同情をもらした。

「では、そういうことにしておきましょう。では、なぜ彼の頭がおかしくなったのでしょう？なぜあなたを憎んだのでしょう？　よく思い出してください。キンボール氏とあなたのあいだに何かつながりはありませんか？」

「彼が議会で頭角をあらわすまでは名前さえ知りませんでしたし、大臣に就任するまで会ったこともありません。わたしたちの関係はつねに礼をわきまえたものでした。キンボール氏が精神異常だなんて、今も信じられません。病的な嫌悪感の原因を見つけると何かわかることがあるのですか？　わたしはそちらの分野の勉強をしたことはありませんが、ひとつだけはっきりしているのは彼の様子はまったく常軌を逸していたということです。捜査のお役に立てなくて申し訳ありません。では、列車に遅れるといけないので失礼します」

「ぼくは彼を好きになりはじめたよ。ばかがつくほど正直な男だ」サンドフォードを見送ってからレジーが言った。

「温かい血が通っているとは思えないね」とローマス。「自分がもうすこしで死ぬところだったことにさえ全然気づいていないようだ。あんな嘘みたいな話を聞いたことがあるか？　もし我々が真実だと知らなかったら、絶対に信じないところだ。ホールが茂みに隠れて見ていてくれて助かった！　そうでなければ、我々は表面的な事実だけで判断を下しただろう。キンボールに疑われ責められていたサンドフォードが突然キンボールの屋敷に向かった。キンボールに会い、争い、池に落としたと」

「そして同じ公園のすこし離れた場所で作業をしていた庭師たちが彼らがもみ合うのを目撃し、キンボールが自分は殺されたと叫ぶ声を聞いていた」とレジーがつづける。「その庭師たちの存在を忘れちゃいけないよ。彼らは最も興味深い役まわりだ。キンボールはつねに、あらゆることに思いをめぐらす人間だった。彼は、わざわざ庭師たちをそこに置いていたんだ。自分に有利な証言を得るのにちょうどいい距離の場所に。彼らがそこで作業をしていた真の意味に、きみは気づかないかい？」

ローマスは椅子に座り込んだ。「わたしは偶然だと思うが」

「ローマス、ばかを言うなよ！　死んだキンボールの周囲に偶然なんてありえなかったじゃないか。庭師たちはサンドフォードを絞首台へ送る証言をするために、そこにいたんだよ。ということは、キンボールにはサンドフォードを池に落とすつもりは最初からなかった。彼は自分が落とされて殺され、その罪でサンドフォードが捕まることを望んでいたんだ」

「そうかもしれない」ローマスも認めた。「似たような事件は以前にもあった。だが、また狂人が計画したものだとは言わせないぞ」

「犯人は法的に見た狂人でも、医学的に見た狂人でもないとぼくは言ってきたはずだ。だから彼の今回の行動もぼくには納得できる。自分が死ぬことで敵を殺すことができるなら死んでもいいと考える人間は大勢いるはずだ。そうしないのは、方法がわからないから。だが、キンボールはそれが可能な人間だった！」

「確かに可能だった！　刑事たちがそこにいなければ、サンドフォードは簡単に絞首刑になっていただろう。彼の話を信ずる者はいなかったはずだから。どうして彼はここへきたのか？　キンボールから電話があったという証拠はどこにもない。サンドフォードはなんの目的できたのか？　正当な理由も見当たらない。キンボールに疑惑の目で見られてサンドフォードは腹を立てていた。そこで彼は殺人を計画し、実行した。陪審員の下す評決は目に見えている」

「まったくそのとおりです」ベル警視が言った。「フォーチュン先生がいなければ、彼は身を滅ぼしていたでしょう。わたしたちの仕事では、まずめったに起こりえないことを先生はされた。

なんと言えばいいのか――つまり殺人が起きる前に、その男を殺人の罪から救うという」

「えっ、今なんと言ったのかな？」レジーは別のことを考えていたようだった。「ああ、だからキンボールから目をはなすなと言ったんだよ。彼の身分ではお供の者なしで外出することはまずありえない。ぼくらは彼に不利な証拠をつかんでいるように見せかけた。キンボールは、自分がどこにいようと、ゲームに勝つのはぼくらだと考えていたと思う。だが、そうだろうか？ ぼくはそうは思わない。なぜ、キンボールはサンドフォードを憎んでいたのだろう？」

「狂った男の妄想ですよ」

「つまりきみは、彼がサンドフォードの髪型が気にいらなかったとか、サンドフォードのことをドイツ人スパイだと思っていたとか言いたいのかい？ ちがう。キンボールはそういう種類の狂人ではない。ローマス、きっとそこにはぼくらが知らないことが何か隠されているはずだ。異常な何かが。しかしその何かは、正気の人間なら誰でも感じるものだろう。ぼくの一番お気にいりのシャツを賭けてもいいね」

「正気の人間が感じる異常な何かをさがしにいこうと言うのか！」ローマスが言う。

「おおむね誰にだってそういう感情はあるものだ」レジーは説明した。「たとえば美しい娘と結婚した友人を憎んだことはないかい？ 聖人ぶらずに答えてくれ」

「キンボールもサンドフォードも結婚していません」ベルが大まじめに言った。

「どうしてわかる？」レジーがやり返す。「確かに、ぼくも彼らは独身だと想像はしている。だが、ほんとうにそうかどうかは知らない。そんなふうに、ぼくらは彼らについてじつは何も知らないのだ。ぼくらがゲームに勝ってはいないと言う理由はそこにある。まあ、今はこのへんにしておこう。何か食べにいかないか？　村にこじんまりとしたパブがあった。ここへの道できみがあの牽引車に無駄な大声をあげていたとき、ぼくはしっかり目星をつけていたんだ。キンボールの家の料理はご免だからね」

6　ジェーン・ブラウン

数日後、ウィンポールストリートへ昼食に招待したいという手紙がローマスに届いた。

「きみに感謝している」レジーは書いてきた。「ぼく自身にも感謝している。オルウィンストウでの夕食《ハイティー》をぼくは忘れたい。あのピクルスを覚えているかい？　あのベーコンは？　豚をどう調理するとあんな味になるのだろう？　このままだと神経衰弱になりそうで怖い。ネマトーダ研究者より」

当然、ローマスはレジーに会うと開口一番にネマトーダとは何かとたずねた。

「聞かないほうがいいよ」レジーはため息をついた。「厄介で気分の悪いものだから（ネマトーダとは線虫のこと）。だが、ぼくらの世界に相通じるものがある。彼らは動物界の犯罪者に巣くって生きている、ろくでなし野郎さ。嘆かわしい世のなかだ、ローマス。犯罪のことはみんな忘れてしまおう」

一時間と三十分のあいだ、ふたりはそのとおりにした。昼食が終わろうとしていたころ、ローマスが夢見心地で言った。「フォーチュン、きみはほんとうにすごいやつだ。どうしたら、そんなになんでも記憶していられるのか。いつも感心するよ。最も魅力的な性質だ。それにくらべてわたしは、きみに何か言いたくてきたはずなのにそれが思い出せない。さて、なんだっただろう。一体全体、それ以外のことは全部話したのだが。そうだ、思い出した。あれからキンボール事件について何か耳にしたか？　すでに徹底的に捜査したと思ってはいるが」

「ほんとうにそう思うのかい？」レジーは席から立った。

「ああ、われわれは株仲買人数人に事情を訊いてきた。脅しでもしないと口を割らないかもしれないと、正直不安だった。だが、ある殺人事件が新展開するかもしれないとほのめかしたところ、ふたりの男が話をはじめた。それでランド・メイソンの過去がわかった」

「今ごろそんなことを！」レジーが言った。「ぼくにはもうわかっていたよ。キンボールはこの石炭計画を、サンドフォードを破滅させるために利用したんだ。メイソンを使って、株仲買人へ投資の秘密情報をもらした。サンドフォードの預金口座に金を振り込んだのもランド・メイソンだったと思われる。以前からメイソンは、キンボールが金融筋と関わるときの仲介役だった。ずんぐりとして眼鏡をかけた男という証言を覚えているだろう？　そしてメイソンはたぶん報酬の吊り上げを要求した。またはキンボールとのあいだに不和が生じたか。いずれにしてもメイソンは、秘密をばらすとキンボールを脅した。キンボールはもはや彼を信用できなくなった。断じて信用などできない。そこでキンボールはランド・メイソンを消し去った。ローマス部長、これで正解だろう？」

「わたしは全知全能じゃない。だが、株仲買人を事件に手引きしたのがランド・メイソンだというのは確かだ。サンドフォードが預金をしている銀行へ行ったのも彼だと思われる。ところで、キンボールはステッキを何本か持っていた。従者の話では彼は重いステッキを好んだという」

「やはりそうか。キンボールは何か書類を残していたかい?」

「事件に関するものは一行のメモすら残ってはいない。何もかもわかっているなら、おしえてほしい。キンボールはなぜ、この殺人を計画の最初にではなく最後に実行しようとしたのだろう?」

「ローマス、どうしてきみはそう意地が悪いんだい? ぼくだって何もかもわかっているわけじゃないと、いつも言っているだろう? 耳元で叫んでやろうか。最も重要なことがわかっていないんだと。キンボールは何者か? サンドフォードは何者か? キンボールがサンドフォードを許せないと思っている理由は何か? 最初にぼくはそう言ったはずだが、今また声を大にして言うよ。キンボールがぼくらを笑う声が聞こえないか?」

「手厳しいな」

「まあ、ぼくも彼の笑い声がほんとうに聞こえているわけじゃない。殺人を最初にではなく最後にした理由? 答は簡単だ。キンボールは憎悪をむさぼる快楽主義者だったからだ。単に血に飢えていたわけではない。彼は苦しむことだけを望んでいた——ただ死ぬのではなく、破滅していくことを。それゆえに、キンボールはサンドフォードの人生を崩壊させる計画を順に進めていったんだ。ところが、ランド・メイソンが事態を複雑にした。彼を殺すことになったのはキンボールにとって予定外だった。ぼくはそこを突いて、彼を脅かした。キンボールは、ぼくらが彼を有罪にするのに十分な証拠を手に入れたか、あるいはこれから手に入れるだろうと思っていた。そこで彼は考えた。いずれ自分は逮捕され、死刑になる。その前に死んで、サンドフォードを絞首台へ送ってやろうとね。そこで彼は最後のカードを出した」

「それは考えられる」ローマスが認めた。「きわめて理にかなった行動だ」

「だから最初からそう言っていただろう？　仮にそうだとしたら、サンドフォードを破滅させることに何か価値があったということだ。しかも有能な部下をね。その価値とはいったいなんなのか？」

「神のみぞ知る」ローマスが重々しく言う。

「そうかな。ジェーン・ブラウンなら知っているような気がする」レジーは一通の手紙をローマスに渡した。

拝啓——エレン・イーディス・サンドフォード夫人についての広告の件でお手紙いたします。あなたさまが彼女のことを知りたがっていらっしゃる理由をおおしえくだされば、いくらかお役に立つお話をして差し上げたいと思います。——ジェーン・ブラウン

「ジェーンという名の女性は個性の強いのが多いよ」ローマスが言った。

「ああ、大いに惹かれるね。電話をかけて名乗ると、彼女はお茶にきてくれると言った」

彼女は約束を守った。背の高い若い女性がレジーの前にあらわれた。彼女の解釈では自然がこのうえもなく幸福にあふれたものとして表現され、その演技には目を見張るような技巧がちりばめられていた。今こうして実際に会う彼女は堂々とした体つきに陽気な瞳、服の趣味はチャーミングなだけでなく洗練された優雅さを感じさせた。

レジーの目が彼女に釘付けになったのは紛れもない事実だった。「あなたがミス——ジェーン——ブラウン?」やっとの思いで話しかける。

「あいにく名付け親は連れてきてはいませんが、フォーチュン先生」そう言って彼女は微笑んだ。「正真正銘のジェーン・ブラウンよ。つねにこの名に恥じないように行動するのは難しいのですが。あなたはわたしをご存じのようね?」

「もし観ることが知っているということを意味するのでしたら、ぼくはミス・ジョーン・アンバーをよく知っています。ロザリンド(シェークスピアの戯曲『お気に召すまま』のヒロインで男装の麗人)の迫真の演技について彼女に直接感謝の言葉が言えるなんて光栄です——あなたはロザリンドそのものだ」

彼女はレジーに舞台でするように膝を曲げてうやうやしくお辞儀をした。「幸運だわ。じつはもっとちがう方を想像していたの。眼鏡をかけたお年寄りで——」

「こちらは」レジーが意地悪く言う——「こちらは犯罪捜査部《CID》部長です——ミスター・ローマス」

ローマスは眼鏡を慌ててはずした。「わたしもまだ十分に若いので、劇場にはよく足を運びます。ミス・アンバーが舞台に立たれる限りは、わたしも若くありつづけたいですね」

「座ってもいいかしら?」高ぶった声で彼女が訊いた。「あなたは、どちらかと言えば人を威圧する方のようね。怖くて容赦がなくて、疑り深い。でもフォーチュン先生は穏やか――とても穏やかな方だわ」

「ローマス、きみのせいだぞ」レジーが苦々しくたしなめた。「ぼくは軽薄だとかつまらない男だとかはよく言われるが、穏やかだなんて言われたことは一度もない――このぼくが穏やかだなんて」

「きみの成熟した人柄への賛辞だよ、フォーチュン」

金色の瞳が彼をじっと見つめた。「成熟！」彼女がくり返す。「あなたは誠実な方でもあるようね？　さあ、まじめになりましょう。わたしはジェーン・ブラウンです。アンバー――これはもちろん舞台で使っている芸名――なぜかというと髪の毛が琥珀色《アンバー》だから」彼女は髪に触れた。

「そして瞳も琥珀色だ」レジーが言った。

「今はどうでもいいことですわ」ふたたびレジーを見た彼女の瞳から快活さは消えていた。「わたしの父はリヴァプールで医師をしていました。父はわたしにとってかけがえのない存在だけれど、十分に暮らしていけるほどの財産は築けなかった。貧しい中産階級の例にもれず五十歳を迎えたころには仕事に疲れ果て、今はデヴォンシャーでほとんど死んだような生活を送っています。階段を上ることすらできないのよ――心臓のせいで。先生ならおわかりでしょう？　それでも父は仕事をしたいと心から望んでいて。ごめんなさい、関係のないことをぺらぺらと。でもわたしは一時もそれを忘れることができないの。どうしてその人に備わっている人間的な価値に対して報酬が支払われないのかしら！　でも、もうこの話はやめましょう。本題に戻らなければ。ところで、父はキンボール一家の主治医でした。一家の父親は事務員、息子で先日溺れ死んだ彼も同じような仕事についたの。彼とその妹が成人したころには両親は亡くなっていて、妹が彼の身の回りをいっさい面倒見ていたわ。彼はブローカーの仕事をはじめて成功した。でもある意味では——父がいつも言っていたのだけれど——妹の身を自分に捧げさせていたの。いつも妹がそばにいなければ我慢できなかったとか。しかもわがままな注文をたくさんつけて。彼女には自分のことを考える自由すら許されなかった。友人を作ることも禁じられた。妻にそういう態度をとる男性がときどきいるのはご存じでしょう？　むごいことだと思わない？」彼女はレジーに顔を向けた。

「自己中心的な人間によくある行為だ。執着心が非常に強い。男性ばかりではない。ときに母親たちもそうなる」

「それはわかっています。でも男が妻にそうなるときがいちばん始末が悪いわ」

「妻はそれ以上成長して大人になることはできないからね。だが子どもはそれができる」レジーは認めた。

「そのとおりよ」彼女は熱心に言った。「先生はよくおわかりだわ。まあ、ごめんなさい。これも本題からはそれているわね。ところがエレン・キンボールは恋に落ちてしまったの。相手はごく普通の男性でどこかの会社で事務の仕事をしていた——名前はサンドフォード。ホーラス・キンボールは激怒した。わたしの父も、サンドフォードはこれと言って個性のない男だと言っていたわ。つまり妹が彼と結婚すべき理由も結婚してはいけない理由も見当たらなかった。それほど退屈な男性だったというわけ」

「遺伝だ」レジーはローマスとうなずき合った。

「それはどういう意味かしら？」

「あなたのお父さんは男性を見る目があったという意味です、ミス・アンバー」

「もちろんですわ。当然ホーラス・キンボールは理性を失って結婚は絶対に許さないと言い、サンドフォードを罵り、とにかくあらゆる邪魔をしたの。それがかえって、妹に結婚の意思を固めさせてしまったというわけよ。不幸なことに――これが彼女にとって唯一の失敗だったわ――不幸なことに妹はこっそりと結婚してしまったの。兄に婚約も告げず、式の日時や場所も知らせずに。キンボールが気づいたときには、家を飛び出していたというわけ。たぶん日ごろ兄に対して感じている恐怖や、彼のひどい仕打ちから、妹は怖くて何も言えなかったんだと思うわ」ミス・アンバーは一度言葉を切ってからさらにつづけた。「彼女はどちらかというと気が弱い性格だったようなの。でも、それを責めることはできないわ。それに比べて兄の気性の激しさと言ったら。感情を抑えられずにあんなに怒り狂う人間を見たことがないと父も言っている。一時は、ホーラス・キンボールが発狂するのではと心配したこともあるそうよ。まるで妄念に取り憑かれているようだったって。そんな男、軽蔑するわよね？　妹の結婚に嫉妬して怒り狂うなんて」

「嫉妬というものは概して軽蔑すべき感情だ」ローマスが肩をすくめた。「妹の結婚に嫉妬する」レジーは彼女の言葉をくり返した。「でも十人のうち七人の男が同じ感情を抱くんじゃないかな。人間に共通の感情だと思うよ。同じようなことは息子の妻に対する母親の感情にも言える。ねえ、ミス・アンバー？　男というものに、そういうことはまずない。そのかわりに父親は、娘の結婚に異議をとなえる。兄はどうかと言えば——妹の恋人を殺した兄が出てくる民話を数えたらきりがない。やはり人間に共通の感情だ」

「わたしには嫉妬はただ嫌らしい感情にしか思えないわ」ミス・アンバーが美しい鼻をひくひくとさせながら言った。「公平を期すために言えば、ホーラス・キンボールは最悪な状態から立ち直ったように見えたらしいわ。父の言葉を借りると、何もかも忘れようと仕事に没頭したのだとか。彼は二度と妹に会おうとはしなかった。彼女に赤ちゃん（男の子だった）が生まれたときでさえ。妹を完全に自分の生活から消し去ってしまったの。サンドフォードがトラブルに巻き込まれて彼女が助けを求めても耳を貸さなかった。父はそのことで彼と喧嘩をしたことがあるそうよ。彼は父に言ったとか。『妹は自分で床をとったのだから、家族もろともそこで死ぬまでだ』キンボールが亡くなったことは知っているわ。だからこんなことを言ってはいけないとはわかっているの。でも言わずにはいられない。彼の行いは悪魔の仕打ちだわ」

「うん、ぼくもこの世に悪魔はいると思う」レジーが言った。「悪魔の仕打ち！　まさしくあなたの言うとおりだ、ミス・アンバー。ところでサンドフォードはトラブルに巻き込まれていたと言ったね？　それはどんな？」

「仕事上のことだったらしいわ。何かの背任行為だったとか。会社は彼を起訴しなかったけれど懲戒解雇にしたそうよ。父もくわしい事情は覚えていないと言っている。どちらにしても仕事上の秘密として葬られたみたい」

レジーはローマスを見て言った。「かなり興味深い」

「興味深いですって？　ひどいわ、彼らには深刻なことだったのよ。サンドフォードは身の破滅。二度と人生をやり直すことはできなかったと父は言っているわ。生きる意欲を失ったせいで死んでしまったとか。残された妻は失意の日々を送った。彼女は自分で自分の考えに怯えてしまうような女性だったと父は言っている。すべては兄のせい、彼が策略を巡らしたと思い込んでしまったらしいの。確かにばかげているわ。でも、それをあなたは否定できる？」

「いや、できないね」レジーが答える。

「彼女は自分の兄を死ぬほど恐れていたの。彼は赤ちゃんをも殺そうとするにちがいないと思った。リヴァプールから逃げ出して、ノースウェールズのスランフェアフェヒアンという村へ移り住んだのはそのせい。誰も彼女がどこへ消えたかわからなかった。彼女には財産はほとんどなかったけれど、夫が保険金を残してくれていたの。暮らしていくには十分な額だったから、山間のひっそりとした場所に家を買って静かに暮らし、そして亡くなったわ。そんな環境のなかで息子はよくやっていたそうよ。奨学金を受けてオックスフォードへ進み、父の記憶が確かなら公務員になったとか。でも母親が死んでから、彼の消息はわからないと言っているわ」

「ご好意に大いに感謝します、ミス・アンバー」レジーはそう言うと、呼び鈴を鳴らしてお茶の用意をさせた。

「そんなふうにおっしゃらないで！　わたしは、このご夫人の人生は可哀想すぎるといつも思ってきたの。それなのに、なぜあなたは知りたかったのかしら――でもこれで何かが正しい方向へ進んだり、誰かの状況が良くなるのなら彼女も救われるかも。まんざら役に立たない無惨な話でもなくなるわね」

「神の力はかつて彼女に及ばなかった」レジーが言った。「ぼくらは、彼女の力になることはできない。しかし息子が無事で、ちゃんとした人生を送っていると知ったら、彼女もすこしは救われるだろう――兄から受けた残忍な仕打ちの数々があったにせよ」

「救い――おっしゃるとおりだわ」ミス・アンバーがうっとりとレジーを見つめて言った。

「そうです」レジーも彼女を見つめながら言った。

「お邪魔かもしれませんが、職務上ひとこと言わせていただきます。ミス・アンバー、あなたはたいへん有効な証言をしてくださいました」ローマスが口をはさんだ。「じつに厄介な謎を解いてくださった。わたしは困りきっていました。なにしろ英国の危機と言っても過言ではない深刻な事件でしたから」ローマスは、なんとか彼女の気をひく会話に成功したようだった。ミス・アンバーの瞳がふたたび快活な色になる。そのあいだも、レジーは彼女から目をそらすことはなかった。「また改めてお礼をさせていただきたい」ミス・アンバーを見送りながらローマスが言った。

「それがあなたのお役目ですものね」彼女はつんとして言うと不愉快そうな顔でテーブルに目をやった。「でもフォーチュン先生、お茶はとてもおいしかったわ。わたし、食べすぎたみたい。男性は、女性がたくさん食べる様子を見たくはないでしょう？　それなのに、なぜこんな素敵なお茶に招くのかしら」

「他意はありません。ぼくは心のままに生きていますから」

ミス・アンバーはレジーを優しい目で見つめた。「率直な方ね。今のわたしの気持ちがおわかりかしら？　何もかもあなたに見透かされているような気がしているわ」そう言い残して彼女は去った。

「これで、すべて終わった」部屋へ帰ってきたレジーはしばらく戻らなかった。

「そうかな」葉巻をくゆらせながらローマスが言う。

「だって全部説明がついただろう？」

「今さら何を。きみは以前から、すべてを正確に把握していたはずじゃないか。自分でそう言っていたぞ。友《カマラード》よ、降参《カマラード》だ」

レジーがパイプに火をつけた。「嫉妬と憎悪と執着心からキンボールは妹の夫を殺した。奇妙な行為だと思わないか？　しかもその上、この偉大な犯罪者は同じ轍《てつ》を再び踏んだ。父親にかけたのと同じ罠をその息子にもかけようとしたんだ。妹を追うのをやめたのか、それとも息子をとおして母である彼女を苦しめるほうを選んだのか。いずれにしても彼は自分の密かな楽しみに対して徹底的に快楽主義者だった。そこへ妹の息子があらわれた。キンボールがあの省の大臣になったのも息子が務めていたからだろう。そして彼は憎悪のためだけにすべてを破壊する準備を整えた――自分のキャリアを汚《けが》し、おぞましい殺人を犯し、みずから命を落とす――妹の息子を苦しめることができればそれでよかった。ローマス、悪魔の力は強力だ」

「だがフォーチュン、きみは彼をわずかでも苦しめたぞ。それにしても、どうして悪魔の存在なんて信じるんだ？　あんな出会いがあったばかりなのに――つまり彼女と」

レジーは微笑んだ。「女らしい人だろう?」

「その推測にもとづいて、きみは動くつもりだな。さて、いつから行動を開始する?」

「ローマス、嫌なやつだな。きみには穏やかさのかけらもない。その露骨な性格をなんとかしてほしいよ」

名探偵の世紀
――フォーチュン氏と生みの親ベイリー――

戸川安宣（編集者）

一冊のアンソロジーが、一九七〇年、ロンドンのボドリー・ヘッド社から刊行された。その *The Rivals of Sherlock Holmes* という大変魅力的なタイトルに、まず胸がときめいた。

このアンソロジーは本国やアメリカでも大変な好評を博し、翌年の一九七一年には第二集 *More Rivals of Sherlock Holmes*、七三年には第三集 *The Crooked Countries* (*Further Rivals of Sherlock Holmes*)、そして七六年には第四集 *The American Rivals of Sherlock Holmes* が刊行され、テレビのシリーズドラマにもなったという。ぼくが持っている第一集のハードカバーは、初版刊行の一九七〇年に出た再版である。初版が何部刷られたかわからないが、こういうアンソロジーのハードカバーが、上梓された年に重版するというのは大変なことだと思う。

編者ヒュー・グリーン（Sir Hugh Carleton Greene 1910-）の名は、『スパイ入門』*The Spy's Bedside Book*（1957）というアンソロジーを六つ歳上の兄、英国の文豪グレアム・グリーン（1904-1991）とともに編んだ人物として記憶していた。

だが、本に付された紹介によると、彼は兄に劣らぬ大人物であった。一九三〇年代、〈デイリー・テレグラフ〉の海外特派員としてヨーロッパ数カ国を渡り歩いた後、四〇年以降は主にドイツを拠点にしてBBCのドイツ支局長や英放送網の取りまとめ役、BBCの東ヨーロッパ総局長などを歴任し、一九六〇年にBBCの社長に就任、六九年の退任後はBBCの理事の傍らボドリー・ヘッド社の会長を勤めた。その間、大英帝国四等勲士などを受勲している。

その一方で、ミステリに対する興味をアンソロジー編纂という形で表明していたわけで、主流文学のほかにエンターテインメントと称して『第三の男』や『恐怖省』などを発表した兄に通じるものがある。『スパイ入門』を見たときは、スパイものの著作のある兄グレアムが主に手がけた仕事、と思っていたが、《シャーロック・ホームズのライヴァルたち》を通観すると、弟ヒューの力が大きかったのでは、と思えてくる。

ヒュー・グリーン編 *The Rivals of Sherlock Holmes*（ボドリー・ヘッド社）

刊行時期をみると、『スパイ入門』はヒューが大陸で活躍していた頃であり、『シャーロック・ホームズのライヴァルたち』はBBCの社長時代に構想を練り、ボドリー・ヘッド社の会長に就任して刊行を決め、理事を務めるBBCでドラマ化を進めた、という経緯が伺え、興味深い。

《シャーロック・ホームズのライヴァルたち》の定義　彼は《シャーロック・ホームズのライヴァルたち》を、厳格に規定して、一八九一年から一九一四年までに活躍した名探偵、と定義している。一八九一年とはシャーロック・ホームズが〈ストランド・マガジン〉に初登場した年であり、一九一四年とは第一次世界大戦が勃発した年である。グリーンはそれについて、こう解説している。

この期間はそれぞれのキャラクターが独自性を発揮した時代である。シャーロック・ホームズの創造によって、コナン・ドイルは短編探偵小説の登場人物を一変させた。そして第一次世界大戦はそういった物語世界の特性そのものを変えたのである。（*More Rivals of Sherlock Holmes* の序文より）

奇しくも『シャーロック・ホームズのライヴァルたち』（第一集）が出た年は、ぼくが東京創元社という出版社に入って編集者生活を始めた年であった。それからしばらく、このアンソロジーのことが常に脳裡にあった。当時の編集部長、厚木淳は日頃から、創元推理文庫をミステリの岩波文庫と位置づけていた。それなら、ドイルのホームズものはあってもフリーマンなどが収められていないことに不満があった。漱石があって鷗外がないようなものである。各探偵の活躍する代表作、たとえばフリーマンの「オスカー・ブロズキー事件」とか、フットレルの「十三号独房の問題」といった短編は、江戸川乱歩編の『世界短編傑作集』（全五巻）におおよそ収められていた。そう考えると、《シャーロック・ホームズのライヴァルたち》というアンソロジーの形で出すより、ここに採られた作家たちの作品を少なくとも一冊ずつまとめたいと思うようになった。そうなれば、鷗外ばかりでなく、田山花袋も坪内逍遙も紹介できる、と。

こういう思いで、ぼくは創元推理文庫の《シャーロック・ホームズのライヴァルたち》シリーズを企画した。一九七七年の七月、ジャック・フットレルの『思考機械の事件簿』を刊行、創元推理文庫版《シャーロック・ホームズのライヴァルたち》シリーズの最初の七巻の刊行が始まった。その顔ぶれは、ソーンダイク博士、マーチン・ヒューイット、マックス・カラドス、隅の老人、思考機械、アブナー伯父、そしてフォーチュン氏であった。

これを見てもおわかりのように、ぼくはグリーンの規定するライヴァルたちの時期を、ホームズ譚が〈ストランド・マガジン〉誌に掲載されていた一九二七年まで、と拡大解釈し、レジー・フォーチュンを組み入れたのである。

『思考機械の事件簿』（創元推理文庫）
デザイン・花岡豊

フォーチュン氏譚は第一作品集に当たる本書が一九二〇年に刊行されている。この年はクロフツが『樽』で、クリスティが『スタイルズの怪事件』でデビューした年でもある。推理小説史の上では完全に新しい時代の幕開けとなった年だ。そして内容的に言っても、ベイリーの作品はホームズ時代のパズル的な興味から、より人間的な謎に対する興味へと向かっている時期のものであることがわかる。それを強引にこのシリーズに入れたのは、H・C・ベイリーの作品、就中レジー・フォーチュンという探偵の活躍譚を紹介したかったからに他ならない。ベイリーが健筆をふるった時代には、ハワード・ヘイクラフトによってオースチン・フリーマン、F・W・クロフツ、アガサ・クリスティ、ドロシー・L・セイヤーズと並んで、イギリス推理文壇のビッグ・ファイヴと言われた存在なのに、近年ではイギリスでもあまり読まれないようで、わが国では「黄色いなめくじ」など一部の作品がアンソロジーに取り上げられているくらいであった。ベイリーの本を一冊でも出すまたとない機会だと思ったのである。

幸いこの企画は好評を持って迎えられ、引き続いて第二期の刊行が決まった。そこで今度はベイリーに続いてやはりビッグ・ファイヴのひとりで、わが国では人気のなかったセイヤーズを入れることにしたのだ。

フォーチュン氏譚の特質　フォーチュン氏譚が、《シャーロック・ホームズのライヴァルたち》に入るかどうかは、その本質を考える上で重要である。

多くの研究家が、第一次大戦の推理小説に与えた影響に言及してきた。中でもハワード・ヘイクラフトが『娯楽としての殺人』（一九四一）で述べている考えは今でも傾聴に値する。「より確かな表現形式と文体へと向かっていた」推理小説が、世界大戦による「感情の浄化《カタルシス》」によって、「新しい、より写実的な方向へと一歩を踏み出した」のである。そのことは換言すれば、「ベイカー街に由来するロマンティックな伝統に決定的な終止符を打った」ということであり、それまで明確にされていなかった「推理小説と推理のないミステリ小説との違い」が明瞭になった、ということだ、と述べている。

推理作家としてのH・C・ベイリーは、ここに紹介する一九二〇年、メヒューイン社から刊行された『フォーチュン氏を呼べ』で初めてこのジャンルに手を染めた。この年は前にも書いたようにクロフツが『樽』で、クリスティが『スタイルズの怪事件』でデビューした年である。いわゆる本格黄金時代の幕開けとも言うべき記念すべき年であった。

その一方で、本書を推理短編史上の記念碑的作品一〇六冊を選んで解説した名著『クイーンの定員』*Queen's Quorum*（1961——一九六九年に増補改訂版を発表）の一冊に選出したエラリー・クイーンは、この作品集を短編ミステリの第二黄金期に組み入れている。一九一一年刊の『ブラウン神父の童心』に始まる時期で、フリーマンの『歌う白骨』やブラマの*Max Carrados*、ポーストの『アンクル・アブナーの叡智』等、《シャーロック・ホームズのライヴァルたち》の名作がずらりと並んでいる時期の、掉尾を飾る作品集として選ばれている。「第二黄金期」に続く章が「現代派第一期」であることを考えると、ベイリーの、そしてフォーチュン氏譚の微妙な位置が鮮明となる。

多くの評者から、ブラウン神父に通じる直感派の探偵と位置づけられているフォーチュン氏譚は、徐々にその特質を明確化していって、一九三五年刊の第九短編集*Mr. Fortune Object*で頂点に達した、とみるのがクイーンほかの一致した見解だ。

だが、その萌芽はこの『フォーチュン氏を呼べ』にも存分にうかがえて、単に史的意義だけの第一集ではない。ただ残念なことに、本書を丹念に読んでみると、フォーチュン氏譚の特徴は随所に伺うことができるものの、充分に熟成しているとは言えず、大事な証拠に関する言及が無いといった技術的な未熟さを露呈している作品もある。しかし、掉尾を飾る「几帳面な殺人」などは悪魔的な犯人が登場し、「純粋な芸術作品」という表現が決して大袈裟ではない犯罪を描いて、実にベイリーらしい作品に仕上がっている。さらに磨き上げたならば、フォーチュン氏譚のベストテンに入ったことだろう。

H・C・ベイリー　H（ヘンリー）・C（クリストファー）・ベイリーは一八七八（日本の暦で言うと明治十一）年二月一日、ロンドンでヘンリー・ベイリーとジェイン（ディラン）の一人息子として生まれた。オックスフォードのユニヴァーシティ・カレッジからコーパス・クリスティ・カレッジに進み、〇一年、古典文学を専攻し、最優等で卒業。同年、最初の小説 *My Lady of Orange* を出版した。この第一作以降、しばらくは歴史小説を書いていた。卒業後〈デイリー・テレグラフ〉で劇評の筆を執り、従軍記者などを勤め、論説委員となった。ここで『トレント最後の事件』の著者E・C・ベントリーと二十五年間いっしょだった。〇八年、マンチェスターの医師、アレクサンダー・ヘイデンとキャサリン・ゲスト夫妻の娘リディア・ヘイデン・ジャネット・ゲストと結婚、二人の娘メアリとベティを儲けた。二〇年『フォーチュン氏を呼べ』以来、フォーチュン氏の登場する推理小説に手を染める。三四年にはフォーチュンものの初長編 *Shadow on the Wall* を上梓。フォーチュン氏譚は四〇年の *Mr. Fortune Here* までの十二短編集と、四八年の *Saving a Rope* に至る九長編がある。三〇年刊行の *Garstons* からは、弁護士ジョシュア・クランクを主人公とするシリーズを発表、五〇年の *Shrouded Death* が最後のクランク譚の長編であり、ベイリーの遺作となった。その他、ノンシリーズの *The Man in the Cape*（1933）などがある。四六年に〈デイリー・テレグラフ〉を退き、北ウェールズのランヴァイアヴェクスンに転居。六一年三月二十四日ロンドンで亡くなった。およそ一万五千ポンドの遺産があったという。

フォーチュン氏　本書巻頭の「大公殿下の紅茶」は記念すべき、レジー・フォーチュンの登場作である。レジナルド・フォーチュンは一八八四年に内科医の一人息子として生まれた（娘は何人かおり、物語中にも登場する）。オックスフォードのユニヴァーシティ・カレッジを卒業後、ロンドンの病院に勤務したが、外科医として、また病理学者としての関心からウィーンの診療所に移り、ロースン・ハンター卿の薫陶を受ける。大学では特に目立つ学生ではなかったが、友人からも教授からも愛される好青年であったという。やがて父の診療所を継ぐことになり、外科と病理学の知識を活かして、ロンドン警視庁犯罪

Mr. Fortune's Practice 所収の 'The President of San Jarinto' の挿絵（S・A・フィールド画）

捜査部の手助けをすることになる。デビュー作では、旅行に出る両親に代わって父親の贅沢な診療所を任されることになったことから、事件に巻き込まれる顚末が描かれている。探偵仕事を嫌がらずに続けたのは彼の性格に依るものだ、といって、ベイリーは次のように解説している。

疑いもなく彼の経歴を決定した原動力は、人間性のドラマに対する鋭敏で深い関心、人間的な動機を推理し、それに対処する能力の自覚、それに生存競争の犠牲者、つまり「負け犬」に対する惻隠の情であった。（永井淳訳「フォーチュン氏紹介」より）

ＣＩＤのローマス部長やベル警視がワトスン役として登場する。そして、本書巻末の「几帳面な殺人」にはのちのフォーチュン夫人になる舞台女優、ミス・ジョーン・アンバー（ブラウン）が初めて顔を見せる。そういう意味でも、本書はフォーチュン氏クロニクルを語る上で逸することのできない作品集と言えるだろう。

収録作品原題

The Archduke's Tea
The Sleeping Companion
The Nice Girl
The Efficient Assassin
The Hottentot Venus
The Business Minister

Call Mr. Fortune

(1920)

by H. C. Bailey

〔訳者〕

文月なな（ふみづき・なな）

小樽市出身。北海道大学文学部行動科学科卒。インターカレッジ札幌にて翻訳を学ぶ。

フォーチュン氏を呼べ

——論創海外ミステリ　49

2006年5月10日　初版第1刷印刷
2006年5月20日　初版第1刷発行

著　者　H・C・ベイリー

訳　者　文月なな

装　幀　栗原裕孝

発行人　森下紀夫

発行所　論　創　社

〒101-0051　東京都千代田区神田神保町2-23　北井ビル
電話　03-3264-5254　振替口座　00160-1-155266

印刷・製本　中央精版印刷

ISBN4-8460-0664-6

落丁・乱丁本はお取り替えいたします

全米ベストセラー、諜報サスペンス・シリーズ

ミステリーとしての楽しみと興奮を十分味わった後で、
読後、複雑で真実重いものが読者の心に残る。——毎日新聞

エンターテイメントを超えたサスペンス。——マイアミ・ヘラルド紙

イスラエル対パレスチナの現在を描く!

報復という名の芸術

美術修復師ガブリエル・アロン

ダニエル・シルヴァ　山本光伸 訳
定価：本体2000円+税

CWA賞最終候補作品

さらば死都ウィーン

美術修復師ガブリエル・アロン シリーズ

ダニエル・シルヴァ　山本光伸 訳
定価：本体2000円+税

〈ナチス三部作〉の序章

イングリッシュ・アサシン

美術修復師ガブリエル・アロン シリーズ

ダニエル・シルヴァ　山本光伸 訳
定価：本体2000円+税

ナチスと教会の蜜月

告解（仮）六月下旬刊行予定

制作中

美術修復師ガブリエル・アロン シリーズ

ダニエル・シルヴァ　山本光伸 訳
定価：本体2000円+税